寒山詩在宋元禪林的傳播研究

Dissemination of the Images and Poetries of Han-Shan
from Chan Buddhist Literature in Song and Yuan Dynasties

黃敬家 著

臺灣 學七書局 印行

寒山詩在宋元禪林的傳播研究

目　次

第一章　導　論

一、寒山研究視野的回顧與開展

　　寒山在中國詩學傳統中，僅被視為是繼承王梵志的白話詩人，並未受到太多的關注，然而他在日、韓卻有長遠的影響軌跡，乃至傳播至歐、美等地，透過其形象被典範化的反饋，方引起中文學界的注目。

　　寒山在日本受到相當高的尊崇，早在北宋神宗熙寧五年（西元 1072 年），至天台山巡禮的日僧成尋（1011-1081）從國清寺僧得《寒山子詩一帖》，由弟子攜回日本而逐漸流傳開來，[1]至今所度藏、刊刻之古本寒山詩集，及其注解、翻譯本，乃至相關研究成果豐碩。[2]其中較為重要的古注本，如白隱慧鶴

---

[1]　〔日〕成尋撰，平林文雄校，《參天台五臺山記：校本並に研究》（東京：風間書房，1978 年），卷 1，延久 4 年（1072）5 月 22 日，頁33。

[2]　日本學界對寒山詩的翻譯歷史和研究成果，可參考張曼濤，〈日本學者對寒山詩的評價與解釋〉，《日本人的死》（臺北：黎明文化事業公司，1976 年），頁 97-117。張石，《寒山與日本文化》（上海：上海交通大學出版社，2011 年），第二編，〈寒山與日本文化〉，頁 53-

《寒山詩闡提記聞》，[3]善於解說寒山禪境，在日本形成獨特
的文化典範。日文譯本如西谷啟治所譯《寒山詩》，[4]入谷仙
介、松村昂所譯《寒山詩》，[5]是目前最完整的日文譯注本。
久須本文雄《寒山拾得》從禪學角度解釋寒山詩，具有重要影
響性，在學界或日本宗教界皆是公認的重要譯本。[6]津田左右
吉《寒山詩と寒山拾得の說話》則是討論寒山詩的思想內涵。
[7]入矢義高選錄注釋《寒山》，[8]對寒山詩的翻譯或研究，及其
〈寒山詩管窺〉[9]一文，運用西方文學批評觀念，對寒山詩進
行文學性的考訂和分析，都具有相當重要的學術影響性。韓國
方面，寒山詩從高麗到朝鮮時代亦一直受到禪師、文人的喜

　　60。胡安江，《寒山詩：文本旅行與經典建構》（北京：清華大學出版
　　社，2011 年），第三章第二節，〈寒山詩在東方〉，頁 121-137。

3　　〔日〕白隱禪師注，《寒山詩闡提記聞》，日本延享三年（1746）京都
　　書鋪刊本。

4　　〔日〕西谷啟治，《寒山詩》（東京：創文社，1987 年）。

5　　〔日〕入谷仙介、松村昂，《寒山詩》（《禪の語錄》13，東京：筑摩
　　書房，1970 年）。

6　　〔日〕久須本文雄，《寒山拾得》（東京：講談社，1985 年）。

7　　〔日〕津田左右吉，《津田左右吉全集》（東京：岩波書店，1965
　　年），第 19 卷シナ佛教の研究，第八篇，〈寒山詩と寒山拾得の說
　　話〉，頁 519-526。

8　　〔日〕入矢義高，《寒山》（東京：岩波書店，1958 年）。

9　　〔日〕入矢義高，〈寒山詩管窺〉，《東方學報》第 28 冊（京都：京
　　都大學，1958 年 3 月），頁 81-138。王順洪譯，嚴紹璗校，《古籍整
　　理與研究》1989 年第 4 期（北京：中華書局），頁 233-252。

愛，[10]高麗刊本《寒山子詩集》，與慈受和尚擬寒山詩合編，
是唯一收錄慈受懷深擬寒山詩之重要刻本。[11]

　　寒山詩在美國的傳播，始於 1958 年美國詩人加里‧史奈
德（Gary Snyder）以其山林生活的內在經驗，運用簡潔的語言直
譯了 24 首寒山詩，成為當時廣為讀者接受的譯本，開啟了美
國的寒山熱。[12]胡安江認為史奈德通過譯詩以及自身對禪的實
踐經驗，將東方文化特質移植到美國社會，這樣一種跨文化的
新精神，正好是當時美國多元文化系統所匱乏的。[13]史奈德的
譯本被著名比較文學學者 Cyril Brich 編入 *Anthology of Chinese
Literature: From Early Times to the Fourteenth Century*（《中國文
學選集》），成為當時美國大學東亞文學最普及的教科書，使寒

10　〔韓〕金英鎮〈論寒山詩對韓國禪師與文人的影響〉一文，從韓國燈錄
　　中禪師和文人的創作，爬梳寒山在韓國文學傳播和影響之跡。《宗教學
　　研究》2002 年第 4 期，頁 38-46。另外，從〔韓〕朴永換〈當代韓國寒
　　山子研究的現狀和展望〉一文，可以了解近年韓國學界關於寒山的研究
　　成果。《寒山子暨和合文化國際研討會論文集》（杭州：浙江大學出版
　　社，2009 年），頁 222-228。

11　參見《寒山子詩集附慈受擬寒山詩一卷》，《四部叢刊》（上海涵芬樓
　　借常熟瞿氏鐵琴銅劍樓藏高麗刊本景印）。

12　Gary Snyder, *Riprap & Cold Mountain Poems* [M]. San Francisco: Grey Fox
　　Press, 1965. 參見鍾玲，〈寒山在東方和西方文學界的地位〉，《中國
　　詩季刊》第 3 卷第 4 期（1972 年 12 月），頁 1-17。關於寒山詩在美國
　　翻譯、研究的發展歷程，可參考胡安江，《寒山詩：文本旅行與經典建
　　構》，第三章第四節，〈寒山詩在美國〉，頁 178-194。

13　胡安江，《寒山詩：文本旅行與經典建構》，第四章，〈寒山詩在美國
　　文化多元系統中的經典化——以斯奈德譯本為中心〉，頁 203-217。

山從故國文學史的邊緣，在翻譯文學中被西方學界典範化，而被視為與李白、杜甫不相上下的詩人。[14]1962 年美國著名漢學家 Burton Watson 翻譯出版 *Cold Mountain: 100 poems by the T'ang poet Han-shan*（《唐代詩人寒山的 100 首詩》），亦採取通俗語譯。[15]七八○年代美國對寒山詩的翻譯和研究持續推動，更著重於寒山禪詩意涵的詮釋，Bill Porter 翻譯寒山詩 307 首，出版 *The Collected Songs of Cold Mountain* 是第一本寒山詩的英文全譯本。[16]到了 1990 年美國學者 Robert G. Henricks 出版 *The poetry of Han-shan: a complete, annotated translation of Cold Mountain*（《寒山詩：全譯注釋本》）共譯 311 首寒山詩，是目前寒山詩最完整的英譯注釋本。[17]至今各種譯本、選本、詮釋或研究仍繼續出版當中。

　　六○年代寒山詩經日本流傳至美國所引起的寒山旋風吹回中文學界，方引起批評家重心評估寒山詩。1966 年胡菊人發

---

[14]　Cyril Brich, *Anthology of Chinese Literature: From Early Times to the Fourteenth Century*, New York: Grove Press, 1965.

[15]　Burton Watson, *Cold Mountain 100 Poems by the Tang Poet Han Shan*, New York: Grove Press, 1962.

[16]　Bill Porter, *The Collected Songs of Cold Mountain*, Port Townsend: Copper Canyon Press. 1983.

[17]　Robert G. Henricks, *The poetry of Han-shan: a complete, annotated translation of Cold Mountain*. New York: State University of New York Press, 1990.

表〈詩僧寒山的復活〉一文，引起港、臺讀者廣泛注目。[18]1969
年鍾玲發表〈寒山在東方和西方文學界的地位〉一文，指出寒
山詩之所以未被儒釋道三家學者接納，與他本身的身分和行文
有關。寒山在行徑上特立獨行，亦儒亦道亦佛，加上其詩用字
通俗，棄中國傳統文學所貴之典雅含蓄和律法於不顧，自不為
正統文學所接納。[19]從而引發臺灣寒山研究的熱潮，陸續有陳
鼎環、趙滋蕃、孫旗、程兆熊等發表相關論文，後收錄於朱傳
譽主編之《寒山子傳記資料》七冊，較全面地收集了七〇年代
臺灣寒山研究的成果。[20]接著有黃博仁《寒山及其詩》（臺北：
新文豐出版公司，1980 年）、陳慧劍《寒山子研究》（臺北：東大圖書
公司，1989 年）等專書出版。然而，八〇年代這波寒山研究熱潮
過後，繼起研究者稀。至今可見與寒山相關的博碩士論文僅有
12 本（其中 2000 年以後完成者有六本），大體上仍循過去對寒山生
平考證、詩歌內涵解析的路徑。近年僅有葉珠紅出版其博士論
文《寒山資料考辨》（臺北：花木蘭文化出版社，2011 年），並憑一
己之力，收集佛教、禪宗、詩文評等文獻中與寒山相關的資
料，陸續出版《寒山詩集校考》（臺北：文史哲出版社，2005 年）、
《寒山資料類編》（臺北：秀威資訊科技公司，2005 年）、《寒山詩
集論叢》（臺北：秀威資訊科技公司，2006 年）等。

18　胡菊人，〈詩僧寒山的復活〉，《明報月刊》第 1 卷第 11 期（1966 年
　　11 月），頁 2-12。

19　鍾玲，〈寒山在東方和西方文學界的地位〉，《中國詩季刊》第 3 卷第
　　4 期（1970 年 3 月），頁 1-17。

20　朱傳譽主編，《寒山子傳記資料》（臺北：天一出版社，1982 年）。

　　大陸方面，大約從八〇年代開始有寒山研究論文出現，但篇數極為有限，到九〇年代後才逐漸增多，主要將注意力放在寒山年代考證，寒山詩的注釋和版本校勘，以及詩歌藝術特色等。寒山詩的校勘和注釋，較早有錢學烈《寒山詩校注》（廣州：廣東高等教育出版社，1991 年）、《寒山拾得詩校評》（天津：天津古籍出版社，1988 年），近年有項楚《寒山詩注附拾得詩注》（北京：中華書局，2010 年）。版本方面，有陳耀東《寒山詩集版本研究》（北京：世界知識出版社，2007 年）。對於寒山文獻的挖掘和整理，確實已完成階段性任務。

　　綜而觀之，從六〇年代以來的這五十年間，中文學界關於寒山研究，業已累積相當質量的研究成果，大致著力於三個研究面向：一是寒山詩集的版本流傳和考證，二是寒山生平事蹟的考察，三是寒山詩的注解和內涵的探究。然而，既然寒山生存年代無法完全確定，乃至是否真有其人亦尚無共識；寒山詩內容駁雜，作者可能不只一人，而寒山未必就是寒山詩的作者。那麼，在作者和詩集內容源頭都有待確認的情況下，究竟該如何挖掘並創造更深化的研究視野，使寒山研究得以繼續發展推進呢？

　　關於寒山研究視野的開發，大陸青年學者崔小敬提出四個進一步發展的研究方向可以參考：第一，從民間信仰開展與寒山拾得「和合二仙」有關的民間普查；第二，寒山研究資料的系統整理；第三，寒山研究史的編撰，對歷代寒山詩的研究進行歷史爬梳、整理和總結；第四，成立寒山研究學會，集結寒

山研究學者眾人之智，建立交流平台，展開國際合作。[21]就第一個面向而言，崔小敬 2010 年出版《寒山：一種文化現象的探尋》，以其 2004 年復旦大學中國語文系博士論文《寒山及其詩研究》為基礎加以改寫，主要探尋寒山傳說的形成和流變，以及寒山詩的宗教情懷和審美特色。尤其加入民間文化流傳的視野，重新看待寒山傳說在道教中，乃至民俗信仰如「和合二仙」形象，在宋元以後至明清的傳衍，甚具參考價值。第二個面向，與寒山事蹟或寒山詩相關文獻史料，涉及的文本相當零散，目前臺灣有葉珠紅博士《寒山資料類編》，蒐集佛藏中關於寒山的事蹟、擬和、語錄，以及相關詩話；大陸學者陳耀東《寒山詩集版本研究》下編：資料編，按時代順序蒐集從唐代到清代寒山相關事略、徵引、題贈、品評、參禪、擬作和賡和資料可供參考。第三個面向，寒山研究成果的整理，崔小敬《寒山：一種文化現象的探尋》第一章，〈寒山與寒山詩研究現狀及反思〉，對現今中文學界（以大陸為主），關於寒山詩的結集及版本、寒山其人、寒山詩的思想與風格，以及寒山詩的傳播等四個面向的發展脈絡和研究成果，作了詳細的整理。

　　寒山詩在海外傳播研究成果方面，胡安江 2011 年出版《寒山詩：文本旅行與經典建構》，從比較文學和翻譯理論的視角，分別鳥瞰寒山詩透過翻譯，在美國以及英、法等歐洲各地，乃至日本、韓國傳播的語際旅行，包括古代寒山詩版本的

21　崔小敬，〈關於寒山研究的四點建議〉，《第二屆寒山寺文化論壇論文集（2008）》（上海：上海古籍出版社，2009 年），頁 507-509。

流傳、注解、翻譯，乃至該國禪師、文人的運用和創作等發展脈絡，以及現有研究概況等，皆作了詳明的梳理。考察寒山如何透過所譯入的文化語境，帶動東西方文化交融，並在美國翻譯文學中經典化的建構歷程，填補了對寒山詩的外語譯本，以及經典建構歷程研究的空白。

　　張石 2011 年出版《寒山與日本文化》，綜述寒山詩在日本出版、流傳、研究的歷史脈絡，從宗教、文學、藝術和生活等面向，探討寒山對日本文化廣泛而深刻的影響力。宗教上，日本天台宗、禪宗僧人皆有對寒山詩的運用；文學上，寒山對日本五山文學影響深遠，乃至近現代文學創作都能見其蹤影；藝術上，與寒山相關的繪畫，從鐮倉、室町、江戶到現代美術，有長遠的互動關係；乃至滲入日本生活文化中，展現寒山在日本文化史上的深遠影響和意義。

　　近年大陸學界在寒山詩的傳播研究領域有更開闊的研究視野，對寒山詩在日、韓、美國和歐洲的傳播和接受情形，累積了相當質量的學術成果。從比較文學的角度探討寒山詩與其翻譯文化之間的互動、接受所出版的學位論文相當多元，近十五年從中國博碩士論文全文資料庫查詢得到的相關碩博士學位論文就有二十來本，[22]研究視野開闊新穎，將寒山研究導向跨文

22　例如：廖治華，《後殖民視域下寒山詩英譯過程中原作者文化身分建構》，蘭州：西北師範大學英語語言文學碩士論文，2011 年；朱斌，《翻譯規範觀照下的史奈德《寒山詩》英譯本研究》，成都：四川大學外語學院英語語言文學碩士論文，2012 年；劉昆，《寒山禪意詩歌翻譯策略對比研究》，成都：西南民族大學外國語言學及應用語言學碩士

學、宗教領域，開發新的論題面向。這些研究成果，在不同層面上增進了學界對寒山的理解。

環繞寒山詩的相關問題，包括寒山生平考證、寒山詩版本流傳、寒山詩的內容確認，寒山詩在海外的傳播發展脈絡等的學術研究及成果彙整，乃至與寒山詩在後代流傳相關的文獻資料之整理，已經有前賢學者努力並累積相當豐富的成果可供參考。然而，關於寒山詩在本土宋代以下的流傳運用的情形，深具研究價值，研究成果卻甚為有限。曹汛〈寒山詩的宋代知音──兼論寒山詩在宋代的流布和影響〉一文，曾指出宋代禪林和文人對寒山詩的關注；[23]陳耀東在其《寒山詩集版本研究》上編，第六章，〈徵引、擬作、賡和寒山子詩「熱」考──兼述賡和系統版本的嬗遞〉，注意到後代對寒山詩的引用、擬作和和韻之作；臺灣葉珠紅《寒山詩集論叢》中，亦曾論及歷代文人、禪師「憶寒山」的主題，以及對寒山及其詩的評論和應用。[24]相對而言，寒山詩在後代禪林傳播考察的系統性研究仍亟待開

論文，2012 年；金敏芳，《從文本旅行角度研究比較斯奈德和韋利的兩個寒山詩翻譯版本》，杭州：浙江大學英語語言文學碩士論文，2013年；周陽光，《接受美學視閾下寒山詩兩個英譯本的對比研究》，武漢：華中師範大學英語語言文學碩士論文，2015 年。

[23] 曹汛，〈寒山詩的宋代知音──兼論寒山詩在宋代的流布和影響〉，《中國典籍與文化論叢》第 4 輯（北京：中華書局，1997年），頁 121-133。

[24] 陳耀東，《寒山詩集版本研究》（北京：世界知識出版社，2007年），頁 68-83。葉珠紅，《寒山詩集論叢》（臺北：秀威資訊科技公司，2006 年）。尚有臺灣暨南國際大學中文所洪沁妍碩士論文《宋代擬和寒山詩研究》（2013 年）。

發。

　　目前所見的寒山相關研究成果，甚少關注到禪門文獻中對寒山詩的運用問題。而了解禪門文獻如何詮釋和運用寒山詩，正是探求寒山形象如何轉化成禪僧的重要關鍵。因此，本書跳脫從寒山詩的相關史料考證寒山真實生平的考察模式，透過宋元禪宗燈錄、語錄等文獻，來觀察禪師對寒山詩的運用，使其形象和詩意愈加拓展、延伸和豐富的傳播歷程。同時反映寒山形象在宋元禪林被接受的情形，從而建立寒山肉身之外，其精神生命的再現、延續和轉化的接受旅程。

　　這本書著重於從後代禪師運用寒山詩的相關文獻，理出系統性的詮釋脈絡，走向更細緻的討論階段，來凸顯寒山詩在宋元禪林傳播的意義。那麼，如何看待宋元禪師對寒山詩的運用，則是一個詮釋視野的問題。從接受理論（Reception Theory）的觀點而言，文本語言本身包含許多意義未定性和意義空白，有待於文本的閱讀者或接受者透過自己的經驗、想像，來填補文本的意義空白，或賦予文本新的意義。[25]而宋代禪師引述、贊評寒山及其詩，正是透過自身的禪林文化環境進行主體閱讀詮釋，而注入對寒山詩的應用中。如同顏崑陽先生指出的：「『詩』是『意義』的複合體，我們無法只由一個固定的『視域』完全看透。我們必須轉換各種不同的視域，才能看到它各

25　參考〔美〕羅勃 C・赫魯伯（Robert C. Holub）著，董之林譯，《接受美學理論》（臺北：駱駝出版社，1994 年），第四章，〈模式選擇與論爭〉，頁 115。

種層次或面向的意義。」²⁶詩既是社會文化活動的產物，讀詩、用詩本身亦是一種社會文化互動的方式。那麼，研究「詩式社會文化行為」模式如何產生，互動模式的運作和類型，適可挖掘詩活動的多面意涵。²⁷

後代的讀者無論是從禪宗、道教或任何立場，都是帶著讀者自身的生命經驗來解讀寒山。²⁸其次，寒山詩與後代引用或擬作其詩的禪林之間，形成一種意義的延伸聯繫關係。²⁹禪師

26　顏崑陽，〈用詩，是一種社會文化行為模式——建構「中國詩用學」初論〉，《反思批判與轉向：中國古典文學研究之路》（臺北：允晨文化公司，2016 年），頁 251。

27　同前註，頁 252-271。

28　例如：寒山詩在美國傳播之初，史奈德（Gary Snyder）在當時美國禪風興起的文化環境下，所翻譯的 24 首寒山詩之所以廣為美國讀者所接受，除了他採直譯以忠於原詩之外，其所翻譯的寒山詩中之禪境，其實是揉合了自身文化中對自然生活的經驗與想像於其中。參考楊鋒兵，〈寒山詩在美國被接受原因探頤——以加里‧斯奈德英譯寒山詩為例〉，《第二屆寒山寺文化論壇論文集（2008）》，頁 172。

29　一篇文本在另一篇文本中確實地出現，包括借用、影射、典故、戲擬等，均可視為互文（Intertext）現象。也就是某一文本通過記憶、重複、修正等方式，在另一文本中出現。參考〔法〕薩莫瓦約著，邵煒譯，《互文性研究》（天津：天津人民出版社，2002 年），〈文學的記憶〉，頁 35。王瑾，《互文性》（桂林：廣西師範大學出版社，2005 年），一、〈巴赫金：走向互文性〉，頁 3。因為一首詩的意義，總是指向另一首詩，所以，哈羅德‧布魯姆認為互文意味著卓越的詩人與其前文本進行的鬥爭，視誤讀為一種強調讀者創造性的閱讀方式。〔美〕哈羅德‧布魯姆（Harold Bloom）著，徐文博譯，《影響的焦慮：詩歌理論》（臺北：久大圖書公司，1990 年），前言，頁 1。因此

創作前，對寒山詩應該有一定的熟悉度，因此，其創作自然而然或刻意地帶有原作的影子和風格。由寒山原作到禪師對寒山詩作的引用和擬作的對照，正可推敲禪師透過引、擬所延伸的寒山詩的內在意蘊。

本書將寒山詩和寒山傳說形象分開來討論，以宋元禪宗文獻對寒山詩的引用和擬作，以及對寒山宗教形象的創造作為研究起點，來觀察寒山及其詩在宋元禪林的發展脈絡。一方面透過整理禪宗典籍中對寒山詩句的引用、化用的情形，以及禪師擬寒山詩的創作，了解宋元禪師對寒山詩的接受；一方面從寒山在禪門系譜中的身分建構和變化，觀察其形象的聖化歷程。

二、本書各章主題說明

寒山形象與詩作從晚唐以下，不斷地被後代詩人、禪師所想像、引用、擬作、頌贊和唱和而傳布廣遠，這些對寒山詩更多元的詮釋和創作，使得寒山轉化成一個具有多重象徵意義的文化意象。本書主要從寒山詩在宋元時期禪林的傳播面向來檢視其文化影響力，從第二章到第四章是關於寒山詩的傳播與運用；第五章到第七章則是關於寒山形象多重轉變的觀察。各章內容簡述如下：

第二章，寒山詩中的「寒山」意象。寒山詩具有多面性的

後代的作者想盡辦法創新語意，來掙脫前人影響的籠罩，從而激發其前所未見的詩意之創造力。

內涵，在佛教中所流傳的寒山詩，僅是其中一部分帶有佛教哲理或意境的詩篇。在寒山詩集中，出現頻率最高的意象便是「寒山」，筆者統計其中關涉到寒山意象的詩，共有三十四首，約佔總作品數的十分之一。前人評寒山詩，有謂「吟到『寒山』句便工」，那麼，「寒山」意象究竟具有什麼樣的內在意涵指涉，而寒山詩中又為何會有此一特殊雙關意象呢？本章通過以「寒山」作為詩人自我指涉，以及其隱居空間與心靈空間交疊的「寒山」意象，探究「寒山」意象詩篇的內涵，包含深刻的禪境自明，寒巖禪居生活，以及人間應化、警世勸喻的主題。

第三章，宋代禪師對寒山詩的引用。從今所見之禪宗文獻可知，宋代禪師於上堂開示或師徒對話中經常引用寒山詩，作為提點機鋒的話頭引子或傳達一己悟境的代語。顯見宋代禪師對寒山詩的熟稔、內化和認同，將之納入宗門語料系統中，成為內部共通理解的語境。從接受的視野來看，宋代禪林對寒山詩的運用，研究重點已由作者／作品中心，移轉到讀者。宋代禪師對寒山詩的引用，其實是透過自身參禪的體驗來理解和運用寒山詩，使意蘊產生進一步的轉化或延伸。本章著重於挖掘宋代禪師把寒山詩放入其說法或參禪的語境中，所衍生或新創的對話語意，分別從運用寒山詩作為參禪悟道的機鋒話語，和作為對悟境的暗指兩面視角，討論禪師引用寒山詩所展現的思維方式和所欲召喚的內在意蘊，從而使寒山詩意愈加豐富的歷程。藉此觀察宋代禪門各宗以引用寒山詩代指禪師所欲傳達的機鋒或悟境的共通語用傾向，作為對寒山詩在宋代傳播與接受

的側面理解。

第四章，從宋代禪師擬寒山詩看「寒山體」的內涵轉變。寒山詩在宋代禪林中普遍流傳，因而有禪師創作「擬寒山詩」，成為禪宗文獻中的特殊表現。本章以宋代禪師的「擬寒山詩」來觀察寒山詩在宋代禪林的流傳和接受。這些「擬寒山詩」的作者，既是寒山詩的讀者，同時是創作者，其擬作可視為對寒山風格內涵理解的具體展現。那麼，宋代禪師擬寒山詩，從語言風格到禪境內涵，出現怎樣的承繼與變異的軌跡，他們對於「寒山體」的風格認知，又形成怎樣的差異和轉變呢？不過本章重點不在比較擬作與原作風格的相似度，而是要透過擬作來觀察禪師對寒山詩風格內涵的掌握和變化，藉此探究「寒山體」內涵的轉變軌跡。

第五章，禪門散聖：宋代禪林建構寒山散聖形象的宗教意涵。作為寒巖貧士形象的寒山，在唐代是一個謎樣的人物，他在佛教中的身分和形象的建構，主要是透過禪宗文獻不斷地引用、轉變而逐步形成。從禪宗文獻看來，他在宋代被放入宗門系譜中，展現瘋癲哈笑的形象特質，被歸為游戲應化人間的「散聖」一類人物，故而其詩被宋代禪師認為蘊含悟道的隱義。然而，為何寒山從寒巖貧士到宋代禪門中會形成與前不同的身分和形象轉變呢？本章主要針對宋代禪門中寒山身分轉化的關鍵性的問題：禪門中寒山的散聖形象為何會強化其瘋癲的特質？來探討寒山禪門散聖形象的形成過程，及其在禪宗系譜中的地位和宗教意涵。整體而言，寒山被形塑成以游戲人間的散聖作為另類的示現，展現禪宗活潑而生活化的修行特色，以

自身作為聖、俗泯然，任運施化的一種表演。

第六章，文殊化身：寒山在宋代禪林中的身分轉化及宗教意涵。寒山在宋代被視為「文殊」的化身，已在佛教中獲得普遍的認知。然而，寒山在禪林中的身分建構，為何會被視為文殊化身呢？本章從歷史性的文殊信仰發展脈絡，挖掘寒山身分如何從寒巖貧士發展為文殊化的演變，探究「寒山文殊」連結成立的內在意義和宗教文化成因，觀察其形象透過傳播和接受，在宋代逐步聖化的發展歷程，並從寒山與文殊之間對應的精神特質，提出二者產生連結的可能解釋。寒山之自性天真的特質，正相應於文殊的童行純潔，同樣具備自性本具的活力和智慧；而寒山外現瘋癲之狀，與文殊內在的智慧特質，正是顯相與本質不二的具體展現。

第七章，宋元禪林中寒山等「四睡」意象的形成及其贊頌的游戲禪機。在宋元禪宗文獻中，以寒山、拾得、豐干與虎相枕而眠所形成的「四睡」主題贊頌，雖未必直接題之於畫上，但畫、贊之間卻有著明顯的呼應關係。「四睡」概念的產生，應該是在「天台三隱」建立之後進一步的衍生；虎的加入，是源於傳說豐干騎虎出現國清寺，「四睡圖」無論意象或贊頌均有別於過往的寒山相關繪畫。那麼，虎的加入，轉化出哪些新的意蘊？寒山形象為什麼會由「笑」轉變為「睡」？「四睡」意象的構圖隱喻又是什麼呢？本章聚焦於南宋新出的「四睡」主題意象及其贊頌，透過現存圖像與贊頌的互文詮釋，討論其構圖的形成和禪師贊頌的多重詮釋視角和禪機意蘊。豐干所乘虎在「四睡」中與「天台三隱」混睡成一體，可說是其形象又

一高度創造性的翻轉，酣睡之態超越佛典中無明睡眠的負面觀點，轉化為超越機心、睏來即眠的一種心靈狀態；在調伏與超越，游戲哈笑與睡眠忘機的衝突概念中，展現楊岐派禪師的創意精神和游戲禪機。

全書近十五萬字，首章導論、末章結論，以及第二章「寒山」意象的主論部分，是針對這本專書而寫的。寒山詩在後代的傳播，從第三章至第七章的論題與內容，是以先前在學術期刊發表過的四篇論文為基礎，經過增補、改寫和擴充而成。分別是發表於《東吳中文學報》第 28 期〈寒山及其詩在宋代禪林的迴響：以禪師的引用為中心〉（THCI Core）；《成大中文學報》第 42 期〈從宋代（10-13 世紀）禪師擬寒山詩論「寒山體」的內涵轉變〉（THCI Core）；《清華學報》第 44 卷第 3 期〈禪門散聖與文殊化身：寒山形象在宋代禪林中的轉化及其意涵〉（THCI Core）；《淡江中文學報》第 33 期〈宋元禪林中寒山等「四睡」意象的形成及其贊頌的游戲禪機〉（THCI Core）。感謝科技部專題研究計畫：「寒山形象與寒山詩在宋代禪宗文獻中的傳播與接受 I-II」（NSC 101-2410-H-003-021-MY2）（MOST 103-2410-H-003-087-）的補助，以及各篇論文匿名審查者惠賜寶貴的審查意見，在此特申謝悃。

最後，僅以此書紀念我一生謙卑寡言的父親。

第二章　寒山詩中的「寒山」意象

一、前　言

　　關於寒山詩的結集，《仙傳拾遺》謂是「桐柏徵君徐靈府序而集之，分為三卷，行於人間。」[1]而託名閭丘胤所作〈寒山子詩集序〉謂其任命國清寺僧道翹主其事，於竹木石壁間收集寒山詩，得三百餘首，並纂集成卷。[2]此說經余嘉錫《四庫提要辨證》考證，閭丘胤其人之來歷不明，閭序乃託名偽作，非是唐太宗貞觀時台州刺史閭丘胤，道翹集詩更是虛構。他認為寒山詩最初應是由道士徐靈府（生卒不詳，活躍於唐武宗時期）輯成，後經曹山本寂（840-901）作注，而逐漸流傳於佛門中，使得寒山的禪僧形象逐漸明晰。[3]其云：「《唐志》所載《對寒

---

[1]　〔宋〕李昉等編，《太平廣記》（北京：中華書局，2006 年），卷 55〈寒山子〉，頁 338。

[2]　閭丘胤，〈寒山子詩集序〉，《寒山子詩集》（《四部叢刊》景宋本，臺北：臺灣商務印書館，1965 年），初編，集部，第 136 冊，頁 2。

[3]　閭丘胤〈寒山子詩集序〉中云寒山子隱居於「天台唐興縣西七十里」，然而，徐靈府《天台山記》和《元和郡縣志》均記云：唐興縣即古之始豐縣，至肅宗上元二年改為唐興縣。而閭丘胤為貞觀年間臺州刺史，當

山子詩》，有閭丘胤序而無靈府之序，疑本寂得靈府所編寒山詩，喜其多言佛理，足為彼教張目，惡靈府之序而去之，依託閭丘，別作一序以冠其首，謬言集為道翹所輯，為之作注。」[4]可見寒山形象向禪僧轉化，實經歷禪門去道教化的歷程。

在《新唐書・藝文志》第四十九卷中，將寒山詩列於釋家之詩，卷五十九有《對寒山子詩》七卷，註明文字云：「天台隱士。台州刺史閭丘胤序，僧道翹集。寒山子隱唐興縣寒山巖，於國清寺與隱者拾得往還。」[5]但同樣是宋代所出的《唐詩紀事》，乃至明代的《唐詩品彙》等，均未收錄寒山詩，而這些詩集都有僧詩之部，且所收僧詩質量未必高於寒山詩。直到清代編《全唐詩》時，將寒山詩列於釋家之首，收錄其詩三百餘首，寒山詩僧的身分方得到全面的確立。

《寒山子詩集》在宋代已經多次刊刻，學者對於最早的寒山詩版本看法不一，南宋淳熙十六年（1189）國清寺僧志南編輯而成之「國清寺本」，和《天祿琳琅續編》所錄之宋版《寒山子詩一卷附豐干拾得詩一卷》，可說是寒山詩集流傳版本的兩個主要系統源頭，二者在編目排序上最大的差異，是前者第一首為〈重巖我卜居〉，後者第一首為〈凡讀我詩者〉，兩者

時該縣尚不名為唐興，可見此序為後人所偽託，非出於閭丘之手。參考余嘉錫，《四庫提要辨證》（北京：中華書局，2007 年），卷 20〈寒山子詩集二卷附豐干拾得詩一卷〉，頁 1250-1253，1262-1264。

4　同前註，頁 1250。

5　〔宋〕歐陽修，《新唐書・藝文志》（北京：中華書局，1975 年），卷 59，頁 1531。

同為宋代版本，而至今未見有任何古代注本。四部叢刊《寒山子詩集》是上海涵芬樓借印建德周氏景宋刻本，收錄寒山詩三百一十一首，附拾得詩五十四首，另有上海商務印書館縮印建德周氏景宋本，二種均是《天祿琳琅續編》著錄本。而《四部叢刊》景高麗本《寒山詩一卷豐干拾得詩一卷附慈受擬寒山詩一卷》，是上海涵芬樓借常熟瞿氏鐵琴銅劍樓高麗刊本影印，亦屬《天祿》宋本系統。日本宮內廳書陵部所藏宋本《寒山詩集》，卷首、卷末均有觀音比丘無我慧身所作之序、跋，屬「國清寺本」系統。[6]關於寒山詩的版本、校注，已有當代學者錢學烈、項楚、陳耀東、葉珠紅等進行過考察和校注，本書所引寒山詩則以項楚《寒山詩注》為主。[7]

---

[6]　參考葉珠紅，《寒山資料考辨》（臺北：花木蘭文化出版社，2011年），第四章第一節，〈寒山詩版本概說〉，頁63-72。

[7]　項楚《寒山詩注》以四部叢刊景宋本《寒山子詩集》為底本，校以日本宮內省圖書寮藏本《寒山詩集豐干拾得詩附》、日本正中年間刊本《寒山詩》、四部叢刊景高麗刊本《寒山詩一卷豐干拾得詩一卷附慈受擬寒山詩一卷》、臺灣商務印書館景印文淵閣四庫全書本《寒山詩集》等，凡以上諸本未收之寒山詩，則列於佚詩。共收寒山詩三百一十三首，佚詩十二首。參見項楚，《寒山詩注附拾得詩注》（北京：中華書局，2010年）。另有錢學烈《寒山詩校注》（廣州：廣東高等教育出版社，1991年）、《寒山拾得詩校評》（天津：天津古籍出版社，1998年）。他以《天祿琳琅續編》宋刻本《寒山子詩集》為現存最早版本，參以《四部叢刊》初編縮印建德周氏景宋本《寒山子詩集》為底本。另有陳耀東《寒山詩集版本研究》（北京：世界知識出版社，2007年），葉珠紅《寒山詩集校考》（臺北：文史哲出版社，2005年）對寒山詩版本進行細膩考證，茲不贅述。

關於寒山詩的作者寒山，或稱寒山子，生存於唐代，關於其生卒年代、生平事蹟的考察，學者只能由寒山詩集作品及序文，輔以唐代的史料雜錄對照求考，因為缺乏更進一步的文獻支持，以致至今仍眾說紛云，難有定論。余嘉錫《四庫提要辨證》認為寒山應是大曆時人，而署名唐貞觀台州刺史閭丘胤所作〈寒山子詩集序〉應屬偽作。[8]當代學者陳慧劍、孫昌武、陳耀東等亦多主張寒山為大曆時人。[9]根據現存寒山年代的史料來看，其生存的年代可能極長，而以大曆時期為主要的活動年代。然而，寒山是否即為寒山詩的作者，當代學者多有存疑。

自徐靈府編成《寒山子詩集》，寒山詩即廣泛地傳布民間。其詩用字通俗，內容駁雜，風格不一，包含儒家、道家和佛教等多面性內涵，早有學者懷疑非出於一人之手。余嘉錫《四庫提要辨證》即提出：「寒山之詩，亦未必不雜以偽

---

[8] 余嘉錫，《四庫提要辨證》，卷 20《寒山子詩集二卷附豐干拾得詩一卷》，頁 1250。

[9] 陳慧劍，《寒山子研究》（臺北：東大圖書公司，1991 年），三〈寒山時代內證考〉，頁 15；孫昌武，《詩與禪》（臺北：東大圖書公司，1994 年），〈寒山傳說與寒山詩〉，頁 225-6；陳耀東，《寒山詩集版本研究》，第六章，〈徵引、擬作、賡和寒山子詩「熱」考〉，頁 72。關於寒山生卒年代的考證，諸多學者提出不同的論點，相關論述之彙整，可參考葉珠紅，《寒山資料考辨》（臺北：秀威資訊科技公司，2006 年），第三章，〈寒山傳說考辨〉，頁 25；崔小敬，《寒山：一種文化現象的探尋》（北京：中國社會科學出版社，2010 年），第一章第二節，〈寒山詩與寒山其人〉，頁 11。

作。」[10]日本學者對於是否真有寒山其人，多持否定態度，卻不影響寒山在日本的傳播影響力。津田左右吉博士認為，在寒山以前的中國詩史上，同一個詩人的作品裡，還未曾見過如寒山詩這般具有多樣的主題內容和儒釋道思想混雜隱逸、養生等複雜觀念的詩人，所以，寒山詩是否出自一人之手，值得疑問。[11]張曼濤先生認為津田先生的說法，將詩人情趣和思想視為單一固定之概念，忽略了詩人會隨著其生命歷程的變化和人生不同階段的經歷，而使其創作產生多樣的內容和心境轉變存在的可能性。[12]孫昌武先生則提出寒山詩非一人所作，應該「有一個寒山詩的作者群」。並推斷：「今傳寒山詩是以寒山子為代表的一派人包括禪宗中人的作品」。[13]

　　確實，寒山詩具有多面性的內涵，在佛教中所流傳的寒山詩，僅是其中一部分帶有明顯的佛教哲理和禪修意境的詩篇。入矢義高便將寒山宗教類詩篇分為「說理詩」和「勸世詩」。[14]賈晉華先生統計寒山詩中具有佛教內涵的詩篇共一百一十九

10　余嘉錫，《四庫提要辨證》，卷 20《寒山子詩集二卷附豐干拾得詩一卷》，頁 1264。

11　〔日〕津田左右吉，《津田左右吉全集》（東京：岩波書店，1965年），第 19 卷，第八篇，〈寒山詩と寒山拾得の說話〉，頁 505-6。

12　參見張曼濤，〈日本學者對寒山詩的評價與解釋〉，《日本人的死》（臺北：黎明文化事業公司，1976 年），頁 111。

13　參見孫昌武，〈寒山傳說與寒山詩〉，《詩與禪》，頁 230-5。

14　〔日〕入矢義高著，王順洪譯，嚴紹璗校，〈寒山詩管窺〉，《古籍整理與研究》（北京：中華書局，1989 年第 4 期），頁 233。原文收入《東方學報》（京都：京都大學人文科學研究所，1958 年），第 28

首，並進一步提出即使是關於佛教內涵的詩篇，其表現方式和
風格內涵也呈現兩種截然不同的風格趨向，包含六十五首通俗
佛理勸喻詩，口語直陳，意蘊明淺，如同偈語，和五十四首自
呈禪境悅樂的詩篇，多以比興暗示，意蘊幽遠。[15]前者表現為
對修道的指點；後者為主體禪悟意蘊的表述。賈氏認為這兩類
詩從用語、意象到主旨，都呈現截然不同的風格。他從寒山勸
世諷喻的通俗詩和表現南宗禪思想的禪境詩偈的典故觀念、主
客稱述習慣、用語風格、押韻格律等差異作分析，據此論證主
張這兩類詩非出自同一作者，而禪境悅樂這一類的禪詩作者可
能為另一晚唐人。[16]

　　然而，如果詩中明確引用佛語、佛典、勸善戒殺等主旨，
即歸屬佛教主題詩篇，自無疑義；但是其中亦有並無直接運用
佛語，而是善用譬喻來抒發禪修悟境或人世無常的感悟，這些
生命感悟內容，即使詩中並無佛語，其詩旨卻是呼應佛理的。
因此，《寒山子詩集》中具有佛教內涵的詩篇數量，學者的判
定標準不一，看法或有差異。

　　其次，寒山詩云：「五言五百篇，七字七十九，三字二十

冊，頁 81-82。

[15]　參見賈晉華，《古典禪研究》（香港：牛津大學出版社，2010 年），
　　　第十章，〈晚唐五代禪宗重要家系門風辨析〉，頁 297。

[16]　參見賈晉華，〈傳世《寒山詩集》中禪詩作者考辨〉，《中國文哲研究
　　　集刊》第 22 期（2003 年 3 月），頁 65-90。賈氏又進一步主張《寒山
　　　詩集》中禪詩的作者非寒山，而是曹山本寂，閭丘胤序亦為本寂所編造
　　　偽託。

一，都來六百首。」[17]賈晉華先生認為此詩應是後人添加進去的，而六百首的數字，正是寒山原詩與本寂注詩混淆後的面貌。經過五代戰亂而佚失大半，其中原詩和注詩都有所散佚和混淆，以致今存寒山詩僅三百餘首。[18]然而，若本寂《對寒山子詩》的「對」是以詩注詩，則應該寒山詩集中本有相當的禪境詩，本寂才會以風格類似的詩篇為注，以闡釋原詩題旨，這反而證明寒山原詩當中必然有意境高深的禪詩存在。所以，即便寒山原詩與本寂注詩都各有散佚，以致現存禪詩只剩五十四首，這五十四首禪詩豈能皆為本寂所作？

再次，檢視寒山禪境詩所展現的幽居樂道、清醒自明的超越智慧，與《仙傳拾遺》所記之寒山形象，是一位超脫冷靜的智慧隱士，其人與詩的風格是可以相互呼應的。而《太平廣記》卷五十五引《仙傳拾遺》所記寒山詩已是三百餘首，其內容：「多述山林幽隱之興，或譏諷時態，能警勵流俗。」[19]託名閭丘胤序所言道翹收集的寒山詩也是三百餘首，[20]這兩種北宋初以前的史料所記與今所流傳寒山詩的數目已十分接近。

後人以通俗佛理詩來定位寒山詩的風格，顯然是以禪境悅樂和佛教勸喻兩類詩篇的數量比例為基準，而不是以其高度禪

17　項楚注，《寒山詩注》，頁 704。

18　參見賈晉華，〈傳世《寒山詩集》中禪詩作者考辨〉，《中國文哲研究集刊》第 22 期，頁 65-90。

19　〔宋〕李昉等編，《太平廣記》，卷 55〈寒山子〉，頁 338。

20　閭丘胤，〈寒山子詩集序〉，《寒山子詩集》，《四部叢刊》景宋本，初編，集部，第 136 冊，頁 2。

悟境界的禪詩來定位他，這種評論標準亦不無商榷的餘地，加
之通俗詩篇更為容易廣傳，而使寒山被定位為通俗詩人。民國
以來，胡適之《白話文學史》便將王梵志、寒山、王績三人並列
為早期的白話詩人，視寒山為王梵志白話詩的直接繼承者。[21]

　　目前學界著墨於寒山禪詩的討論文章雖多，卻缺乏一個能
烘托寒山禪境的論述焦點。筆者統計寒山詩集中，出現頻率最
高的便是「寒山」意象，共有三十四首，約佔總作品數的十分
之一。內容或者指涉自身，或者指其隱居地，實可作為深入寒
山禪境最直接的窗口。趙滋蕃先生論及寒山詩時，曾言「吟到
『寒山』句便工」，[22]良為洞見，惜未作深論。那麼，「寒
山」意象具有什麼樣的內在意涵指涉，而寒山詩中又為何會有
此一特殊雙關意象呢？本章首先回歸寒山詩中，討論其詩獨特
的「寒山」意象之意蘊層次，進而綜覽寒山詩在宋代的傳播情
形，作為從下一章起，考察寒山詩在宋代禪林傳播的基礎。

二、以「寒山」意象作為自我指涉

　　初瞥「寒山」，吾人腦中自然浮現的意象，是 Cold
Mountain？還是那位髮如飛蓬，咧嘴而笑的天台隱士呢？在

---

[21]　胡適，《白話文學史》（臺北：遠流出版事業公司，1986 年），上
　　卷，第二編唐朝，第 11 章，〈唐初的白話詩〉，頁 23-31。

[22]　趙滋蕃〈寒山其人其詩〉一文，第四節吟到寒山句便工，統計寒山詩中
　　共 34 首提到「寒山」一詞。《中國詩季刊》第 4 卷第 1 期（1973 年 3
　　月），頁 19。

《寒山子詩集》中所見三十四首「寒山」意象的詩篇中，主要
指涉意義約可分為兩類：指涉寒山所隱居之地寒巖者，有二十
四首；指涉寒山自身的有十首；亦有雖表面指詩人或寒巖，卻
是象徵其心靈狀態者；有時更是三者的綜合表現。以形式而
言，三十四首「寒山」詩中，五言詩二十五首，七言詩五首，
另外有四首三言古詩。

「寒山」一詞中，「寒」本身即是屬於冷性形容詞，可以
是一種感觀上的覺受，也可視為是心靈內在的孤獨外露而出的
質感。「山」又給人一種高遠幽渺的形象覺受，是故「寒山」
本身就營造出一份孤清悠遠、渺茫難測而深山人不知的遠距意
象，宛如重重山水中，最深遠難見，而終年煙雲不散的一層峰
巒。或許，「寒山」只是一位或一群徹底隱姓埋名的詩人／哲
人／修道人的姑稱之名，而恰恰就隱居於天台山國清寺附近的
「寒巖」，山中之寒巖，簡言之亦可說是住於「寒山」。也就
是說，有一位或一群姑名之寒山的隱者，隱居於寒山。

所以，欲一窺寒山原始形象，最直接的材料自然是現存的
寒山詩，由之以見寒山之形貌。

> 時人見寒山，各謂是風顛。貌不起人目，身唯布裘纏。
> 我語他不會，他語我不言。為報往來者，可來向寒山。[23]

這位寒山形貌並不起眼，行動又被視為瘋癲，語言但重自明而

---

[23] 項楚注，《寒山詩注》，頁 566。

非與人交通。而外相上的瘋癲，往往被視同為內在的癡愚，也
就是欠缺常態邏輯的思維判斷能力：

> 憶得二十年，徐步國清歸。國清寺中人，盡道寒山癡。
> 癡人何用疑，疑不解尋思。我尚自不識，是伊爭得知。
> 低頭不用問，問得復何為。有人來罵我，分明了了知。
> 雖然不應對，卻是得便宜。[24]

　　內在實質則展現為語言或行動上的直心：「寒山出此語，
復似顛狂漢。有事對面說，所以足人怨。心真出語直，直心無
背面。」[25]超於常情的直心直語，反成為其針砭世俗的標誌，
即如溈山所云：「道人之心，質直無偽，無背無面，無詐妄
心。一切時中，視聽尋常，更無委曲，亦不閉眼塞耳，但情不
附物即得。」[26]所以，從指涉「寒山」自身的詩看來，他是內
在世界極其清明空朗的智者，卻採佯狂之姿隱沒於世，這或可
理解為另類的示現。趙滋蕃即言，寒山是一位「感情真摯，定
力和智慧都足以玄覽萬有，從明心見性中遊戲人間，從淡漠悲
憫中透視生命的終極意義和價值的詩人。」[27]

---

[24]　同前註，頁 717。

[25]　同前註，頁 609。

[26]　〔宋〕普濟著，蘇淵雷點校，《五燈會元》（北京：中華書局，2006
　　　年），卷 9〈溈山靈祐禪師〉，頁 521。

[27]　參見趙滋蕃，〈寒山其人其詩〉，《中國詩季刊》第 4 卷第 1 期（1973
　　　年 3 月），頁 3。

　　大約在北宋初，託名閭丘胤所作序出現，禪門中寒山傳說的面貌才初步形成。序中言寒山是「貧人瘋狂之士」，其尋常行徑異於俗人，「時還國清寺，寺有拾得，知食堂，尋常收貯餘殘菜滓於竹筒內，寒山若來，即負而去。或長廊徐行，叫喚快活，獨言獨笑。時僧遂捉罵打趁，乃駐立撫掌，呵呵大笑，良久而去。」[28]《宋高僧傳》描述寒山的外在形象與閭序近似，「每於寒巖幽窟中居之，以為定止。」「布襦零落，面貌枯瘁，以樺皮為冠，曳大木屐。或發辭氣，宛有所歸，歸于佛理。」[29]《景德傳燈錄》卷二十七亦言寒山：「雖出狂言，而有理趣。」[30]禪門所記寒山的生動形象，在其所存在的時代，完全是一個特立獨行者，帶有崇尚自然，反社會制度和世俗束縛的個人主義精神實踐者，不隨俗自不可以世俗之眼視之。閭序中有一段轉述自豐干的話云：「見之不識，識之不見；若欲見之，不得取相，乃可見之。」[31]其喜怒行止全無定法，然寫於林葉的詩，卻都闇合佛理。顯現其游戲瘋癲和癡傻愚昧的外貌，源自內在本然清明智慧的發用。事實上，從六朝以來即有

28　閭丘胤，〈寒山子詩集序〉，《寒山子詩集》，《四部叢刊》景宋本，初編，集部，第 136 冊，頁 1。

29　以上兩段引文，引自〔宋〕贊寧撰，范祥雍點校，《宋高僧傳》（北京：中華書局，1993 年），卷 19〈唐天台山封干師傳〉，附傳寒山子、拾得，頁 483。

30　〔宋〕道原，《景德傳燈錄》卷 27，《大正藏》，第 51 冊，頁 433 中。

31　閭丘胤，〈寒山子詩集序〉，《寒山子詩集》，《四部叢刊》景宋本，初編，集部，第 136 冊，頁 1。

以佯狂之姿混跡人間的狂僧事例，外在的瘋癲與內在的清醒智慧並不相違。[32]可見達者寒山是以一種最平凡的姿態游戲人間，對於當時習慣接受正面說教的人們以另一種反面說法的示現，或可視為是對僵化的宗教活動的一種反動。

> 寒山有躶蟲，身白而頭黑。手把兩卷書，一道將一德。
> 住不安釜竈，行不齎衣裓。常持智慧劍，擬破煩惱賊。[33]

寒山很少將注意力放在形下的現實面，對生活資俱隨緣不執，而多住於形上的精神世界中，所重者惟內心煩惱的調伏。寒山讀的《道德經》屬道家經典，以智慧破煩惱賊又是佛經常有的用語，可見其行思雜揉道、佛思想，未必可以一家歸之。「寒山子，長如是，獨自居，不生死。」[34]此無生死的概念亦雜揉佛道。寒山詩中呈現的思想駁雜非一而包容儒道釋，是多數學者共通認知的。[35]日本學者津田左右吉先生更認為，傳說中寒山的瘋狂形態，以及隱居寒巖，諷世逸名，是以中國文化道

32　參考黃敬家，〈幻化之影——唐代狂僧垂跡的形象及其意涵〉，《臺大佛學研究》第 20 期（2010 年 12 月），頁 62-66。

33　項楚注，《寒山詩注》，頁 390。

34　同前註，頁 792。

35　余嘉錫：「寒山初亦鍊藥求仙，久而無效，始知大道不在於此。」余嘉錫，《四庫提要辨證》，卷 20《寒山子詩集二卷附豐干拾得詩一卷》，頁 1262。確實寒山詩中有些引用唐代道教修養觀念的詩篇，但又有些詩表現出對道教於生命終極問題不夠徹底的質疑。

家、神仙、隱逸、或儒或佛揉雜起來的思想為主幹，表現在一
首詩中，此乃中國文化本身的產物，與佛教思想無關，其瘋狂
態度含有反社會制度和世俗束縛的個人主義思想。所以，他認
為寒山的詩壓根是以中國某種特定思想為主幹，不是真正的以
佛家思想為根據，而是混同的，或者更多以道家和隱逸為主的
成分。而一般學者習慣性地從寒山詩中所引用的詞彙，歸類為
佛家、道家、儒家之詩的分法，恐怕過於牽強。[36]津田先生的
說法，又過於撇清佛教成分，畢竟誰能否定中國文化中儒道佛
思想混融的實況。

　　寒山宅中，空無一物：「寒山有一宅，宅中無闌隔。六門
左右通，堂中見天碧。房房虛索索，東壁打西壁。」[37]一切外
在負累貧匱至極時，心靈則究極清淨。如香嚴智閑（？-898）所
言貧無著錐之地：「去年貧，未是貧；今年貧，始是貧。去年
貧，猶有卓錐之地；今年貧，錐也無。」[38]可見物質世界中的
寒山，以世俗的眼光來衡量，是貧窮的。然而，什麼是貧呢？
能知足雖貧亦可稱為富，有財而欲多則為貧。在寒山，現實生
活的匱乏，正足以使其將所有的生命精力放在自性覺悟層次的

36　〔日〕津田左右吉，《津田左右吉全集》，卷 19，シナ佛教の研究，
　　第八篇，〈寒山詩と寒山拾得の說話〉，頁 519-526。關於寒山詩中的
　　道家思想成分，或者寒山禪詩究竟指涉的是佛教或道家思想，雖有不少
　　論文涉及，然皆止於表面類比或印象性的推測。

37　項楚注，《寒山詩注》，頁 440。

38　〔宋〕普濟著，蘇淵雷點校，《五燈會元》中，卷 9〈香嚴智閑禪
　　師〉，頁 537。

提昇上，詩人於貧，可說是甘之如飴，且能以貧自娛。

　　另一方面，寒山詩中有一部分警世勸修的通俗詩篇，文字淺白，如同民間佛偈歌訣一般，多是善惡因果，輪迴業報之警語。可想見寒山不僅自求超世清淨，而具有對廣大眾生的深刻同情共感。

> 汝為埋頭癡兀兀，愛向無明羅剎窟。再三勸你早修行，
> 是你頑癡心恍惚。不肯信受寒山語，轉轉倍加業汩汩。
> 直待斬首作兩段，方知自身奴賊物。[39]

> 寒山出此語，此語無人信。蜜甜足人嘗，黃蘗苦難近。
> 順情生喜悅，逆意多瞋恨。但看木傀儡，弄了一場困。[40]

> 家有寒山詩，勝汝看經卷；書放屏風上，時時看一徧。[41]

　　人生猶如木傀儡，不得自主，忙碌一場，虛幻無得。以期通過每個人自己心中的寒山，回歸真實之自我。從這些苦口婆心的勸修詩句中，不難體會寒山並非冷漠自潔，只求自身解脫快活的隱士，相反的，其精神修養超脫自在，使他更能勘破世間生死迷夢，指給世人一條通向生命自由的徑路。由此可見寒

39　項楚注，《寒山詩注》，頁 240。
40　同前註，頁 756。
41　同前註，頁 794。

山冷靜之眼下的柔軟心，這點非常符合大乘菩薩道不捨眾生苦的精神，也可理解為佯狂的寒山是一種面相，而這形象之下則是一顆善解的心腸。

三、隱居空間與心靈空間交疊的「寒山」意象

　　寒巖並不是一個專有的地理命名，而是一處杳絕人跡的孤峰寒山，此處是詩人實踐生命理想之所在，因寒巖當暑有雪，亦可說是住在「寒山」中。透過指涉寒巖之詩，可了解寒山隱居的地理環境，更進一層透視其生活心跡與禪悟境界。

　　寒山獨居於天台山國清寺附近的寒巖三十年，晚年回首人世遷變幻化，亦不免流下滄桑了然的淚水：「一向寒山坐，淹留三十年。昨來訪親友，太半入黃泉。漸減如殘燭，長流似逝川。今朝對孤影，不覺淚雙懸。」[42]豐干和拾得可以說是他僅有的生命知己：「慣居幽隱處，乍向國清中。時訪豐干老，仍來看拾公。獨迴上寒巖，無人話合同。尋究無源水，源窮水不窮。」[43]他們三人同樣達於聖流，同樣以佯狂不合流俗之姿處世，只有他們能理解彼此，局外人卻難以意會。

　　寒山唯白雲，寂寂絕埃塵。草座山家有，孤燈明月輪。

---

[42]　同前註，頁134。

[43]　同前註，頁110。

石床臨碧沼，虎鹿每為鄰。自羨幽居樂，長為象外人。[44]

一自遯寒山，養命餐山果。平生何所憂？此世隨緣過。
日月如逝川，光陰石中火。任你天地移，我暢巖中坐。[45]

我家本住在寒山，石巖棲息離煩緣。泯時萬象無痕跡，
舒處周流徧大千。光影騰輝照心地，無有一法當現前。
方知摩尼一顆珠，解用無方處處圓。[46]

　　從寒山所住的寒巖地景及其生活情狀，可一窺其生活之趣
和幽居心境。「寒山無漏巖」的生活看來是孤寂的，因為無人
情之往來，但詩人並不寂寞，「我自遯寒巖，快活長歌笑。」
[47]在如是平淡的生活中，游走自然天地，任憑靈光自然滋長，
其閑野之態，恰是莊禪具體混合的化身。圓融無礙、解用無方
的摩尼「心珠」[48]，即詩人所重之自性，禪宗所謂本來面目。
《華嚴經》云：「善男子，譬如水珠，置濁水中，水即澄清。

---

[44]　同前註，頁 763。

[45]　同前註，頁 448。

[46]　同前註，頁 524。

[47]　以上二段引文，同前註，頁 778。

[48]　「寒巖深更好，無人行此道。白雲高岫閑，青嶂孤猿嘯。我更何所親，
　　暢志自宜老。形容寒暑遷，心珠甚可保。」項楚注，《寒山詩注》，頁
　　732。

菩提心珠亦復如是，除滅一切煩惱垢濁。」[49]外在一切現象界，乃至於此肉身生命，都會隨時流遷移消逝，可貴者惟此靈靈不昧之自性。人人心中有此一顆無價的摩尼寶珠，悟得本然自性，自能於現象界運用變化，周遍無方。體上把握住了，則形下生命之流轉，自可即用即體，不離中道。所以，「寒山」也可視為是詩人理想之所在，代表絕對的真我，「任你天地移，我暢巖中坐」，這是何等從容自在的氣魄！

> 粤自居寒山，曾經幾萬載。任運遯林泉，棲遲觀自在。
> 寒巖人不到，白雲常靉靆。細草作臥褥，青天為被蓋。
> 快活枕石頭，天地任變改。[50]

> 登陟寒山道，寒山路不窮。谿長石磊磊，澗闊草濛濛。
> 苔滑非關雨，松鳴不假風。誰能超世累，共坐白雲中。[51]

　　寒山詩的創作目的，毋寧是詩人作為心靈狀態的見證或感受生命本體的方式。表面上都是指寒山所隱居之處，然詩人只是借真實之「寒山」意象來托出其內心之境，更是詩人／哲人寒山心內風景的外現。這是一處絕人跡、無言語，詩人主體高

---

[49]　〔東晉〕佛馱跋陀羅譯，《大方廣佛華嚴經》，卷 59〈入法界品第三十四之十六〉，《大正藏》第 9 冊，頁 777 中。

[50]　項楚注，《寒山詩注》，頁 430。

[51]　同前註，頁 79。

度覺性所展現和達至的心靈地景。

　　詩與禪都在呈露心靈直覺的風景端倪，以引發讀者無窮的想象延伸，將心靈悟境與寒山景物融合一體的詩作，是寒山詩的上乘佳作。此中的「寒山」，意象層次豐富，外景與內情融合無間，充分體現其心跡心相。

　　　　可笑寒山道，而無車馬蹤。聯谿難記曲，疊嶂不知重。
　　　　泣露千般草，吟風一樣松。此時迷徑處，形問影何從？[52]

　　　　一住寒山萬事休，更無雜念挂心頭。
　　　　閑於石壁題詩句，任運還同不繫舟。[53]

　　　　碧澗泉水清，寒山月華白。默知神自明，觀空境逾寂。[54]

　　寒山擅於運用文字表達其生命當下之真實感受，已經超出對文字的技巧經營層面，而更在文字之上，以整個存有感受自己與他己當下的生存之境。此「寒山」可指其住處，亦指其心境，不是單純指涉單一意義，已將外境與內情交融混合，既是景也是心。所以，寒山看似實景，非可指實，而是一種心靈之境，表達其閒曠悠然，與自然融為一體的生命狀態。深山寒

---

[52]　同前註，頁 21。
[53]　同前註，頁 474。
[54]　同前註，頁 222。

巖，人跡都絕，唯有經過人境雙泯的階段，才能進入任運自適，如同不繫舟之境界。無心，是無執無礙，解脫自在的一種心靈狀態。寒山月華，皎潔無染，朗然明澈，如鏡自鑒。靜夜空山中，唯泉聲潺湲清響，上空則是圓月滿枝，靜定中蘊含無限動態生機。

　　詩人了悟一切現象界因緣所生法本體之空寂，而由空性中觀照一切諸相，心如明境，澈照萬有，卻不礙生生妙有之機的發用，雖在用中而不礙本體之空。則「寒山圓月」正如「吾心似秋月，碧潭清皎潔。」[55]是其自性圓俱的象徵。由於無心於世緣攀躋，「寒山」成為詩人長伴白雲，隨緣度日以保任自性的理想所在，亦其生命圓滿自適的精神境界之一體朗現。從現象界的虛幻非真，觀見萬法本然之空性，如同宗密《禪源諸詮集都序》卷上云：「妄念本寂，塵境本空，空寂之心，靈知不昧。即此空寂之知，是汝真性。」[56]所以，寒山詩的禪悟境界，不著一禪語，卻以意象性的語言，自然呈現妙悟之機，是其詩中的上乘之作。

四、寒山詩在宋代的傳播

　　寒山相信其詩將來必然能遇會隔代知音而傳布天下：

55　同前註，頁 137。

56　《大正藏》第 48 冊，頁 402 下。

> 有人笑我詩，我詩合典雅。不煩鄭氏箋，豈用毛公解。
> 不恨會人稀，只為知音寡。若遣趁宮商，余病莫能罷。
> 忽遇明眼人，即自流天下。[57]

寒山詩從何時開始廣泛流布，學者看法不一。自天合道士徐靈府編成寒山詩集，經素修舉業，文辭遒麗的曹山本寂注《對寒山子詩》後，便廣泛流行寰內。[58]所以，從寒山詩流傳於世，即已受到同代詩人的肯定。[59]李山甫〈山中寄梁判官〉：「寒山子亦患多才。」[60]詩僧貫休、齊己亦讚賞寒山。貫休〈寄赤松舒道士〉二首之一：「子愛寒山子，歌惟樂道歌。」[61]可見赤松道士亦好樂仿習寒山，歌頌寒山。兩人均以「寒山子」稱呼之，這個稱謂即充滿道家意義，而「樂道歌」也同時存在於佛、道兩家。可見晚唐此時對寒山的認知，尚未專屬於佛教。

57　項楚，《寒山詩注》，頁 785。

58　〔宋〕贊寧撰，范祥雍點校，《宋高僧傳》，卷 13〈梁撫州曹山本寂傳〉，頁 308。

59　陳耀東研究指出，唐代文人包括杜甫、張繼、韋應物、白居易等，都曾言及寒山詩。參見陳耀東，《寒山詩集版本研究》，第六章，〈徵引、擬作、廣和寒山子詩「熱」考——兼述廣和系統版本的嬗遞〉，頁 68-83。此說經陳英傑考證，恐多附會而非事實。參見陳英傑，〈黃庭堅與寒山詩關係考〉，《臺大中文學報》第 34 期（2011 年 6 月），頁 187-8。

60　〔清〕聖祖敕編，《全唐詩》（北京：中華書局，1985 年），第 19 冊，卷 643，頁 7369。

61　〔唐〕貫休著，陸永峰校注，《禪月集校注》（成都：巴蜀書社，2006 年），卷 11，頁 226。

齊己〈渚宮莫問詩一十五首并序〉之三：「莫問休行腳，南方已遍尋。了應須自了，心不是他心。赤水珠何覓，寒山偈莫吟。誰同論此理？杜口少知音。」[62]禪人盡日尋春不見春，芒鞋踏破嶺頭雲，回頭覓得自心，即能掌握寒山詩偈的內涵，如同覓得赤水之珠，只是這般體悟，知音者稀。可見齊己視寒山詩的內涵是自性的體現，唯同道知音能解。另一方面，禪師把寒山詩放入其說法或參禪的語境中，以衍生或新創對話語義，從而豐富其對話的內在意涵。例如晚唐禪師雪峰義存（822-908）〈因讀寒山詩〉所云：「可憐寒山子，多言復多語，橫路作籬障，何如直下覓光舒？」[63]藉由義存關注語言的趨向，警惕寒山似乎過度老婆心切而說太多，恐成當代禪人直下認取自性的文字障。此見寒山詩流傳於世，在晚唐即受到詩人、禪僧的喜愛。

因為寒山詩不合唐代主流體製，在當時不甚受重視，直到宋代才被王荊公、蘇東坡所提舉，並在禪林間傳頌。宋代文人，包括陸游（1125-1210）、朱熹（1130-1200）、張鎡（1153-？）、方回（1227-1307）等，也都高度評價過寒山詩，王安石（1021-1086）、蘇軾（1037-1101）、陸游皆有擬寒山詩作。王安石《擬寒山拾得二十首》為五言形式，語言質樸，內容以通俗佛理為

---

[62]　〔唐〕齊己，《白蓮集》，卷 5，《四部叢刊初編》（上海商務印書館縮印影明精鈔本），集部，第 172 冊，頁 34 下-35 上。

[63]　〔明〕林弘衍編，《雪峰義存禪師語錄》卷下，《卍新纂續藏經》第 69 冊，頁 84 下。此詩《祖堂集》、《景德傳燈錄》均未見著錄，而語錄編輯年代晚至明代，可信度有待商榷。

主，帶有警世箴言意味，風格與寒山頗相應和，可說是慈受懷深（1077-1132）擬寒山通俗勸喻詩風格的前導。[64]從蘇軾《次韻定慧欽長老見寄八首並引》云：「蘇州定慧長老守欽，使其徒卓契順來惠州，問予安否，且寄《擬寒山十頌》。語有璨、忍之通，而詩無島、可之寒。吾甚嘉之，為和八首。」[65]可知定慧守欽（生卒不詳）曾作《擬寒山十頌》，而且風格近似三祖僧璨、五祖弘忍等禪門大師質樸天然、開化眾方之禪教風格，而無賈島、無可清寒孤冷的格調，可惜原詩已佚。蘇軾之次韻，並非對寒山詩的直接擬作，所以與寒山詩的語言、風格均不相類，主要是透過和定慧長老用韻，來抒發一己人生感懷。而陸游的擬作已佚，無從論斷。[66]其次，黃庭堅〈戲題戎州作余真〉云：「前身寒山子，後身黃魯直。」[67]直以自身為寒山的

64　參見王荊公《擬寒山拾得二十首》，〔宋〕王安石著，李璧箋注，《王荊文公詩箋注》（上海：上海古籍出版社，2010 年）。例如：第 4 首：「風吹瓦墮屋，正打破我頭。瓦亦自破碎，豈但我血流。我終不嗔渠，此瓦不自由。眾生造眾惡，亦有一機抽。渠不知此機，故自認怨尤。此但可哀憐，勸令真正脩。豈可自迷悶，與渠作冤讎？」頁 88。第 15 首：「失志難作福，得勢易造罪。苦即念快樂，樂即生貪愛。無苦亦無樂，無明亦無昧。不屬三界中，亦非三界外。」頁 94。

65　〔宋〕蘇軾著，馮應榴輯注，黃任軻、朱懷春校點，《蘇軾詩集合注》（上海：上海古籍出版社，2001 年），卷 39，頁 2000。

66　陸游〈次韻范參政書懷〉之二：「掩關未必渾無事，擬編寒山百首詩。」〔宋〕陸游，錢仲聯校注，《劍南詩稿》（上海：上海古籍出版社，2005 年），卷 24，頁 1750。

67　〔宋〕黃庭堅著，劉尚榮校點，《黃庭堅詩集注》（北京：中華書局，2003 年），別集，卷 3，頁 1510。又，〔宋〕祖琇，《隆興編年通

再世精魂，並高度評價過寒山詩，惠洪〈跋山谷字又詩〉云：
「山谷論詩，以寒山為淵明之流亞，世多未以為然，獨雲巖長
老元悟以為是。」[68]黃庭堅〈再答并簡康國兄弟四首〉之二：
「妙舌寒山一居士，淨居金粟幾如來。」[69]金粟如來即是維摩
居士的前身，此盛讚寒山詩的思想內涵，如維摩詰雖為居士，
卻能泯除世、出世間的差異，展現神通自在，指導文殊等大菩
薩入不二法門。此時黃氏尚以寒山為居士，但《景德傳燈錄》
（完成於 1004 年）已將之納入禪門達者之列。[70]張鎡更將寒山與
淵明、太白、杜拾遺、白傅、東坡、涪翁、無己等八人，並稱
為古今詩中典範八老。[71]可見寒山在宋代文士中頗受推崇。

論》，卷 20「論曰」：「昔寶覺心禪師嘗命太史山谷道人和寒山子
詩，山谷諾之。及淹旬不得一辭。後見寶覺，因謂：『更讀書作詩十
年，或可比陶淵明。若寒山子者，雖再世亦莫能及。』寶覺以謂知
言。」《卍新纂續藏經》第 75 冊，頁 209 中。

68　〔宋〕惠洪著，〔日〕釋廓門貫徹注，張伯偉等點校，《石門文字禪》
（北京：中華書局，2012 年），卷 27，頁 1560。

69　〔宋〕黃庭堅，《山谷集》，卷 15，《文津閣四庫全書》（北京：商
務印書館，2006 年），頁 1117-126 上。

70　在《景德傳燈錄》中，寒山被列於卷 27「禪門達者雖不出世有名於時
者」。

71　張鎡〈題尚友軒〉：「作者無如八老詩，古今模軌更求誰？淵明次及寒
山子，太白還同杜拾遺。白傅、東坡俱有法，涪翁、無己總堪師。胸中
活底仍須悟，若泥陳言卻是癡。」〔宋〕張鎡，《南湖集》，（叢書集
成新編，臺北：藝文印書館，1966 年），第 71 冊，頁 66。

五、結　語

　　寒山詩是否為寒山一人所作，歷來多有學者持存疑態度，但是至今仍無法提出更有力的主張，證明寒山詩的作者另有其人，而寒山詩卻在後代流傳的歷程中，不斷深化其形象和影響力。從今所見三百餘首寒山詩來看，「寒山」意象可視為進入寒山詩中宇宙的關鍵窗口，雖然這些詩的數量僅佔其詩的十分之一，卻極具代表性。從描述寒山地景詩，可知其隱居環境的自然景觀；從自述寒山生活行跡之詩，可概括了解詩人生活日用的觀照與觸發，及其超越世俗的清貧生活與寫照；從寒山禪境詩可見其透過對現象的反省超越，透顯了絕對精神面的靈覺自性，情景交融，圓融無礙；從通俗的警世詩，可以窺見這位曠放天真的詩哲的內心所潛藏的入世關懷。

　　綜之，寒山詩包含深刻禪境和寒巖禪居生活，以及人間應化、警世勸喻的詩篇，從晚唐五代以來逐漸流傳於士林和禪林間，不斷地被後代詩人或禪師引用、擬作和唱和，使得寒山意象轉化成一個具有深遠禪境寓意的文化象徵。

　　然而，寒山詩在傳統文學史和詩史研究上，始終未獲得合於其影響力的看待，此點實有待重新檢討。此中關連到傳統文學的典律標準，以及時代文化價值等複雜因素。不過，寒山詩透過後代文人，尤其是禪僧的引用和擬作而使其詩作和形象的內涵意義愈加豐富，其在禪林中，作為禪門「不說破」語用法則下的代替符碼，被後代禪師靈活運用於點撥弟子，其存在意義已被提舉到與世尊、慧能、馬祖等之應世無異：「中秋月蝕

晚參，靈山話、曹溪指、馬祖觀、寒山比，者一夥老古錐，都是弄光影漢。正眼觀來，合喫舜上座手中痛棒。」[72]為了給寒山這樣一位經歷千年風霜，且具有廣大民間傳播影響力的詩哲一個適當的文化定位，寒山詩及寒山形象在後代的傳播研究亟待開發。因此，從下一章開始，將具體討論寒山詩與寒山形象在宋元禪林的運用情形。

---

[72] 〔清〕超永編，《五燈全書》，卷 105〈陝西寧夏準提洞然舜禪師〉，《卍新纂續藏經》第 82 冊，頁 636 下。

第三章　宋代禪師對寒山詩的引用

一、前　言

　　寒山詩在禪門中的影響力，其實是透過後代禪師的接受和運用而逐漸深化的，其在禪林中被禪師徵引作為參禪法語，應是晚唐五代以來才有的事。成書於南唐保大十年（952）的《祖堂集》中，禪師引用寒山詩句或事蹟共有七處。[1]到了宋代，寒山被納入禪宗系譜，從今所見之宋代禪宗語錄、燈錄可知，禪師上堂說法或師徒間機鋒問答時，經常引用寒山詩句或提舉寒山其人，作為師徒對話提點的話頭引子或傳達一己悟境的代語。[2]永明延壽（904-975）《宗鏡錄》中，亦有引用寒山、拾得詩十餘處。[3]《碧巖錄》中，雪竇（980-1052）頌古、圓悟（1063-

---

[1]　參見崔小敬，《寒山：一種文化現象的探尋》，第 2 章，〈寒山傳說還原〉，頁 53-54。

[2]　關於宋代禪宗文獻中禪師引用寒山詩的文本，已有陳耀東《寒山詩集版本研究》和葉珠紅《寒山資料類編》的搜索和整理文獻可供參考，本章則側重於文獻脈絡詮釋。

[3]　參見陳耀東，《寒山詩集版本研究》，第六章，〈徵引、擬作、賡和寒山子詩「熱」考〉，頁 72。崔小敬統計永明延壽《宗鏡錄》中引用寒

1135）評唱時，多有引其詩之例，顯見宋代禪師對寒山詩的熟稔、內化和認同；其詩所展示的悟境，已為禪師所認可並引用，而被納入宗門語料系統中；禪師熟諳寒山詩，成為宗門內共通理解的語境。[4]然而，這是寒山詩本身即富含的佛教意蘊，還是後來禪師不斷的引用，而逐步賦予寒山詩愈加深厚的禪悟意境呢？由於宋代禪師上堂或師徒參悟引用寒山詩作為對話的提點代語或媒介，從某個角度而言，亦使其詩的意蘊產生進一步的轉化或延伸。因此，拋開是否符合寒山原詩本意，或者是否曲解寒山詩的疑慮，僅僅就禪師運用寒山詩來引發悟境而言，也可說是一種詩意的再創造。大陸學者曹汛、陳耀東等曾指出寒山詩在宋代的流布，是一個突出的現象，[5]但僅作了整體歷史脈絡鳥瞰，對於宋代禪師如何引用寒山詩，以及禪師的引用對寒山詩的意涵產生什麼樣的延展變化等細部問題，則有待更深入的探究。

山詩凡十處。崔小敬，《寒山：一種文化現象的探尋》，第 2 章，〈寒山傳說還原〉，頁 57-59。

[4] 張伯偉歸納晚唐五代以來禪師運用寒山詩，約可分為三類：一者作為參禪悟道的機鋒語，二者作為上堂的法語，三者作為模擬的對象。參見張伯偉，《禪與詩學》（臺北：揚智文化事業公司，1995 年），頁 350-359。

[5] 參見曹汛，〈寒山詩的宋代知音——兼論寒山詩在宋代的流布和影響〉，《中國典籍與文化論叢》第 4 輯（北京：中華書局，1997 年 12 月），頁 121；陳耀東，〈唐代寒山體的內涵、形成原因及後代接受〉，秋爽主編，《第二屆寒山寺文化論壇文集（2008）》（上海：上海古籍出版社，2009 年），頁 91。

　　宋代禪師很難排除其所處之禪林文化背景作為理解寒山的詮釋視野，因此，其所引用的寒山詩，其實是一種自我對寒山的詮釋成果。所以，關於宋代禪林對寒山詩的運用，研究重點將由作者／作品中心，移轉到以讀者為中心，來看待後代讀者如何透過其自身經驗解讀寒山詩。此時的讀者並不是毫無創造性的接受者，而是作為具有詮釋能力的主體。因此，本章將從宋代禪師對寒山詩句的化用、引用，與原詩之間的對照作為觀察點，以及原文本情境與後文本所處禪宗文化氛圍的轉變，使引用語句意義產生傳承、轉化或互證，來看待寒山詩在宋代所衍生的詮釋意蘊。

　　禪師不斷引用寒山及其詩的過程，即是建構其禪門形象和身分的途徑之一，而引用本身可以視為對寒山詩的一種理解和詮釋。因此，本章從寒山詩的運用面向來討論其在宋代禪林的傳播，著重於挖掘禪師把寒山詩放入其當時的說法或參禪的語境中，所衍生或新創的對話語意，作為對寒山詩在宋代傳播與接受的一個側面理解。[6]藉此對禪師引用寒山詩，使其詩意愈加拓展、延伸和豐富的歷程所展現的思維方式和精神意蘊作更

---

6 宋代禪師更多地運用前代公案作為提點弟子悟境的媒介，從而發展出各種展延公案意蘊的文體，如拈古、頌古、代語、別語、評唱等，形成一種對古德公案的多重闡釋，像「趙州勘婆」便是一個典型範例。宋代禪師接續趙州「勘」婆的語意脈絡，與弟子就此主題所延續的對話，乃至頌古、評唱等，挖掘「趙州勘婆」公案更豐富的意蘊，形成一個循環呼應的詮釋模式。參考黃敬家，〈宋元禪師對「趙州勘婆」公案的接受與多重闡釋〉，《漢學研究》第 31 卷第 4 期（2013 年 12 月），頁 146。

深入的討論。其次，無論禪師是上堂開示或與弟子逗機而引用
寒山詩，這只是外在情境的不同，重點在於禪師引用其詩所欲
召喚的內在意蘊的連結為何。因此，本章將禪師引用寒山詩的
指涉意蘊，釐析為以寒山詩作為參禪悟道的機鋒話語和對悟境
的暗指兩面視角進行討論，[7]藉此深入理解寒山詩在宋代禪門
中被引用而擴大的內在意涵。

二、宋代禪師引用寒山詩之語用原則

　　素修舉業，文辭遒麗的曹山本寂（840-901）注有《對寒山
子詩》，流行寓內。[8]葉昌熾解釋云：「謂之『對』者，當是
以詩為問，而設詞以答之。禪機活潑，箭鋒相契，正如向子期
之注《莊》、張處度之注《列》，但以微言剖析名理，不必如
詁經之隨文箋釋也。」[9]可見這種詩句對答的詮釋形式，適合
傳達隱微的意蘊，透過本寂之注，使寒山詩在禪門更加廣傳，

7　「體」、「用」觀念，從魏晉南北朝以來一直是詮釋佛教的中心話語。
　　歷來禪宗祖師即不斷地引用「體」、「用」的概念來詮釋佛性／自性／
　　心體，與佛性形諸現象界的顯相／作用，或修證方法／工夫的關係，作
　　為教示弟子的方便。可見本體與工夫的兩面關係，一直是闡釋禪學思想
　　的重要範疇。

8　〔宋〕贊寧著，范祥雍點校，《宋高僧傳》，卷 13〈梁撫州曹山本寂
　　傳〉，頁 308。

9　葉昌熾撰，張維明校補，《寒山寺志》（南京：江蘇古籍出版社，1999
　　年），卷 3〈《寒山子詩集》解題及諸家書牘、詩話、序、跋、考
　　證〉，頁 135。

這可視為對寒山詩創造性解讀的開始。

　　宋代禪門各宗發展互有消長，北宋前中期以雲門宗、臨濟黃龍派最為活躍，北宋後期到南宋以來，黃龍派的主導地位則逐漸為楊岐派所取代，此時曹洞宗亦漸復盛。從雪峰一脈下，雲門文偃（864-949）、法眼文益（885-958）及其弟子等，發揚其擅於偈頌拈弄以點評公案的門風，到了宋代，雲門、臨濟、曹洞各支派禪師普遍運用偈頌以引、拈、評、頌前人公案、話頭，成為當時禪門共同的傾向，禪宗已然進入「闡釋」時代。[10]那麼，為何宋代禪師不仿效唐代禪師以直指、棒喝的方式直接教示弟子，而要拐個彎引用既有的話語來傳達悟意呢？尤其是重視悟境經驗獨一而不可複製的宗門，豈不忌諱既定話語易因社會文化的集體認知而使語義穩定進而僵化的危險？這個問題可以從兩方面來思考：禪宗內在對語言的本質態度與宋代宗門發展的文化趨向所形成的語用原則。如果保持「默然」已經無法達到以心傳心，乃至對唐代禪師以棒喝交馳傳示悟境的典範理解已成習套時，再退一步便只能借用語言來溝通其道。宗門由不立文字，進而修正自身對語言的態度，視內在悟境與語言形式是體與用的關係，在不得不運用語言作為溝通工具時，為了儘量避免語義的直露和僵化，往往採取「言此意彼」的方

10　參考石井修道，《宋代禪宗史の研究——中國曹洞宗と道元禪》（東京：大東出版社，1987 年），第一章第六節，〈景德傳燈錄卷二七の特色〉，頁 93-94。周裕鍇，《禪宗語言》（臺北：世界宗教博物館，2002 年），第四章，〈公案禪：闡釋時代的開始〉，頁 129。

式暗示，以名言概念作為標月之指，以領悟名言概念之外的指
涉，而最能達到這種表述要求的語言莫如詩。詩是語言符號中
最重視主體情境的表意型態，又具有隱喻暗示、不定意指、象
徵模糊的特質，因而被禪師視為最貼近於禪宗詮道原則的筌
蹄。

　　由於悟境無法用一般語言來陳說，只好改用詩偈表達，可
見詩偈之作並非「開口處」，而是作為禪師悟境的代指，使語
言留下最大的空間。所以禪門運用語言，不遵循習以為常的符
號法則和思維方式，故意藉驢頭不對馬嘴的對答、矛盾的語
句、隨手拈來的意象，脫離語言的意義常軌，使弟子會悟非言
說所及的那個實際理地。以「二道相因」[11]為其語用原則；或
者遮詮，[12]不從正面給予確定解釋，而以反面否定來凸顯所
指；不住二邊與中間，用活句不用死句。[13]這種言說模式並非

---

[11]　〔元〕宗寶編，《六祖大師法寶壇經・付囑第十》：「若有人問汝義，
　　　問有將無對，問無將有對，問凡以聖對，問聖以凡對。二道相因，生中
　　　道義。」《大正藏》第 48 冊，頁 360 上。

[12]　圭峰宗密《禪源諸詮集都序》卷下之一：「如諸經所說真妙理性，每
　　　云：『不生不滅，不垢不淨；無因無果，無相無為；非凡非聖，非性非
　　　相等，皆是遮詮。』」《大正藏》第 48 冊，頁 406 中。「遮詮法」的
　　　解釋，亦可參考周裕鍇，《禪宗語言》，第 8 章，〈繞路說禪：禪語的
　　　隱晦性〉，頁 292-300。

[13]　〔宋〕慧洪，《林間錄》卷上，〈洞山守初語錄〉：「語中無語，名為
　　　活句。」《卍新纂續藏經》，第 87 冊，頁 251 中。葛兆光舉出三種
　　　「活句」的表現方式：一是自相矛盾，二是有意誤讀，三是答非所問。
　　　參見葛兆光，《增訂本中國禪思想史》（上海：上海古籍出版社，2008

故意標新立異，而是為了恪守禪宗對自性「不說破」的原則，
突破語言、物象、概念、判斷、推理所形成的二元思惟慣性，
跳躍式地隨機拈所見事物來稱引其道。

　　其次，宋代理學發達，文化風尚趨於展現心性內在的精神
特質，當時禪林諸宗以文字傳播法教的風氣盛行，各宗禪師皆
有詩偈、頌古創作，寒山詩在禪門中亦普遍流傳，不斷被引
用，不僅文人、禪師紛紛擬作寒山詩，禪師上堂或參究公案也
引用寒山詩作為傳示悟境的方式之一。對宋代禪師而言，詩偈
已不僅僅是表達工具，更進而提升為修行工具，運用頌古、引
詩、參詩作為參禪悟道的方法普及。宋代以來大量的語錄、燈
錄的結集，頌古、評唱的製作，即是禪門由不立文字走向不離
文字，甚至以文字解禪的成果。

　　宋代禪宗文獻一方面將寒山放入宗門系譜中，[14]一方面引
用、擬作寒山詩，乃至因其詩而入道。如北宋文慧重元（生卒
不詳），初遊講肆，後因讀《寒山集》有所悟，乃轉至雲門宗
天衣義懷（993-1064）法席參學而大悟，義懷讚其為吾家之千里
駒也。[15]然則，諸位禪師視寒山為弄光影漢麼？恐怕不然，還
得藉寒山說露嘴的話頭，後人才有文章可作。後世禪師不知寒

年），〈尾聲：9 至 10 世紀禪思想史的轉型〉，頁 426-9。

[14]　《景德傳燈錄》卷 27 收錄「禪門達者雖不出世有名於時者」10 人，包
　　含寒山、拾得和豐干，可說是禪門將寒山納入宗門系譜的重要指標。

[15]　參見〔宋〕普濟，《五燈會元》，卷 16〈天鉢重元禪師〉：「嘗宴坐
　　古室，忽聞空中有告師：『學上乘者，無滯於此。』驚駭出視，杳無人
　　迹。翌日客至，出《寒山集》，師一覽之，即慕參玄。」頁 1041。

山創作感發的時空情境為何，不斷的引用、評述其詩，此中評述者的語境音調，或幽默、或反諷、或扭曲、或改造，形同對其詩的詮釋或翻案。由此可知，禪師面對語言的態度積極而且充滿禪宗創造性的實踐精神，其引用寒山詩的機緣問答，目的在透過對話以提點悟境。禪師教示、點化或回答弟子的啟問，非先有企圖表述之意念，然後借物象以喻之，而是以應機施教為原則，隨機引用周圍的自然事物以起興，是個殊而偶發的，借當下耳聞目擊的鮮明意象，烘托一己此在的心境底蘊。或者以當下拈來的詩句，回答弟子對於佛法大意的疑問，以具體意象的呈現把握自性的要義，所傳達的意蘊就更純粹而近於直覺經驗。汾陽善昭（947-1024）云：「夫說法者，須及時節，觀根逗機，應病用藥。不及時節，總喚作非時語。」[16]永明延壽（904-975）云：「藥為非藥者，即不識病原，反增其疾。如說法者，不逗其機，淺根起於謗心，下士聞而大笑，醍醐上味，為世珍奇，遇斯等人，翻成毒藥。如上上根人，纔悟其宗，不俟言說。所以古聖云：『上士見我詩，把著滿面笑。楊脩見幼婦，一覽便知妙。』」[17]此「古聖」即是寒山，因病與藥，上根者見而自能契會，這段話即是引用寒山詩：「下愚讀我詩，不解卻嗤誚。中庸讀我詩，思量云甚要。上賢讀我詩，把著滿

16　〔宋〕賾藏主集，《古尊宿語錄》，卷 10《汾陽昭禪師語錄》，《卍新纂續藏經》第 68 冊，頁 60 中。

17　〔宋〕延壽，《宗鏡錄》卷 23，《大正藏》第 48 冊，頁 546 中。

面笑。楊脩見幼婦，一覽便知妙。」[18]或許，宋代禪師便是寒山所等待的那「明眼人」，而使其詩流布天下。[19]

　　宋代禪師所引用的寒山詩，筆者統計約有三十三首，往往是詩句表面不見佛語的詩篇，透過禪師的引用，從而展現詩句本無的暗示意旨。以下將藉由宋代禪宗文獻中不斷被提舉的寒山及其詩，來觀察其在宋代禪林中被運用的情形，透過解讀禪師上堂或師徒引用寒山詩作為對話引子之例的詮釋意蘊，以見宋代禪師更細膩地運用文字的禪風。

三、以「寒山牧牛」喻悟道歷程

　　禪師上堂引用寒山及其詩來喻指求法學道的歷程或提點修道方法，就悟道的次第或心境的轉化而言，屬於工夫論的面向。《五燈會元》中曾記藥山惟儼（751-834）引寒山詩向馬祖（709-788）呈顯其悟境，[20]雖然惟儼是石頭希遷（701-791）的法

18　項楚，《寒山詩注》，頁357。「上士」，項楚注本作「上賢」。

19　寒山詩〈有人笑我詩〉：「忽遇明眼人，即自流天下。」項楚，《寒山詩注》，頁785。

20　藥山惟儼回答馬祖悟到什麼而作禮，乃云：「某甲在石頭處，如蚊子上鐵牛。」三年後，馬祖又問他近日見地，惟儼回云：「皮膚脫落盡，唯有一真實。」〔宋〕普濟著，蘇淵雷點校，《五燈會元》卷5〈藥山惟儼禪師〉，頁257。惟儼所引均為寒山詩，前者引〈若人逢鬼魅〉末二句：「蚊子叮鐵牛，無渠下嘴處。」項楚，《寒山詩注》，頁169。後者引〈有樹先林生〉末二句：「皮膚脫落盡，唯有貞實在。」同前揭書，頁388。

嗣，傳說他曾受法於馬祖，不過這段故事並不見於《祖堂集》和《景德傳燈錄》，而《五燈會元》的內容多經彙集改寫，所以即使看來中唐時已有惟儼引用寒山詩，其真實性仍有待商榷。以下兩節從宋代禪師引用寒山及其詩中，兩個特別明確的意象和關鍵詞，來討論禪師如何引用寒山相關意象以象徵其悟道歷程。其一，以「寒山牧牛」喻悟道歷程；其二，以「忘卻來時道」作為禪人就路歸家或保任悟境的工夫。

牛是農作不可或缺的勞動夥伴，在佛經中早有以「牧牛」作為以各種善巧來引導弟子修行成就的譬喻。[21]其出現在禪宗文獻中，與唐代以來南宗禪師歸隱山間叢林，木食草衣的生活傳統；[22]以及禪寺逐漸建立佃戶耕作供給寺院生活經濟的農禪互助模式有關。因此，唐代諸多大禪師點化弟子的交談，自然而然地從其叢林生活中取材，「水牯牛」、「牧牛」意象拈來親切。例如：曾有弟子問南泉普願（748-834）百年後向什麼處去？普願回答：「向山下檀越家作一頭水牯牛去。」普願亦曾

21　如〔東晉〕瞿曇僧伽提婆譯，《增壹阿含經》卷 46〈放牛品〉，《大正藏》第 2 冊，頁 794 上。〔後秦〕鳩摩羅什譯，《佛說放牛經》，《大正藏》第 2 冊，頁 546 上。〔劉宋〕求那跋陀羅譯，《雜阿含經》卷 47《放牛譬喻經》，（1248）《大正藏》第 2 冊，頁 342 上；（1249）《大正藏》第 2 冊，頁 342 下。

22　《百丈清規》中詳細規範禪僧的生活軌則，實行一日不做一日不食，上下均力的「普請」制度，形成集體勞動的生活型態。此書原本已佚，《景德傳燈錄》卷 6〈洪州百丈山懷海禪師〉，附錄〈禪門規式〉可略知叢林制度梗概。亦可參考宋崇寧年間，真定宗頤重編之《禪苑清規》。

指給趙州從諗（778-897）一個休歇處，云：「向山下作一頭水牯牛去。」[23]普願之所以選擇到山下作一頭水牯牛，是因為悟道者已解脫自在，於諸相無分別，來去自在，因此在他看來菩薩與水牯牛並無實質的差別。他選擇作一頭水牯牛，並不是因為業力使其投胎為牛這般的牲畜，而是來自其菩薩道的承當，不做自了漢，不入涅槃，以自身作一場無分別相的展演，直接向山下作一頭水牯牛以報檀越之施。

　　其次，百丈懷海（720-814）曾指點長慶大安（793-883），從「騎牛覓牛」，到「騎牛至家」，即是一個回歸自性的自我調伏歷程，再以執杖監視馴服，不令犯人苗稼，作為學道者馴服自性的方法提示。所以，大安說他在溈山三十年來，「喫溈山飯，屙溈山屎，不學溈山禪，祇看一頭水牯牛，若落路入草，便把鼻孔拽轉來，纔犯人苗稼，即鞭撻。調伏既久，可憐生受人言語，如今變作箇露地白牛，常在面前，終日露迥迥地，趁亦不去。」[24]就是看住這一頭水牯牛，不斷地調伏，終至轉化為露地白牛，常在面前，趕也趕不走。

23　以上兩段引文，〔南唐〕靜、筠二禪師編撰，孫昌武、〔日〕衣川賢次、西口芳男點校，《祖堂集》（北京：中華書局，2007 年），卷 16〈南泉和尚〉，頁 706、頁 711。

24　〔宋〕普濟著，蘇淵雷點校，《五燈會元》，卷 4〈長慶大安禪師〉：「（大安）禮而問曰：『學人欲求識佛，何者即是？』丈曰：『大似騎牛覓牛。』師曰：『識得後如何？』丈曰：『如人騎牛至家。』師曰：『未審始終如何保任？』丈曰：『如牧牛人執杖視之，不令犯人苗稼。』師自茲領旨，更不馳求。」頁 191。

　　那麼，「寒山」與「水牯牛」是如何聯繫起來的呢？早在唐代《趙州禪師語錄》中，就有一段趙州與寒山、拾得二人作水牯牛狀的會遇因緣：

> 師因到天台國清寺，見寒山、拾得，師云：「久嚮寒山、拾得，到來只見兩頭水牯牛。」寒山、拾得便作牛鬥。師云：「叱叱！」寒山、拾得咬齒相看，師便歸堂。二人來堂內，問師：「適來因緣作麼生？」師乃呵呵大笑。一日，二人問師：「什麼處去來？」師云：「禮拜五百尊者來。」二人云：「五百頭水牯牛瓈！尊者。」師云：「為什麼作五百頭水牯牛去？」山云：「蒼天，蒼天！」師呵呵大笑。[25]

趙州去拜見寒、拾二人，卻只見二人作水牯牛鬥，可見其童心天真，於瘋癲外表下，以游戲的態度應化點撥他人，顛覆現實世界對外相的固著執取。實則五百位尊者即是五百頭水牯牛，尊者、水牯牛不過是外相轉變的差異；寒山、拾得與水牯牛內在的佛性亦無本質的不同。[26]趙州會心大笑，顯示其與寒、拾

25　鈴木大拙校閱，秋月龍珉校訂國譯，《趙州禪師語錄》（東京：春秋社，1964 年），頁 86。〔宋〕贊寧著，范祥雍點校，《宋高僧傳》，卷 19〈唐天台山封干師傳〉，附傳拾得中，亦記載拾得牧牛，於半月布薩時，驅牛至堂前，一一喚牛前生法名，牛皆應聲而走，原來這些牛前世都是出家人。頁 485-6。

26　溈山靈祐（771-853）臨遷化時，亦示眾云：「老僧死後，去山下作一

站在相同悟境層次的默然相許。到了宋代，「寒山」與「水牯牛」經常被禪師並舉作為悟道歷程的標示。

　　臨濟宗汾陽善昭（947-1024）善為頌古，曾作《南行述牧童歌》十五首（參見附錄三），風格也類似寒山詩。[27]第十五首云：

> 我有牧童兒，醜陋無人識，肩上一皮鞭，腰間一管笛。
> 往往笑寒山，時時歌拾得。閭氏問豐干，穿山透石壁。[28]

描述牧童與寒山、拾得、豐干擁有一樣的童心，彼此能自然而毫無造作地往來交通，若是如同閭氏打聽三人底細，結果便是逼使他們隱入石壁之中，世人再也見不到其自性天真地自由活動於人世間。

　　善昭藉由牧童歌，一方面以牧童擁有童心，純任天真活動於人世間，呼應寒山自性「天真佛」是參禪者所要歸復的本來

頭水牯牛，脅上書兩行字，云：『溈山僧某甲。』與麼時，喚作水牯牛，喚作溈山僧某甲？若喚作溈山僧，又是一頭水牯牛；若喚作水牯牛，又是溈山僧某甲。汝諸人作麼生？」〔南唐〕靜、筠二禪師編撰，孫昌武、〔日〕衣川賢次、西口芳男點校，《祖堂集》，卷 16〈溈山和尚〉，頁 722。溈山僧與水牯牛，如同五百頭水牯牛與五百位尊者，本質不二。

27　〔宋〕楚圓集，《汾陽無德禪師語錄》卷下，《大正藏》第 47 冊，頁 626 上。每首詩起句皆為「我有牧童兒」。

28　同前註，頁 626 下。

面目；[29]一方面提點所「牧」重點在「心」，保持心靈的自然本真狀態，而不是向外求取顯相的神異，或者追究邏輯上能合理理解的禪理。所以，牧童歌既是自性本來面目的昭示，也是牧心調性的隱喻提點。因此，善昭既繼承寒山的質樸自然，同時開啟宋代禪師以牧童牧牛的互動，來隱喻調心歷程的牧牛圖、頌創作的先聲。[30]

圓悟克勤是臨濟楊岐派五祖法演（？-1104）法嗣，其觀機逗教的方式靈活圓融，在結夏期間，上堂舉寒山與水牯牛之例提點弟子：

> 古者道：「結夏得十一日也，寒山子作麼生？」又道：「結夏得十一日也，水牯牛作麼生？」山僧即不然：「結夏得十一日也，燈籠露柱作麼生？」若透得燈籠露柱，即識水牯牛；若識得水牯牛，即見寒山子。忽若燈籠露柱擬議，老僧在爾腳底。[31]

29　寒山詩〈余家有一窟〉末二句：「任你千聖現，我有天真佛。」項楚，《寒山詩注》，頁 422。「天真佛」在禪宗指的是眾生本具的佛性，自性自足，不假造作，亦即吾人之法身。玄覺《永嘉證道歌》云：「法身覺了無一物，本源自性天真佛。」《大正藏》第 48 冊，頁 395 下。

30　例如：普明禪師所作〈牧牛圖頌〉，廓庵禪師所作〈十牛圖頌〉，在禪林普為傳頌。前者收錄於《嘉興藏》第 23 冊，頁 347 上-348 中；後者收錄於《嘉興藏》第 23 冊，頁 357 上-364 下。

31　〔宋〕紹隆等編，《圓悟佛果禪師語錄》卷 7，《大正藏》第 47 冊，頁 743 中。又，《圓悟佛果禪師語錄》卷 17 有類似語：「舉雲門示眾

「露柱」、「燈籠」是禪門慣用語，同為無情之物，識得自性者，自不為外相所惑。克勤將燈籠、露柱等同水牯牛，等同寒山，「寒山子作麼生？」一句，成為禪師逼顯自性的口頭禪，四者原是一而非二，識得自性者，自然能透得外相分別中的無分別；若是停滯於任一形象而擬議，即未通透。

石田法薰（1171-1245）為楊岐派虎丘系破菴祖先（1136-1211）法嗣，延續克勤語脈，解夏開示云：

> 九十日夏，頭正尾正。寒山子、水牯牛、燈籠、露柱，一一心空及第。惟有南山禪和子頑皮賴骨，抵死謾生道：「我一夏之中，全無絲毫所證所得。」南山聞得，無可奈何，只向他道：「願你常似今日。」山僧恁麼道，諸人且道：「是肯他不肯他？」良久，云：「相逢盡道休官去，林下何曾見一人。」[32]

云：『結夏得數日也，寒山子作麼生？』大溈真如道：『結夏得數日也，水牯牛作麼生？』師拈云：『結夏得數日也，諸上座作麼生？』復云：『寒山子意在鉤頭，水牯牛事在函蓋。且道諸上座，落在什麼處？惜取眉毛。』」《大正藏》第 47 冊，頁 793 中。諸上座、寒山子與水牯牛三者，非一非二，「鉤頭」者，低埋著頭。「函蓋」一義，〔宋〕道原纂，《景德傳燈錄》卷 22〈緣密圓明大師〉，記雲門弟子德山緣密上堂語：「德山有三句語，一句函蓋乾坤，一句隨波逐浪，一句截斷眾流。」《大正藏》第 51 冊，頁 384 下。首句「函蓋乾坤」，是真如自性涵天蓋地，容括整個宇宙的境界。

[32]　〔宋〕了覺等編，《石田法薰禪師語錄》卷 3，《卍新纂續藏經》第 70

寒山子、水牯牛是有情生命，而燈籠、露柱是無情物，無論是有情、無情，在自性光明的覺照中，皆能透過對各種事物的關照，認得自性的本來面目，則有情、無情都無分別。其次，結夏共住，但求剋期取證，南山禪和以一夏全無所證，擺脫「有所得」的求證之心，那麼，「願你常似今日」，究竟是肯定禪和，還是否定禪和呢？若是肯定，便是落在「有所得」的一邊；若是否定，便又落在有一個「應無所得」的價值判斷的一邊。兩者說穿了終究仍在二元概念分別之中。法薰引靈澈之詩以喻參禪之人但為識得自性而努力，亦知自性不二，超越諸分別相，然而放到生活實境中，真能於諸境無分別者，卻又寥寥無幾。可見紙上談兵容易，與生活實踐結合為難。

　　祖先法孫斷橋妙倫（1201-1261），為無準師範（1178-1249）法嗣。結夏時，以「寒山牧牛」的意象提點禪堂裡打坐的瞌睡漢。

　　　　結夏已十日也，寒山子牽一頭水牯牛，向雙眉塘畔喫草，忽然顛發，走到僧堂前，笑你一隊瞌睡漢，騎箇牛又覓箇牛，不知千頭萬頭，元只是者一頭。[33]

　　冊，頁 337 中。此處引用唐靈澈（746-816）〈東林寺酬韋丹刺史〉：「年老心閒無外事，麻衣草座亦容身。相逢盡道休官好，林下何曾見一人。」收入〔清〕聖祖敕編，《全唐詩》，卷810，頁9133。

33　〔宋〕文寶等編，《斷橋妙倫禪師語錄》卷上，《卍新纂續藏經》第70冊，頁 555 下。

這段開示情節相當戲劇化，妙倫以詼諧的口吻，云寒山牽著水牯牛到「雙眉」塘畔吃草，這是一個虛擬的空間，恐怕指的是禪堂中打坐的學生個個雙眉低垂打瞌睡，而寒山牽著這頭水牯牛便是來突擊檢查的。他在僧堂中突然發起癲狂，而瘋癲的形象往往是寒山跳脫現實世界，進入一種本質存在狀態時，作為自我角色轉換以便表述自性的方便。唯其如此，既能不被人識破其真實面目，又可在裝瘋賣傻中傳達其內在的智慧提點。所謂騎牛覓牛，便是不識自性光明，若由外境反身向內，所覓千頭萬頭，原只是內在這一頭。由是寒山被妙倫塑造成一位以「牧牛」具體點化弟子，求悟的箇中蹊徑在於把握自性的智者形象。

四、忘卻來時道：引用寒山詩作為悟道的機鋒語

寒山詩：「欲得安身處，寒山可長保。微風吹幽松，近聽聲愈好。下有斑白人，喃喃讀黃老。十年歸不得，忘卻來時道。」[34]完全是一幅山居修道，安然自得的生活情境，末聯是宋代禪師所引用寒山詩中出現頻率第二高的詩句，作為悟道後就路歸家的心路歷程。

晚唐時已有人引用此詩詢問曹山本寂（840-901），傳達以「忘」來保任自性：

34　項楚，《寒山詩注》，頁62。

> 問：「如何是『十年歸不得，忘卻來時路』？」師云：
> 「得樂忘憂。」僧云：「忘卻什摩路？」師云：「十處
> 即是。」僧云：「還忘卻本來路也無？」師云：「亦忘
> 卻。」僧云：「為什麼不言九年，要須十年？」師云：
> 「若有一方未歸，我不現身。」[35]

如同禪人求悟的過程歷盡千辛萬苦，既得悟境則前般所受，一時並消，此「忘」超越相對世界二元對立的所有概念，甚至連達到「忘」的歷程本身亦忘卻。本寂所言若有「一方未歸」，即指未得澈見本來面目時，我不現身，此乃絕對自由的精神境界。

宋代宏智正覺（1091-1157）作《頌古百則》，萬松行秀（1166-1246）加以評唱、闡釋而成《從容庵錄》，二人皆是曹洞宗芙蓉道楷（1043-1118）下傳之法孫。正覺善用文字展現默照禪風的綿密深長，弟子問為什麼「十年歸不得，忘卻來時路。」他回答：「直須忘卻始得。」[36]亦即「忘卻」求悟本身的同時，自性即現身。此中所提舉的「忘」，具有指點修養工夫的明確意味。然而，「忘」卻是道家莊子所提出的主體修養工夫的關鍵。《莊子·大宗師》：「墮肢體，黜聰明，離形去知，

35　〔南唐〕靜、筠二禪師編撰，孫昌武、〔日〕衣川賢次、西口芳男點
　　校，《祖堂集》，卷8〈曹山和尚〉，頁384。

36　〔宋〕集成等編，《宏智禪師廣錄》卷5，《大正藏》第48冊，頁60
　　上。

同於大通，此謂坐忘。」[37]由超越形體和理性思維，達到無我的境界，即是「坐忘」的工夫。莊子「坐忘」的修養進程，是從外在的仁義禮樂的規範層層破除，進而能「墮肢體」即是「離形」，去除感官的分別；「黜聰明」即是「去智」，去除認知的分別，則能由「忘」而跳脫形下物質世界和語言分別認知之累，進而超越相對世界而同於大通。郭象解釋云：「夫坐忘者，奚所不忘哉！既忘其迹，又忘其所以迹者，內不覺其一身，外不識有天地，然後曠然與變化為體而無不通也。」[38]所以，莊子的「忘」是一個非常重要的工夫歷程，從忘掉主體意欲所產生的種種固著的差別認知，甚至對道體本身的追求也忘掉，真正達到大通融合為一的境界。吳怡認為這境界即是佛教講的「心不滯境」。[39]

在語言表達方面，道家亦強調語言的工具義——得意而忘言。[40]透過「忘」的主體修養工夫，才能在忘言當下獲得其意。這種否定的表述形式，是以「正言若反」的方式來保存所體之道的內涵。所以，得意的關鍵並非語言中承載了完足的

---

[37] 〔清〕郭慶藩輯，王孝魚整理，《莊子集釋》（上）（臺北：萬卷樓圖書公司，1993 年），頁 285。

[38] 同前註，頁 285。義近於〔元〕宗寶編，《六祖大師法寶壇經‧坐禪品第五》云：「外於一切善惡境界，心念不起，名為坐；內見自性不動，名為禪。」《大正藏》第 48 冊，頁 353 中。

[39] 吳怡，《逍遙的莊子》（臺北：東大圖書公司，2001 年），頁 97-8。

[40] 〔清〕郭慶藩輯，王孝魚整理，《莊子集釋‧外物篇》（下）：「荃者所以在魚，得魚而忘荃；蹄者所以在兔，得兔而忘蹄；言者所以在意，得意而忘言。」頁 944。

意，而是因為主體者具備體道的修養境界，而能在忘言中與意冥合。此中理解的關鍵便落在主體，這種觀念與禪宗強調悟性親證，如人飲水，不可傳授相同。所能表達的僅是這種體驗下的一種內外情境的氛圍，或者悟道後對事物覺知的轉變，而非主體的心境，因此，只好藉由引用他人現成話語來引發弟子的想像感知。周裕鍇也指出，正覺對禪法的體驗，帶有援引老莊道家以虛無道體來說明其攝心息慮、潛心內觀以澈見自性本源的體驗。[41]

雲門宗雪竇重顯（980-1052）善用頌古掘發公案玄旨，以激切的言詞迂迴曲折地暗示悟意，對宋代禪門的文字風氣影響深遠，其頌云：「出草入草，誰解尋討？白雲重重，紅日杲杲。左顧無暇，右盼已老。君不見，寒山子，行太早。十年歸不得，忘卻來時道。」[42]此云寒山子已從左顧右盼的現象界中超脫，「忘」卻凡、聖二元的追求，此乃真入大解脫的境界。

晦堂祖心（1025-1100）嗣法於黃龍慧南（1002-1069），舉寒山〈欲得安身處〉詩，僧問：「作麼生是來時道？」師指香爐曰：「看，寒山來也。見麼？」僧曰：「好箇香爐。」師曰：「慚愧。」師又問：「是爾，適來從什麼處來？」僧問：「寮中來。」師曰：「從寮中來底，如今是記得是忘卻？」僧曰：「只是自己，更說什麼記忘！」師曰：「將謂失卻，元來卻

41　周裕鍇，《禪宗語言》，第六章，〈默照禪與看話禪〉，頁 234-6。

42　〔宋〕重顯頌古、克勤評唱，《佛果圜悟禪師碧巖錄》卷 4，第 34 則評唱，《大正藏》第 48 冊，頁 173 上。

在。」⁴³「香爐」與「寒山」，如同水牯牛、燈籠、露柱一般，只是外相之別，悟道者見而非異，如同抵達目的地之後，中間的工夫歷程一時瓦解冰消，哪裡還能分辨出修道和見道的兩段差別。祖心透過提點寮中來的人，試探弟子自性是否時時保任不失，果然得到滿意的答案。

臨濟楊岐派冰谷衍禪師（生卒不詳），依天童文禮（1167-1250）受法，其上堂云：「朔風何蕭蕭，吹彼巖下衣。家業久荒蕪，遊天胡不歸。人生百歲豈長保，昨日少年今已老。翻憶寒山子，十年歸不得，忘卻來時道。」⁴⁴冰谷衍話語的重點在於年命流轉，稍縱即逝，若不及時醒悟，如來家業轉瞬頹敗，並以「十年歸不得，忘卻來時道」，作為修道的警鐘。

南宋末出生的笑隱大訢（1284-1344），嗣法於楊岐派下晦機元熙（1238-1319），其頌云：「好是天中節，當陽見不偏。桃符懸壁上，艾虎挂門前。理應羣機合，心空萬境閒。無人知此意，令我憶寒山。」⁴⁵端午上堂，桃符、艾草是時令節日的應景物，外境機宜與主體內在悟意相應，宜是悟道時節，剝落一切幻化外境之後，適可體會「心空萬境閒」的境界，也就是主體證入空性，則所映照之外境既空體寂然，又如如而現，此境

43　〔宋〕子和錄、仲介重編，《寶覺祖心禪師語錄》，《卍新纂續藏經》第 69 冊，頁 222 上。

44　〔清〕超永編，《五燈全書》，卷 49〈嘉興府天寧冰谷衍禪師〉，《卍新纂續藏經》第 82 冊，頁 157 上。

45　〔元〕延俊等編，《笑隱大訢禪師語錄》，卷 1〈中天竺禪寺語錄〉，《卍新纂續藏經》第 69 冊，頁 703 下。

正可呼應寒山「忘卻來時道」的當體心境。可惜座中無人能與
大訢心靈相應，惟有遙念寒山能相印可。而大訢所言「無人知
此意，令我憶寒山。」則是套用了法燈泰欽（？-974）〈擬寒山
詩〉之一：「誰人知此意？令我憶南泉。」[46]指涉南宗直指心
性的禪法，唯有相同悟境者能夠以心相證。

　　由寒山所牧水牯牛被馴服和蛻變為露地白牛的過程，顯示
宋代禪門重視修行的積累，以及對漸修觀念的融入。吳汝鈞認
為，牧牛圖頌有一相當清晰的純化生命雜染的漸進程序，其漸
教型態非常明顯。從另一個角度而言，或可說北宗禪思想和實
踐，在宋代某種程度上已經流入南宗禪中。[47]而「忘卻來時
道」，可以說是由漸修積累，而水到渠成達到頓悟，此即漸修
頓悟的修學歷程。

五、寒山秋月：引用寒山詩作為悟境的暗指

　　宋代禪師引用寒山詩作為上堂開示或師徒對話的媒介，以
「吾心似秋月，碧潭清皎潔。無物堪比倫，教我如何說？」[48]
一詩被引用的次數最多，筆者統計有三十四位宋代禪師的語錄
曾引用、化用此詩。《景德傳燈錄》卷二十〈木平山善道禪

---

[46] 〔宋〕子昇錄，《禪門諸祖師偈頌》卷上之上，《卍新纂續藏經》第
　　66 冊，頁 729 上。

[47] 吳汝鈞，〈十牛圖頌所展示的禪的實踐與終極關懷〉，《游戲三昧：禪
　　的實踐與終極關懷》（臺北：臺灣學生書局，1993 年），頁 148-151。

[48] 項楚，《寒山詩注》，頁 137。

師〉傳中，晚唐五代時的「大法眼禪師」（885-958）所贈偈：
「相看陌路同，論心秋月皎。」[49]是目前所知禪師化用寒山詩
句「吾心似秋月」的最早文獻。將明喻轉化為暗喻，避免喻體
與喻依的意義關係定型的危險，使秋夜圓月意象所隱喻的自性
圓足之意蘊空間更加廣闊。惜《祖堂集》未收文益傳，《宋高
僧傳》中的文益本傳亦未見此事。

　　原詩可視為寒山悟境之自明，首先，以秋夜圓月比喻所悟
得之自性。在佛經中，已有以圓月作為自性圓具的比喻，如
《大般涅槃經》卷五云：「譬如滿月，無諸雲翳，解脫亦爾，
無諸雲翳。無諸雲翳，即真解脫，真解脫者，即是如來。」[50]
其次，月映碧潭，又如依體起用，月印萬川，而萬川同一月。
如同玄覺（675-713）《永嘉證道歌》所云：「一性圓通一切
性，一法遍含一切法。一月普現一切水，一切水月一月攝。」
[51]佛性與眾生性本無差別，在迷為眾生，一悟即心即佛，佛與
眾生二而不二，圓融無礙，相互含攝。此心之本體既以秋月為
喻，依體起用而有映潭之月，卻又說無物堪比倫，豈非自我矛
盾？或者說，心似秋月，只是勉強為喻，並非等同，因為自性
只可以親自體證，無法找到完全貼合的言語或意象來表詮，即
便以碧潭秋月為喻，仍然感到無法全然體現自性的終極內涵，

49　〔宋〕道原，《景德傳燈錄》，卷 20〈袁州木平山善道禪師〉，《大
　　正藏》第 51 冊，頁 370 上。

50　《大正藏》第 12 冊，頁 634 中。

51　《大正藏》第 48 冊，頁 396 中。

所以說「教我如何說」。然而，自性若無法言說，何必先以秋月作喻，再又強調其不可比倫，此中顯示寒山詩中埋藏語意的弔詭性；自性既是只可親證不可言說，卻又透過語言點破其不可說，因此，末句似乎留下一個「話尾」，讓後人有了接續釐清的詮釋空間。

以下透過宋代禪師引用〈吾心似秋月〉一詩自明悟境，觀察此中所展現的詮釋視角和意蘊的差異。

保寧仁勇（生卒不詳），從楊岐方會（992-1049）得法，上堂云：「吾心似秋月，碧潭光皎潔。無物堪比倫，教我如何說？寒山子，貴價精神賤價賣。仔細思量，著甚來由。雖然如是，三十年後，有人點撿，保寧去在。」[52]也認為寒山借用實相圓月來譬況不可說的自性，是指實了，將貴價精神賤價出賣。

楊岐派虎丘紹隆（1077-1136），嗣法於圓悟克勤（1063-1135），其云：

> 萬里浮雲捲碧天，年年此夜十分圓，今人轉憶寒山子，說似吾心恰宛然。所以道，欲明恁麼事，還他恁麼人；若是恁麼人，須明恁麼事。便能以此心相照，以此心相知。扶持野老無盡家風，成就叢林萬世基業。[53]

---

52 〔宋〕道勝等錄，《保寧仁勇禪師語錄》，《卍新纂續藏經》第 69 冊，頁 289 中。

53 〔宋〕嗣端等編，《虎丘紹隆禪師語錄》卷 1，《卍新纂續藏經》第 69 冊，頁 501 上。

可見寒山圓月的意象已經內化而與禪人主體經驗融合，作為具有相同悟道體驗者，一見圓月，自然聯想到寒山。所以，欲明「恁麼事」，當須直證會悟，即能與古德心心相照，維持宗門對自性不說破的教示原則。

遁菴宗演（生卒不詳），或稱華藏宗演，嗣法於提倡「看話」禪法的大慧宗杲（1089-1163），以參究典範公案中的重要「話頭」而從疑情中得悟。宗演承此一路，點出寒山詩的關鍵疑情加以參究。

> 中秋。舉：「吾心似秋月，碧潭清皎潔。無物堪比倫，教我如何說？」大眾，寒山子，比也比了也，說也說了也，且從諸人點頭嚥唾。忽若月落潭枯，莫道諸人討頭鼻不著，設使寒山子親到也，則未免腳跟下黑漆漆地。眾中莫有透出重關者麼？出來與華藏相見。良久云：「無人知此意，令我憶南泉。」[54]

寒山以碧潭秋月喻其悟境，又點破此境無法以言詮表達，那麼，如果月落潭枯，既無圓月，也無碧潭映照時，如何傳達此中悟意呢？宗演意在打破依賴秋月作為自性的喻依本身，便是另一個思維牢籠。參禪者從「初關」破本參，由參話頭或公案而澈見自性本來面目，見一切山河大地之空性本質。既見本

---

[54]　〔宋〕師明集，《續古尊宿語要》，卷 5〈遁菴演和尚語〉，《卍新纂續藏經》第 68 冊，頁 477 中。

心，獲得開悟經驗後，進而以無漏慧調伏粗使煩惱，繼續保任而能煩惱一一破，真如分分現，盡見物我非二非一，色空無礙，得生死自在，即透出「重關」而登聖位，自能與宗演覿面相呈，不假他物為喻。末後能完全對治細微煩惱習氣，破無始無明，任運自在，無功用行起用，即得清淨法身而破「牢關」。[55]最後引用法燈泰欽所作〈擬寒山詩〉的末兩句：「無人知此意，令我憶南泉」，表現禪悟之後，面對自然萬象如如的心靈意境。[56]這種狀態只有達到相同悟境者能夠意會，所以遙憶南宗著名祖師南泉普願（748-834）。因為普願善於透過生活中的瑣事來逼顯悟境，而不重視語言上的指點，令弟子各自領悟。圓悟克勤《碧巖錄》曾評唱云：「於一切時中，如癡似兀。不見南泉道：『學道之人，如癡鈍者也難得。』」[57]又云：五祖七百弟子卻傳法給盧行者（慧能），那是因為七百人盡是會佛法底人，僅盧行者「不會佛法只會道」，所以得五祖衣缽。[58]貫休（832-912）《禪月集》亦云：「常憶南泉好言語，

55　禪宗是頓教，本不講階段，三關之說僅是權解，各家說法或有差異。青源惟信以「見山」三階段、雲門文偃以「三句」來說明禪悟層次；黃龍禪法特別提舉「三關」，生緣、佛手、驢腳三問來啟悟弟子自修自證，並自作頌文加以闡釋。

56　〔宋〕子昇錄，《禪門諸祖師偈頌》卷上之上，《卍新纂續藏經》第66冊，頁729上。

57　《大正藏》第48冊，頁166中。

58　以上關於普願的話語，參見〔宋〕雪竇重顯頌古，圓悟克勤評唱，《佛果圓悟禪師碧巖錄》，卷3，第25則「蓮花庵主不住」，圓悟的評唱。《大正藏》第48冊，頁166中。

如斯癡鈍者還稀。」[59]而自性所悟並無法用語言清楚陳述，因此禪師僅模稜兩可地暗示。宗演如同泰欽，在自然萬象中，面對內心只可意會不可言傳的領悟，遙憶南泉為隔代知音。

虎丘一系松源崇嶽（1132-1202），嗣法於密庵咸傑（1118-1186），其云：「寒山好頌，只易見難說。虎丘卻有箇方便說與諸人：若教頻下淚，滄海也須枯。」[60]頻淚當流成海，豈使海枯？崇嶽所謂虎丘系的禪法方便，在能從語言認知的矛盾中掙脫，掌握禪門指點的關捩。其法嗣無明慧性（1162-1237）上堂，舉寒山子「吾心似秋月」詩，云：「寒山子坐在解脫深坑，若是北山門下，打你頭破額裂。」[61]慧性直指寒山詩點破只可意會的本具佛性，執於解脫相，當立馬痛扁一頓，以便能跳出追求解脫這個生死牢坑的拘限。崇嶽法孫虛舟普度（1199-1280）中秋上堂，云：「吾心似秋月，碧潭光皎潔。有月則似月，無月又似箇什麼？可笑寒山子，是亦不是，非亦還非，還我清光未發時。」[62]一旦以實物來比擬抽象的自性，喻依本身便有許多漏洞可被檢視。自性圓具是無處非清光，亦是清光未

59　貫休〈山居詩〉第 15 首，〔唐〕貫休著，陸永峰校注，《禪月集校注》（成都：巴蜀書社，2006 年），卷 23，頁 461。

60　〔宋〕善開等編，《松源崇嶽禪師語錄》卷上，《卍新纂續藏經》第 70 冊，頁 93 上。

61　〔宋〕妙儼等編，《無明慧性禪師語錄》，《卍新纂續藏經》第 70 冊，頁 111 中。

62　〔宋〕淨伏等編，《虛舟普度禪師語錄》卷 1，《卍新纂續藏經》第 71 冊，頁 85 下。

發時。以圓月意象來比擬自性，化為具體有形之物固然簡便而更易於傳達悟境，然而，問題也同樣來自比擬本身便已有了限定，並不足以表顯自性內在之實質。

洞山梵言（生卒不詳），臨濟宗黃龍派真淨克文（1025-1102）法嗣，上堂以寒山秋月詩來指點悟境：

> 「吾心似秋月，碧潭清皎潔。無物堪比倫，教我如何說？」寒山子勞而無功，更有箇拾得道：「不識這箇意，修行徒苦辛。」恁麼說話，自救不了。尋常拈糞箕，把掃帚，掣風掣顛，猶較些子。直饒是文殊普賢再出，若到洞山門下，一時分付與直歲。燒火底燒火，掃地底掃地，前廊後架，切忌攪匙亂筯，豐干老人更不饒舌。參退，喫茶。[63]

梵言所以說寒山「勞而無功」，是因為寒山以心如秋月，將終極的自性／佛性直指而出，即是拾得詩：「嗟見世間人，永劫在迷津。不省這箇意，修行徒苦辛。」[64]當中所指的「這箇」意。亦即指出寒、拾二人無意中將禪宗所強調，除非親證，難以言傳的自性明白指出，雖無直言所悟內涵的關鍵詞，卻把悟境的疑團給說破了。所以，梵言怪他二人不該老婆心切地把那言語道斷的自性點明，寧可如其尋常徹頭徹尾隱跡瘋癲，不露

63　〔宋〕普濟，《五燈會元》，卷 17〈洞山梵言禪師〉，頁 1154。

64　項楚，《寒山詩注》，附拾得詩注，頁 842。

真相還較好些，管他是文殊、普賢再世，到其門下，一樣叫他
們燒火掃地，如是便無把柄可教豐干饒舌說破。

　　保福本權（生卒不詳），黃龍祖心（1025-1100）法嗣，上堂進
一步模擬寒山之作，卻故意另以他物作比，更凸顯以譬喻法指
明自性的侷限。

> 舉寒山偈曰：「吾心似秋月，碧潭清皎潔。無物堪比
> 倫，教我如何說？」老僧即不然：「吾心似燈籠，點火
> 內外紅。有物堪比倫，來朝日出東。」傳者以為笑。死
> 心和尚見之，歎曰：「權兄提倡若此，誠不負先師所付
> 囑也。」[65]

雖然寒山後兩句已經以自性無物可以比擬，亦無法以語言文字
整全表達，將可能指實的語意予以虛化，固守不說破的語言法
則。本權為破解寒山將一心所悟託喻明月，可能使讀者見地執
實的危險，刻意採「翻案」方式，另以他物為譬，將寒山原詩
意境予以翻轉，如同慧能借神秀之偈「身是菩提樹，心如明鏡
臺。時時勤拂拭，勿使惹塵埃。」的意象，直接翻轉為「菩提
本無樹，明鏡亦非臺。本來無一物，何處惹塵埃？」[66]不僅翻
轉詩意，更從兩詩偈對立語意的二元思惟中跳出，翻進一層更

65　〔宋〕普濟，《五燈會元》，卷17〈保福本權禪師〉，頁1137。

66　〔元〕宗寶編，《六祖大師法寶壇經》，《大正藏》第48冊，頁348
　　中。

深的見地。慧能又針對臥輪之「臥輪有伎倆」，翻轉成「慧能沒伎倆」；更於臨終提到離兩邊說一切法的「三十六對」，「有物」與「無物」、「太陽」與「月亮」，正是「有與無對」、「日與月對」。[67]本權能說死說活，自在無礙，既然對寒山秋月意象的認知已經固著，只好更火上加油地從無物可比，進而有物可比，將語意說死，以便弟子能從死句中跳脫。其師黃龍祖心也說：「爾若一向聲和響順，我則排斥諸方；爾若示現酒肆婬坊，我則孤峰獨宿。」[68]故而同門法兄死心悟新（1043-1114）讚嘆本權的翻案，確實不負其師所囑。

廣鑒行瑛（生卒不詳），嗣法於東林常總（1025-1091），其云：

奇怪諸禪德，文殊、普賢化作寒山、拾得。頭戴炙脂帽子，腳踏無底麻鞋，身著鶻臭布衫，腰繫斷鞓腰帶，手持拍板，口唱高歌。歌曰：「吾心似秋月，碧潭清皎潔。無物堪比倫，教我如何說？」華藏當時若見，每人痛與一頓。何為如此？且教伊不敢掣風掣顛，免使後人疑著。乃拈拄杖云：「向什麼處去也？」擊繩床。下

67　〔元〕宗寶編，《六祖大師法寶壇經》，《大正藏》第 48 冊，頁 358 上、360 上。

68　〔宋〕子和錄，仲介重編，《寶覺祖心禪師語錄》，《卍新纂續藏經》第 69 冊，頁 217 下。

座。⁶⁹

行瑛不同於梵言，指摘寒、拾二人以瘋癲形象滿口胡言，將參禪的究竟理地隨口指出，應該痛打一頓，免教後人起疑。因為他二人雖以瘋癲作為悟道者的掩護，卻又仗著佯狂的外相，點出那不可言傳的自性。若大眾信其瘋言為假，豈不誑世害人？那麼，瘋子的話語到底可信不可信？起疑正是參入處。

　　慈氏瑞仙（生卒不詳），嗣法於廣鑒行瑛，放下寒山說破與否的責難，回歸當下語境，上堂云：

> 「吾心似秋月，碧潭清皎潔。無物堪比倫，教我如何說？」堪嗟古人心，難與今人說，語與時人同，意與時人別，語同人盡知，意別少人別。今人不會古人意，今日教我如何說，直饒會得寒山意，秋月碧潭猶未徹。如何得徹去？此夜一輪明皎潔，縱目觀瞻不是月，是箇甚麼？⁷⁰

所謂「意別」當指言外意旨，禪門中師徒對話的語境和所傳達的語意，隨不同的對話者，所交流的語意便可能截然不同，獨

---

⁶⁹　〔宋〕師明集，《續古尊宿語要》，卷 6〈開先廣鑒瑛和尚語〉，《卍新纂續藏經》第 68 冊，頁 514 上。

⁷⁰　〔宋〕正受編，《嘉泰普燈錄》，卷 10〈紹興府慈氏瑞仙禪師〉，《卍新纂續藏經》第 79 冊，頁 349 下。

一無二，不可複製。如同今人已經脫離寒山當時面對秋月的語
境，豈可以當時留下的話語文字去推敲追溯寒山內在的悟境虛
實？若能當下以直觀看待寒山詩境，應可會得寒山假碧潭秋月
為喻，勉強所指的那個實際理地。如同壽寧道完（生卒不詳），
上堂云：「古人見此月，今人見此月，此月鎮常存，古今人還
別。若人心似月，碧潭光皎潔，決定是心源，此說更無說。
咄！」[71]所以，世人慣於理性分析，禪的領悟卻是直觀式的，
重點在主體內在是否具備悟道的成熟條件，而不是寒山詩到底
是否包覆絕對的悟境。

靈隱惠淳（生卒不詳），雲門宗長蘆道和（1057-1124）法嗣，
上堂引寒山〈吾心似秋月〉詩。

> 乃喝曰：「寒山子話墮了也。諸禪德，皎潔無塵，豈中
> 秋之月可比？虛明絕待，非照世之珠可倫。獨露乾坤，
> 光吞萬象，普天匝地，耀古騰今。且道是箇甚麼？」良
> 久曰：「此夜一輪滿，清光何處無！」[72]

惠淳所指「皎潔無塵」、「虛明絕待」者，乃本然佛性／自性
圓具，超越任何相對性的事物，豈是有形的中秋明月所足堪比

71　〔宋〕普濟，《五燈會元》，卷 18〈壽寧道完禪師〉，頁 1197。
72　〔宋〕普濟，《五燈會元》，卷 16，頁 1097。末聯詩句，引自南唐佚
　　名僧〈月〉：「徐徐東海出，漸漸上天衢。此夜一輪滿，清光何處
　　無。」〔清〕聖祖敕編，《全唐詩》，卷 851，頁 9630。

擬？寒山以秋月來比擬其對自性的體悟，不但不足以表顯自性圓具的光明，反落於形器世界，為具體形象所束縛，所以說寒山子「話墮」。亦即寒山以秋月圓皎來比喻自性圓滿清淨，是以實體之物譬況虛明的自性，由於話語落實了，反而容易拘限對自性的體驗，故而惠淳再以「寒山子話墮」來掃除語障。那麼，若欲表達對自性圓具的掌握，又要避免落入相對概念中，則如何呈現呢？首先，惠淳方方面面地指陳那無法指實的自性，皎潔無塵，虛明絕待，非可以擬議而言之，以便不違背「說似一物即不中」的語用法則。其次，惠淳所言那個「坐斷乾坤，全身獨露」，恆照古今、天地的，即在烘托一種情境，來引導學人領悟那難以具陳的自性。良久停頓留白後，自吟「此夜一輪滿，清光何處無！」與「吾心似秋月，碧潭清皎潔。」差別又何在呢？他以月光普照萬有，體現自性圓足所觀見的生命境界，而未直接以月喻心。若以表現方式來說，圓智是用「興」法，烘托一種情境，而不是將圓月之象直接「比」之於自性，更加合於禪宗不說破的語言態度，給讀者以更靈動的意會空間。所以，惠淳只好說：「獨露乾坤，光吞萬象，普天匝地，耀古騰今。且道是箇甚麼？」卻不能直接說出「那箇」是甚麼。由此了解雲門宗所以特別重視語言表達，從某種角度而言，正是由於對語言的不信任，深怕誤解，在語言上的著力便愈加綿密叨絮。[73]

73　參考〔日〕土屋太祐，《北宋禪宗思想及其淵源》（成都：巴蜀書社，2008 年），頁 126-8。

　　凡是藝術的表現，是透過感性形式來表現人之存有經驗與所體悟的價值理序。以詩作為傳道的方式之一，是人的特殊知覺能力，以整體感悟儘可能逼近終極存在之理，呈現精神境界的全體內容。詩的語言是一種極富啟發性的情境語言，它與意義之間往往沒有清楚的對應關係，主要在營造一份意境傳達給讀者，並保留廣大的想像空間和活潑的心靈意象，讓讀者參與創造，藉此形成精神上的互動。這種互動，終極目的是要達到靈識默會。故一解一切解，關鍵在於主體者的悟力。以詩學概念中的表達方式來看，比、興都是以「意象」作為傳達禪意的基本單位，避免直陳其理。「比」是藉由與所欲表達的內容有類似性的事物來類比，其所欲傳達的意旨和喻依的關係，是預先經過理性思考而確立的，其意念便非當下此在的自性感知，而是由理性操作而來。如此，喻意落實，所傳達的意義便易顯得明確侷限而缺少更大的想像空間。「興」是一種即席的觸發，主體所引動的是當下的情感經驗，而非反省後的理思，外在的情境與主體悟性之間並無明確的意義關連線索，而是信手拈來，隨機借當下耳聞目擊的意象作為觸媒，這些偶然之景不具實質意義，只在烘托一種悟意底蘊，引導學人進入相同的情境而獲得啟悟。因此，可以說「興」承載較「比」更為豐富而不確指的言外之意。

　　無際了派（1149-1224），嗣法於楊岐派佛照德光（1121-1203），其上堂云：「三五十五，月圓當戶。然雖匝地普天，

要且秋毫不露。對景憑誰話此心，令人黷憶寒山子。」[74]以圓月比喻禪人悟境相當普遍，因為主體與外境同一天心月圓的心境，難以用語言文字傳達給他人，了派此際心境，只能以憶寒山之詩自證之。[75]

宏智正覺嗣法於曹洞宗丹霞子淳（1064-1117），提倡「默照」禪法，以靜坐觀心、止心息念為修行主體，而不以求悟為前提，以期在長期的靜定中，自然契入中道實相。其云：

> 本無如許多事，做來做去，便有如許多事。如今卻從許多事中，減來減去，要到無許多事處。只爾尋常起滅者是生死，起滅若盡，即是本來清淨底，無可指註，無可

---

[74]　〔明〕通問編，施沛彙集，《續燈存稿》，卷 1〈四明天童無際了派禪師〉，《卍新纂續藏經》第 84 冊，頁 667 中。

[75]　明代雲谷法會禪師（1501-1575），中秋上堂時，其弟子引無際禪師之語扣之。曰：「僧出問云：『今朝八月十五，正是圓月當戶。雖然匝地普天，要且絲毫不露。』師云：『坐在覆盆之下，又爭怪得？』進云：『露柱放光明，燈籠齊起舞。』師云：『且莫眼花！』進云：『對境憑誰話此心，令人長憶寒山子。』」「寒山圓月」已經成為禪人悟道的常用指涉，所以一提圓月，即聯想到寒山。〔明〕宗敬等編，《雲谷和尚語錄》卷上，《卍新纂續藏經》第 73 冊，頁 438 上。又如雲谷和尚舉寒山詩云：「吾心似秋月，碧潭光皎潔，無物堪比倫，教我如何說？」拈云：「既說不得，就模子脫出一個：『吾心秋月印中天，到處相逢到處圓。普請且歸林下坐，好看光影未生前。』」雲谷給學人指出一個中天圓月的境界，然後讓學生參究「光影未生前」的本來面目。〔明〕宗敬等編，《雲谷和尚語錄》卷上，《卍新纂續藏經》第 73 冊，頁 438 上。

> 比擬。寒山子道：「吾心似秋月，碧潭澄皎潔。」直得
> 皎皎地如秋月，尚恐不是。又道：「無物堪比倫，教我
> 如何說？」既是無物，又作麼生說？所以道：「不可亦
> 不可，此語亦不受。」謂之迴絕無寄，一切處寄不得。
> 箇是遍底心，安向什麼處？淨裸裸赤洒洒，絲毫立不
> 得。[76]

正覺強調尋常穩定的心靈狀態的保持，久之自然悟入。若如寒
山藉圓月凸顯一個悟境，卻又說不完足，僅徒增後人迂迴的認
知。回歸體、用關係相融互即，隨處點化，領悟一切皆真如自
性之顯相，則觸目盡是菩提。

　　如來藏佛性思想和般若空性論的融合，是南宗禪的共通特
色，而自性光明究竟該如何傳達？寒山以圓月為喻依，到底說
破未說破？成了宋代禪師引用討論的焦點，各方見解不同，或
將重點落在前兩句，認為寒山以具象的圓月喻不可說的自性，
說破了那個圓明絕待，不可言傳的佛性，反而拘限了學人對只
可自證的佛性的理解，此乃禪家大忌，所以引寒山詩作為警
誡。或重在後兩句，認為寒山以圓月隱喻禪人所悟的自性，如
同「靈山話月，曹溪指月，馬祖、百丈、南泉翫月，殊不知正

76　〔宋〕集成等編，《宏智禪師廣錄》，卷 5〈明州天童山覺和尚小
　　參〉。《大正藏》第 48 冊，頁 59 下。

是第二月。」[77]與寒山圓月之喻同一關戾，都只是做做樣子的弄光影漢，為的是標指那本然自性。強調悟境「無物堪倫比」，直指終極的自性體悟，還須禪人自家親證第一月，如人飲水，冷暖自知，仍是遵循禪門「不說破」的語言傳統。

從宋代禪師引用「寒山秋月」意象作為對話引子，顯見禪林對此一意象內在意蘊已有共識認知。由此可見宋代諸宗禪師對於禪悟內涵如何傳達的問題，始終仍環繞語言文字與絕對本體之間在表達上的緊張關係，強調悟境的言語道斷，各宗門的態度和立場並無明顯的理解差異。

六、結　語

寒山詩中的佛教詩篇，包含深刻禪境、寒巖禪居生活，以及人間應化、警世勸喻的內容，從晚唐五代以來廣泛地流傳於禪林間。通過本章對禪師引用寒山詩以傳達悟道歷程和悟境本體的舉例討論，可見宋代禪林對寒山詩的創造性詮釋意蘊。

就引寒山意象及其詩指涉悟道歷程而言，寒山與水牯牛看似牧者與被牧者的關係，這只是把握自性的馴服過程中，方便安立的身分，並無究竟的分別。正如同寒山所言「十年歸不得，『忘』卻來時道。」所有的施設、工夫在頓悟的瞬間都將一時俱忘，此亦南宗共通的傾向。可見宋代禪門在修行求悟的

---

77 〔宋〕元浩等編，《古林清茂禪師語錄》卷 1，《卍新纂續藏經》第 71 冊，頁 209 上。

歷程上，更重視頓悟之前積累漸修的工夫。

　　以寒山詩作為悟境的指涉而言，包括雲門、黃龍、楊岐、曹洞等禪師皆有引用寒山「吾心似秋月」一詩，但在詮釋路徑上，並無法看出不同法系對以秋夜圓月指喻自性／佛性的展現有何差異，反而皆聚焦於寒山此詩到底是否說破那圓明絕待的自性而有不同的詮釋立場。宋代禪師藉由引詩來帶入其所欲傳達的意蘊，內在的關鍵因素仍是南宗禪的語用原則，從而衍生出以前人詩句作為討論公案的溝通工具，而又能恪守禪門不說破的語用規則。其次，禪師教導弟子最忌直陳，即使非得使用語言不可，仍尋求最不黏著語意的方式來溝通。寒山詩在宋代禪師眼中的作用，僅是因應禪門不說破的語用法則，又順應於宋代普遍運用文字的風尚，將寒山詩偈視同「揚眉瞬目」一般，作為指點悟境的「拄杖」。

　　因此，寒山詩作為禪門「不說破」語用法則下的代替符碼，被宋代禪師靈活運用於點撥弟子，其存在意義如同古佛應世一般。

> 古佛應世，順行逆行，風顛浪顛，凡四登山。普化、寒山、拾得之流，只要當人時時省捕，不隨八風所漂，忽然一念相應，即是到家時節。[78]

---

[78]　〔宋〕定隆，〈湖州吳山端禪師語錄序〉，〔宋〕師皎編，《吳山淨端禪師語錄》卷上，《卍新纂續藏經》第 73 冊，頁 71 上。

寒山、拾得外表看似瘋癲，然皆古佛應世，順應機宜，學人能不隨世俗知見，妄生分別，一念相應，即可悟道，此言深具警策作用。棲真德嵩（生卒不詳）上堂云：「天地一指，絕諍競之心；萬物一馬，無是非之論。由是魔羅潛跡，佛祖興隆。寒山拊掌欣欣，拾得呵呵大笑。大眾，二古聖笑箇甚麼？」良久，呵呵大笑曰：「曇花一朵再逢春。」[79]一切言說都是因病施設，沒有固定的主體意涵，都是因他而起的虛構性言說。即如汾州無業（760-821）所言：「諸佛不曾出世，亦無一法與人，但隨病施方，遂有十二分教，如將蜜果換苦葫蘆，淘汝諸人業根，都無實事。」[80]禪者的語言是就當機者與說教者所隱然共許的內容，在交談當下，借由引用寒山詩以超越慣性語言意蘊限定，使悟境的傳達不背不觸。參學者須關連於修持境界來理解；有相同悟境者，自能與詩句之外的自性相印證。

　　綜之，寒山詩被宋代禪師一再引用於上堂開示或師徒對話，如同對其詩的再詮釋或翻案，相同的詩句，隨著不同的禪師、禪風和時代文化的轉變，而對公案產生不同的詮釋見解。評述者的話語和被引用的詩句之間，亦因互相滲透而界線逐漸模糊，形成一個互相含攝的語意系統和環環相扣的詮解模式，使寒山詩所包覆的意涵，在不同的時空情境下，不斷被創新和延伸。然而，不同的法系的禪師引用寒山詩的暗示意指並無甚

79　〔宋〕普濟，《五燈會元》，卷 17〈棲真德嵩禪師〉，頁 1143。

80　〔宋〕道原，《景德傳燈錄》，卷 28〈汾州大達無業國師〉，《大正藏》第 51 冊，頁 444 中。

大差異，而著重於以引詩代替語言對悟境的直指。透過以上宋
代禪師引用寒山詩的闡釋討論，一方面呈現了寒山詩在宋代傳
播與接受的一個側面實況，另一方面或可作為理解宋代禪宗發
展趨向和禪法特色的旁證。

第四章　從宋代禪師擬寒山詩看「寒山體」的內涵轉變

一、前　言

　　由於晚唐、五代至宋代時期禪宗興盛，隨著寒山被納入宗門系譜，其詩廣泛地在禪林中被傳頌與運用，無論是在詩人或禪林圈中，引發一股擬作之風。從五代至宋代，禪師模擬寒山詩的語言風格或悟境內涵，留下許多「擬寒山詩」，成為禪宗文獻中的特殊表現。所以，本章以宋代禪師的擬寒山詩作為切入點，來觀察寒山詩在禪門中的流傳和迴響，探討後代禪僧擬寒山詩的創作意義所在。

　　模擬，代表的是對前人風格內涵的認同和共鳴，從閱讀前人作品產生風格的接納和內化，並有意識地創作類似的作品。因此，模擬作品的價值，實不應僅限於與原作比較的方式來看待，這只會使擬作因風格承襲而顯得創造性不足，導致評價偏低，這也是一向文學史忽略擬作價值的原因。若從對前人作品的接受視角，觀察前人作品如何透過傳播，形成後代的擬作現象，一方面顯示某種文學典律正透過後代擬作而成形；一方面

可視為典律作品在後代所形成之最明顯的影響效應。所以，禪師創作前，必然或應該對寒山詩有一定的熟悉和共鳴，因此，作為一位閱讀者／擬作者，其創作自然而然或刻意地帶有原作的影子和風格。由此可知，擬作本身與原作的關係微妙，不僅止於影響，而是透過再創作，形成與原文本間或模擬、或戲擬、或翻案的對話（Dialogue）。

　　本章重點不在比較禪師擬寒山詩與寒山原詩風格的相似度，因為既然擬作者的詩題已標明為「擬寒山詩」，則其創作便可視為其對寒山風格內涵理解的具體展現，正可由其擬作，推敲宋代禪師所理解的「寒山體」的內在意蘊。

　　目前可見禪僧之擬寒山詩作，從五代始見，以至宋代時期之文獻如下（參見附錄二：宋代禪師擬寒山詩文本）：[1]

　　（一）法燈泰欽（?-974）《擬寒山詩》十首，收入《禪門諸祖師偈頌》卷上之上。

　　（二）汾陽善昭（947-1024）《擬寒山詩》十首，收入《汾陽無德禪師語錄》卷下。

　　（三）長靈守卓（1065-1123）《擬寒山詩》四首，收入《長靈守卓禪師語錄》。

　　（四）戲魚咸靜（生卒不詳）《擬寒山自述》十首，收入《嘉泰普燈錄》卷二十九。

---

[1]　關於寒山詩的歷代擬作之蒐集，參考葉珠紅編，《寒山資料類編》，參・擬和資料，頁 235-302；陳耀東，《寒山詩集版本研究》，下編資料編，頁 296-541。

（五）慈受懷深（1077-1132）《擬寒山詩》一百四十八首，收入四部叢刊景高麗刊本《寒山子詩集》附慈受擬寒山詩一卷。

（六）橫川如[2]珙（1222-1289）《擬寒山詩》二十首，收入《橫川行珙禪師語錄》卷下。

（七）元叟行端（1255-1341）曾作《擬寒山子詩》百首，今僅《元叟行端禪師語錄》卷六中存有四十一首。

宋代禪師引用寒山詩作為上堂、逗機的法語，顯見當時寒山詩如同唐五代禪師悟道公案一般流傳於禪林，成為宗門內共通理解的語境。晚唐五代寒山詩尚在傳播的初期型態，到了宋代，宗門盛行以文字表述禪法，詩偈、頌古創作普遍流行，使得禪師進一步透過擬作，成為寒山的異代知音。

從五代至宋代以來禪僧對寒山詩的擬作質量兼具，這些擬寒山詩的作者，既是寒山詩的讀者，同時是創作者，他們既身處於自身的文化系統中，不免受其文化特質的潛在影響，因此，後代讀者／作者無可避免地從自身文化視野出發去理解寒山詩，這種讀者視野，絕不可能與寒山所處時代的文化視野完全相吻合，而這中間往往便融入讀者的創作性格於其中。那麼，宋代禪師為何熱中於創作擬寒山詩？又是什麼樣的文化環境和禪林氛圍促使其擬作寒山詩呢？而擬作與原作之間，包括語言表現、美學風格、思想特質、禪境內涵等面向呈現怎樣的接受、承繼和變異的軌跡呢？他們對於「寒山體」的風格內

2　「如」珙，又稱「行」珙。

涵，形成怎樣的認知差異和轉變呢？本章將從宋代禪師擬寒山詩的整體表現，來看他們對寒山詩風格內涵的理解，並從禪師擬作風格的變化，尋繹「寒山體」內涵的轉變，從這種轉變中，了解寒山詩在宋代禪林的傳播與接受情形。

二、關於寒山體的內涵特徵

　　寒山詩具有多面性的內涵，在佛教中所流傳的寒山詩，僅是其中一部分帶有明顯的佛教哲理和禪修意境的詩篇，而禪門所模擬的寒山詩風格，也是就這部分詩而言。就形式體製來看，若以唐代近體詩的格律規範來衡量寒山禪詩，會發現其禪詩並不符合當時流行的格律規範，這一點寒山詩中曾提出解釋：「有個王秀才，笑我詩多失。云不識蜂腰，仍不會鶴膝。平側不解壓，凡言取次出。」[3]可見其有意識地超出格律的拘遷，只依己意來寫詩，而不是不懂得格律。其次，寒山詩的語言質樸，接近口語，形式自由，不拘格律，感情真率，禪境盎然。「寒山出此語，復似顛狂漢。有事對面說，所以足人怨。心真出語直，直心無背面。」[4]檢閱目前所見寒山詩，確實以五言為主，音節變化較七言詩為簡單質直，多數為八句，偶有六句或超過八句者，以兩句為一組，表達一完整概念或形成上下聯對關係。寒山詩可說是介於詩與偈之間，不像詩那麼重視

---

[3]　項楚，《寒山詩注》，頁 751。
[4]　同前註，頁 609。

意象經營，但又比禪偈更饒富意趣，不至於枯燥乏味。即使是
描寫自然景象，亦多直寫而不講究詩的意象經營，這可能跟寒
山詩創作的動機有關，一般詩人創作重在美感的傳達，而寒山
詩所要傳達的是超越於美感的精神境界。

　　寒山的生命形象和詩歌風格，在其所存在的時代，均可說
是一個特立獨行者。無論是《宋高僧傳》、《景德傳燈錄》等
宋代佛教文獻所記錄的寒山形象皆是佯狂瘋癲，[5]可見寒山是
以一種最平凡的姿態游戲人間。當今文學史的論述，視寒山為
承繼王梵志之後，以詩作佛事的白話詩人，雖然後人對於被視
為寒山禪境詩之雙璧的「吾心似秋月，碧潭清皎潔。無物堪比
倫，教我如何說？」「碧澗泉水清，寒山月華白。默知神自
知，觀空境逾寂。」[6]耳熟能詳，這並不能撼動後人以白話口
語作為寒山詩主要風格的印象。

　　到了宋代，寒山詩在文人和禪林間受到更多的青睞。日本
學者入矢義高〈寒山詩管窺〉云：「寒山詩在宋代詩人中幾乎
沒有知音。」[7]恐怕不是一個正確的論斷。大陸學者曹汛已針

5　參見〔宋〕贊寧撰，范祥雍點校，《宋高僧傳》，卷 19〈唐天台山封
　　干師傳〉，附傳寒山子，頁 483；〔宋〕道原，《景德傳燈錄》卷 27，
　　《大正藏》第 51 冊，頁 433 中。

6　項楚，《寒山詩注》，頁 222、頁 137。

7　〔日〕入矢義高著，王順洪譯，嚴紹璗校，〈寒山詩管窺〉，《古籍整
　　理與研究》（北京：中華書局），1989 年第 4 期，頁 233-252。原載於
　　《東方學報》（京都：京都大學人文科學研究所，1958 年 3 月），第
　　28 冊，頁 81-138。項楚《寒山詩注・前言》云：「降至宋代，寒山詩
　　在文人中找到了知音。」包括王安石、蘇軾、黃庭堅、陸游和朱熹等，

對入矢先生的論點提出許多反證，指出寒山詩在宋代的流布，是一個重要的研究課題。[8]實則寒山詩在宋代文人和禪林間獲得更廣泛的迴響。宋代詩人有意地跳脫唐詩風格，創造屬於自己時代的詩風，呈現白話口語、議論反省等傾向，以凸顯其時代的詩歌特色。而這種特色的建構，實與宋代詩人和禪僧擬寒山詩所建構的「寒山體」內涵相一致。

紀昀《四庫全書總目提要》卷一四九，引王士禎《居易錄》論寒山詩云：

> 其詩有工語，有率語，有莊語，有諧語。至云：「不煩鄭氏箋，豈待毛公解。」又似儒生語。大抵佛語、菩薩語也。今觀所作，皆信手拈弄，全作禪門偈語，不可復以詩格繩之，而機趣橫溢，多足以資勸戒。[9]

可見《寒山詩集》內容駁雜，包含儒家、道家和佛教等多面性內涵，雖然寒山詩的語言明淺直率，卻有其天然不假雕飾的真

　　或擬作，或評論，「這是因為寒山詩的內容和風格，與宋代的社會思潮有一致之處。」項楚，《寒山詩注》，頁16。

8　曹汛，〈寒山詩的宋代知音——兼論寒山詩在宋代的流布和影響〉，《中國典籍與文化論叢》第 4 輯（北京：中華書局，1997 年），頁121-133。羅時進亦認為，寒山體創作已成為唐代以後的詩歌接受史一個突出的現象。參見羅時進，〈唐代寒山體的內涵、形成原因及後代接受〉，秋爽主編，《寒山寺文化論壇文集 2008》，頁 91。

9　〔清〕永瑢等，《四庫全書總目提要》（臺北：臺灣商務印書館，1983 年），卷 149〈寒山詩集提要〉，頁 4-25。

性情。透過對現象的反省超越，呈現精神面的靈覺自性；對山居行跡的描述，概括地展現其日用生活的觀照；從其通俗的警世詩篇，可以窺見這位曠放天真的詩哲內心所潛藏的入世關懷。

當代寒山詩研究的重要學者項楚先生在其《寒山詩注》前言中，概括寒山詩的藝術風格云：

> 大體說來，寒山的化俗詩，多用白描和議論的手法，而以俚俗的語言出之。他的隱逸詩，則較多風景描寫，力求創造禪的意境。而不拘格律，直寫胸臆，或俗或雅，涉筆成趣，則是寒山詩的總的風格，後人稱寒山所創造的這種詩體為「寒山體」。[10]

此論從內容上將寒山詩分為「化俗詩」和「隱逸詩」兩類，並從語言風格上歸納寒山所創造的「寒山體」特徵為：「不拘格律，直寫胸臆，或俗或雅，涉筆成趣」。似乎將「寒山體」視為一個確定內涵的前導風格，以引領後代的仿效者。實際上，寒山詩的風格並不等同於寒山體，對「寒山體」的認知，是在寒山詩廣傳之後才逐漸形成，它應是一個包含原作和後代擬作所共同認知形成的有機的風格型態，並透過不同擬作者的加入而使其內涵愈加豐富。羅時進先生包含後代的擬作，概括「寒山體」的共同特點為：（一）形式上以五言為主，（二）表達

10　項楚，《寒山詩注》，〈前言〉，頁 14-5。

上力求非詩化，（三）修辭上採用反覆譬喻，（四）意味上體現通俗哲理，（五）風格上力求古淡。[11]然而，以上二者對「寒山體」的定義，仍偏向著眼於語言形式和藝術技巧方面，對於「寒山體」本身內涵層次的多面性，並未連貫考量。筆者以為內涵層面才是「寒山體」最重要的精神特質所在，而「寒山體」的內涵特徵，其實是透過後代人對寒山詩的擬作、引用、解釋而逐漸建構形成，所以「寒山體」更應涵蓋後人對寒山詩的擬作、批評等話語，經時間演變所逐漸形成的風格認知。其中對於佛教禪理的精神承載和表現層次，更是觀察「寒山體」風格特徵的轉變最關鍵性的面向。以下便透過宋代禪師擬寒山詩風格的轉變，來觀察「寒山體」在禪門中的內涵變化。

三、主體悟境：
五代到北宋前期禪師擬寒山詩的內涵特徵

評估一種作品在後代的流傳和影響力，除了後人直接對該作品進行評論、引用之外，擬、和創作的出現，更可視為對原作品風格進一步的接受、內化的直接成果指標。擬詩和和詩不

11　羅時進，〈唐代寒山體的內涵、形成原因及後代接受〉，秋爽主編，《寒山寺文化論壇論文集（2008）》，頁 92-4。羅氏另文〈唐代寒山詩的詩體特徵及其傳布影響〉，《江西師範大學學報（哲學社會科學版）》第 43 卷第 5 期（2010 年 10 月），頁 89-95。

同，和詩有明確的所和詩篇，所以原詩和和詩之間，從形式押韻、語言風格、意象經營到表現主題，均有明確的線索作為考察其對應關係的憑藉。擬詩也可以從韻腳到主題都明確模擬某詩人的某首詩，但更多的擬詩往往是對原作者某種題材風格的模仿，這便涉及擬作者對原詩人作品的理解和掌握。以寒山詩而言，和寒山詩至明代以後才有，而目前可見最早的擬寒山詩文獻，出現在五代禪林而非出於文人之手，可見寒山詩在當時禪林的廣傳程度。

首位擬寒山詩的禪師，是主要活動於五代時期的法燈泰欽，[12]有《擬寒山詩》十首。據傳泰欽少年悟道，但未為人所知，性情豪逸，常不奉戒律，大眾皆輕視之，文益卻獨器重。可見泰欽早年是一位潛行不露的禪行者，就這點而言，和傳說中寒山隱身國清寺附近的寒巖，與寺中廚役拾得時相往來，行止瘋癲，猶有警眾意味的行事風格頗為相類。一日文益問眾人云：「虎項下金鈴，何人解得？」一眾無人能對。此時泰欽適來，文益問之，泰欽答云：「大眾，何不道繫者解得。」於是人人從此對他改觀。[13]有本事在猛虎頸繫上金鈴的人，自然有本事從虎身上取下這個鈴才對，這不是一般人所能堪任的任

---

[12] 泰欽是法眼宗清涼文益（885-958）弟子，為人辯才無礙，初住洪州雙林院，後遷金陵清涼寺。北宋太祖開寶七年（974）說法而化，諡號「法燈禪師」。參見〔宋〕道原，《景德傳燈錄》，卷 25〈金陵清涼法燈禪師泰欽〉，《大正藏》第 51 冊，頁 414 下。

[13] 參見〔宋〕惠洪，《林間錄》，卷下〈法燈泰欽禪師〉，《卍新纂續藏經》第 87 冊，頁 263 中。

務。另可解為，鈴非虎所本有，而是有人特意附加給虎的，如同吾人心性中無始即住著一頭無明的猛虎，卻無法馴服牠，只能在虎上外加金鈴來自我保護，甚至將虎偽裝成已被馴服的假象，殊不知這些外加的偽裝，只會使吾人離自性愈遠。唯一跳脫的辦法，便是自我卸除種種偽裝所造成的煩惱，才是回歸自性的首要。而這個解鈴人，除了自己，無人能夠代替。法燈所言即是先自覺卸下自己創造出來的種種外象所造成的煩惱，才是回歸自性的首要。

雖然，現有文獻未見有泰欽接觸寒山詩的主體自明或背景說明，可是從泰欽本有辯才，他的老師法眼文益又好為文筆，時作偈頌真讚，[14]承此文辭風習，加之早歲即有悟道的體驗，與寒山類似的性格，上述條件的綜合，使泰欽由閱讀寒山詩產生共鳴，進而擬作，亦不唐突。

所以，泰欽擬詩中，以自身處境，遙想寒山當年在國清寺的生活狀態：

> 自住國清寺，因循經幾年。不窮三藏教，匪學祖師前。
> 一事攻燒火，餘閑任性眠。生涯何所有，今古與人傳。[15]

14　〔宋〕贊寧著，范祥雍點校，《宋高僧傳》，卷 13〈周金陵清涼院文益傳〉：「益好為文筆，特慕支湯之體，時作偈頌真讚，別形纂錄。」頁 314。

15　〔宋〕子昇錄，《禪門諸祖師偈頌》卷上之上，《卍新纂續藏經》第 66 冊，頁 729 中。

泰欽想像中的寒山不從經教和祖師傳承的禪法悟得自性，但隨大眾作息，掌理廚役炊爨，閒則任性保任此心。只有從寒山生平所留下的詩篇，方得見其自性所悟的內涵。

　　其次，泰欽因這層心靈的共鳴感，而視寒山為同道知己：

　　　　每思同道者，屈指有寒山。得意千峰下，無人共往還。
　　　　朝看雲片片，暮聽水潺潺。若問幽奇處，儂家住此間。[16]

泰欽隱身深山叢林之中，隨朝暮雲水自然作息，唯以寒山為心靈上的同道知己，以擬詩作為與寒山精神往復的憑藉。因為禪悟境界如人飲水，則寒山成為後代孤獨的悟道者聊以慰藉的隔代知音。

　　對照於寒山禪境詩，將個人心靈與寒巖景物融合一體，充分體現其當下心跡狀態：

　　　　自樂平生道，煙蘿石洞間。野情多放曠，長伴白雲閒。
　　　　有路不通世，無心孰可攀。石床孤夜坐，圓月上寒山。[17]

寒山隱居之「寒巖」，當暑有雪，亦可說是住在寒山中。也許，「石床孤夜坐，圓月上寒山」的意境，正是泰欽所仰慕的寒山生活形態，而「寒山圓月」亦其所自明的理想生命境界。

16　同前註，頁 729 中。
17　項楚，《寒山詩注》，頁 578。

　　今所見次於法燈泰欽的擬寒山文獻，是汾陽善昭《擬寒山詩》十首。臨濟宗門下的汾陽善昭，不若法燈泰欽在寺院僅是一名不受注目的禪僧，相反地，他生來器識深沈，參禪問學態度嚴謹，前後參訪過七十一位當時禪門大德，對於曹洞禪法相當契會，最後嗣法於臨濟宗首山省念（926-993）禪師。之後住汾州太平寺太子禪院三十年，說法不倦，成為中興臨濟的一方宗匠。[18]

　　善昭禪風峻烈，少年時即於一切文字不由師訓，自然通曉，可見他聰慧過人，所作《頌古百則》為禪林所傳頌。善昭同樣在擬寒山詩中，引寒山為有相同悟道高度的心靈知己：

　　　寂寂虛閒處，人疏到此來。透窗明月靜，穿戶日光開。
　　　鶴聚庭前樹，鶯啼宇後臺。同心誰得意，舉目望天台。[19]

善昭的山居禪修，人跡罕至，日月循環中，只有鶴、鶯相伴，其心境誰人能理解呢？舉目所望的「天台」，正是寒山居處，亦即只有寒山能同心相知。善昭又有〈擬寒山詩〉云：「我笑寒山笑，豐干腳下勞。」[20]〈明道〉云：「汾陽道廣勿遮欄，

18　〔宋〕惠洪，《禪林僧寶傳》，卷 3〈汾州太子昭禪師〉，《卍新纂續藏經》第 79 冊，頁 498 中。

19　〔宋〕楚圓集，《汾陽無德禪師語錄》卷下，《大正藏》第 47 冊，頁 625 上。

20　同前註，頁 624 下。

蹈著清涼路轉寬。拾得寒山誰辨明，分明同步是豐干。」[21]悟得清涼自性者，則知善昭之禪道廣闊無分別，可見善昭內心視天台三聖為心靈相契、禪意相通的知心人。

寒山詩亦指出同證此心者方可到「寒山」：

> 人問寒山道，寒山路不通。夏天冰未釋，日出霧朦朧。
> 似我何由屆，與君心不同。君心若似我，還得到其中。[22]

此中的「寒山」，非真實地理的寒巖，而是寒山心靈地圖中的「寒山」，指的是一種生命境界。那麼，「寒山」是詩人、也是山、更是悟道的境界。「君心若似我，還得到其中」，能同於詩人的悟境，自可與寒山心靈交契，兩無分別而已在其中。所以，寒山指給後代的同心人一條趨向寒山心靈境界的道路，也引領後代禪人隔代遙相印證此心。

善昭詩中亦有多首關於其山居生活的描述：「雨落田中濕，風搖樹上寒。時人鏖肆去，山翁屋裏眠。似醉人難識，如癡兩鬢斑。白顏猱叫處，驚出一雙猿。」[23]似是自身生活心境的寫照，世人儘往市鄽裡頭出頭沒，他卻能以清簡閒曠的心境，淡然安處山居以終老；又似對寒山形象的遙想，「似醉人

21　同前註，頁 628 下。

22　項楚，《寒山詩注》，頁 40。

23　〔宋〕楚圓集，《汾陽無德禪師語錄》卷下，《大正藏》第 47 冊，頁 624 下。

難識，如癡兩鬢斑」，身處世俗世界中真正清醒的覺者，往往
採行癡醒愚智混沌難分的樣貌以行世，使人難知其底細。又
云：「天台山裏客，卻與我相鄰。歷劫何曾忘，長年只麼
閒。」[24]則寒山成了善昭山林幽居最相契的知友。「獨坐思知
己，聲鍾聚毳和。欲言言不盡，拍手笑呵呵。」[25]善昭所思之
知己，當是寒山，大千界裡唯以寒山為知心人，而兩心相照的
內涵，又是語言所難以言詮，只好以「拍手呵笑」回應。這是
寒山瘋癲形象常予人的印象之一，恁是面對世人複雜難辯的生
命情境，皆對以拍手呵笑，這不是一種判斷式的回應，反倒是
帶有譬諷意味的旁觀之眼下的一種戲謔式的回饋。所以，「全
體是寒山，唯能向此眠。」[26]幾乎欲將自身與寒山完全渾化為
一。

　　如此看來，泰欽和善昭，都視寒山為悟道的知己，自覺地
趨向寒山式的生活型態，其二人所作擬寒山詩風格亦相當接
近。法燈泰欽擬作意境清新優美，極能表現個人禪悟意境。例
如：

> 今古應無墜，分明在目前。片雲生晚谷，孤鶴下遙天。
> 岸柳含煙翠，溪花帶雨鮮。誰人知此意？令我憶南泉。[27]

24　同前註，頁 624 下。
25　同前註，頁 624 下。
26　同前註，頁 625 上。
27　〔宋〕子昇錄，《禪門諸祖師偈頌》卷上之上，《卍新纂續藏經》第
　　66 冊，頁 729 上。

「岸柳含煙」和「溪花帶雨」的意象，前者風煙朦朧，而後者彷彿可以聞到露珠的沁涼，這些自然中常見之景，經點染明晰而能感受其中之翠與鮮，如同禪悟後面對自然萬象顯得更加真切清晰的心靈意境。然而這種心境，只有相同悟境者能夠意會，所以遙憶南宗禪著名禪師南泉普願（748-834）。[28]也就是一般人往往佛學知識認知太過，而禪道只能親證，非語言陳述的層次。因此禪師往往不正面表述，僅用直指或棒喝的方式暗示，只有具有相同體驗的悟道者能心領神會，這才符合南宗禪直指心性的教示宗旨。因此，泰欽在自然萬象中，面對內心只可意會不可言傳的領悟，以遙憶來呼應普願重視親證道妙而不在言說的主張。

泰欽又有詩云：

> 幽鳥語如簧，柳垂金線長。煙收山谷靜，風送杏花香。
> 永日蕭然坐，澄心萬慮亡。欲言言不及，林下好商量。[29]

---

28 南泉普願嗣法於馬祖道一，弘傳洪州禪風。他經常透過生活中發生的瑣事來逼顯弟子的悟境，而不重視語言上的指點，令弟子各自領悟。他最有名的一件公案，便是南泉斬貓。南泉和尚因東西堂爭貓兒，泉乃提起云：「大眾道得即救，道不得即斬卻也！」眾無對，泉遂斬之。晚，趙州外歸，泉舉似州，州乃脫履安頭上而出。泉云：「子若在，即救得貓兒。」參見〔宋〕道原，《景德傳燈錄》，卷 8〈池州南泉普願禪師〉，《大正藏》第 51 冊，頁 258 上。

29 〔宋〕子昇錄，《禪門諸祖師偈頌》卷上之上，《卍新纂續藏經》第 66 冊，頁 729 上。

此詩同樣表現撥除語言所呈露的自性圓滿。其身處自然中耳聞
之鳥語，目見山中之垂柳、杏花，鼻嗅花草香氣。從「永日蕭
然坐，澄心萬慮亡」可知，他終日在自然萬象環繞的環境中靜
坐，達到澄心絕慮的禪定工夫。而這樣的心境狀態，同樣無法
透過概念語言來自明。泰欽山林獨悟，任時隨緣的生活態度，
亦可見於其另一首詩中：「幽巖我自悟，路險無人到。寒燒帶
葉柴，倦即和衣倒。閒窗任月明，落葉從風掃。住茲不計年，
漸覺垂垂老。」[30]如同禪人經過一番見山不是山的澈悟之後，
回到日常做務中，依前見山是山，任運隨緣過，閒對明月，倦
即和衣，完全不須有為造作於求悟。

　　寒山詩有類似的禪悟境界：

　　　　巖前獨靜坐，圓月當天耀。萬象影現中，一輪本無照。
　　　　廓然神自清，含虛洞玄妙。因指見其月，月是心樞要。[31]

透過靜坐了悟萬象如鏡中影現而無自性，只有寒山圓月皎潔無
染，如鏡自鑒，朗然明澈。圓月是自性圓俱的象徵，以指標此
月，如同了悟一切現象界因緣所生法本體之空寂，心如明鏡，
澈照萬有。

　　泰欽亦有詩云：

30　同前註，頁 729 中。
31　項楚，《寒山詩注》，頁 733。

　　誰信天真佛，興悲幾萬般。蓼花開古岸，白鷺立沙灘。
　　露滴庭莎長，雲收溪月寒。頭頭垂示處，仔細好生觀。[32]

　　「天真佛」，在禪宗指的是眾生本具的佛性、自性，亦即吾人
之法身自足，不假造作。《永嘉證道歌》云：「本源自性天真
佛。」[33]《宗鏡錄》云：「祖佛同指此心而成於佛，亦名天真
佛、法身佛、性佛、如如佛。」[34]泰欽藉詩感慨迷人不了自性
天真，蓼花、白鷺的岸邊，露滴、雲收而夜寒，萬象叢中獨露
身所展現的自性法身，尚須明眼人好生看見。或許法門過於直
截簡易，而難信之法易於生謗，無限悲慨油然而生。寒山詩中
亦曾云：

　　余家有一窟，窟中無一物。淨潔空堂堂，光華明日日。
　　蔬食養微軀，布裘遮幻質。任你千聖現，我有天真佛。[35]

　　假名有一窟，卻是本來無一物，亦即萬法空寂，自性本然，外
在現象與主體肉身皆為虛幻，任千佛出世，只把握這自性的主
人翁即是。

　　汾陽善昭所作《擬寒山詩》，亦有與泰欽相類的意境：

---

[32]　〔宋〕子昇錄，《禪門諸祖師偈頌》卷上之上，《卍新纂續藏經》第
　　　66 冊，頁 729 中。

[33]　《大正藏》第 48 冊，頁 395 下。

[34]　〔宋〕延壽集，《宗鏡錄》卷 16，《大正藏》第 48 冊，頁 499 上。

[35]　項楚，《寒山詩注》，頁 422。

> 紅日上東方，霞舒一片光。皎然分萬象，精潔湧潮岡。
> 蝶舞叢花拆，鶯啼煙柳茂。孰能知此意，令我憶南陽。[36]

前三聯全然描寫自然界中的紅霞日影、清泉岡巒、蝶舞鶯啼，
各自按其因緣存在而萬象紛呈，匯集成相互映襯又不相干涉的
自然協奏曲，整體意象和鋪陳可說是沿用自泰欽前述「今古應
無墜」詩篇，結尾兩句更完全套用，僅將「南泉」更改為「南
陽」，可能是遷就押韻之故。或者，指南陽慧忠（？-775），六
祖慧能傳法弟子之一。他曾隱居四十餘年，足不出山，對南宗
直指心性的禪法掌握精純，又博通經律。[37]筆者以為，無論是
「南泉普願」或「南陽慧忠」，所指涉的都是南宗直指心性的
禪法，禪人了達心性本體，回頭所見之自然萬象紛呈的意象，
毫無人為造作，一片和諧，唯有相同悟境者能夠以心相證。

> 百福莊嚴相，從頭那路長。雲生空裏盡，雨落滿池塘。
> 春鳥喃喃語，秋鴻役役忙。孰能知此意，獨我化汾陽。[38]

前三聯同樣表現自然萬象各以其自己地呈現，但所含括的時間

36　〔宋〕楚圓集，《汾陽無德禪師語錄》卷下，《大正藏》第 47 冊，頁
　　624 下。

37　參見〔宋〕道原，《景德傳燈錄》，卷 5〈西京光宅寺慧忠國師〉，
　　《大正藏》第 51 冊，頁 244 上。

38　〔宋〕楚圓集，《汾陽無德禪師語錄》卷下，《大正藏》第 47 冊，頁
　　624 下。

是更長的，雲生雨落、春鳥秋鴻，是一種生命年光的流轉，末
聯中「獨我化汾陽」，可以從兩個面向作解：一是表示自身亦
是整個大自然律動中化身為汾陽禪師的一員，如同莊子之「物
化」觀；[39]人非獨顯於萬物之上的觀看者，而是萬物之一而等
觀流行。另一方面可解為，善昭得法後原欲如南陽慧忠一般潛
隱自修，因同門契聰禪師訶其當承擔如來家業，方應汾州僧俗
之請，駐錫傳法近三十年，以振興臨濟宗風，春去秋來，不曾
離開。寒山詩亦有類似的情境：

> 杳杳寒山道，落落冷澗濱。啾啾常有鳥，寂寂更無人。
> 淅淅風吹面，紛紛雪積身。朝朝不見日，歲歲不知春。[40]

此中八個疊字形容詞，使句意結構單純，正可表現靜寂的禪境
中潛隱的生機，任憑萬化循環，忘卻時間的存在向度。

　　重視潛隱山林的傳統，可說是南宗禪的特色之一，禪宗因

---

[39]　「昔者莊周夢為胡蝶，栩栩然胡蝶也，自喻適志與！不知周也。俄然
　　覺，則蘧蘧然周也。不知周之夢為胡蝶與，胡蝶之夢為周與？周與胡
　　蝶，則必有分矣。此之謂物化。」〔清〕郭慶藩編，王孝魚整理，《莊
　　子集釋》，卷1下，〈齊物論第二〉，頁112。

[40]　項楚，《寒山詩注》，頁86。又如：「粵自居寒山，曾經幾萬載。任
　　運遁林泉，棲遲觀自在。寒嚴人不到，白雲常靉靆。細草作臥褥，青天
　　為被蓋。快活枕石頭，天地任變改。」（頁430）表面上是指寒山隱居
　　之處，然寒山只是借此意象來托喻內心之境。所以以「寒山」代表的更應
　　該是心內的風景，這是一處無人跡、絕言語，經由主體高度自覺所達至
　　的境地。

此與自然特別親近。總結本節討論可知，從五代到北宋前期，泰欽到善昭的擬寒山詩，形式上都是八句，兩句為一聯，或為平行意象對偶映照，或上下聯句表達整全概念，押韻整齊，不刻意修辭卻造語清新自然，意象鮮明。他二人以禪師的身分，透過擬作傳達一己遙慕寒山的心境，將寒山視為悟境上的知己，在山林禪修的過程中，時時憶念寒山。善昭更常以自然山居耳聞目見的景象為題材，而有「蓼花芳浦岸，松韻響溪間」[41]這樣意象清新的詩句，饒有餘韻。

　　內涵方面，二人主要透過擬作，表現南宗禪中自然與自性融合為一，青青翠竹盡是法身，鬱鬱黃花無非般若的生命情境。繼承寒山禪境詩質樸自然之趣，這份自然不是指語言上的白話口語，而是所表現出來充滿生機的自然禪境。也就是泰欽、善昭是從禪悟的角度來解讀寒山詩，模擬的是寒山將萬象銷融於自性，而將其悟境透過文字表現出來的那種具有雋永的禪境意味的詩篇，其模擬的關鍵來自於禪師本身對自性所悟內涵的體驗和掌握，而非僅是自然萬象的文字書寫。綜之，從他二人所擬寒山詩，可見其所理解的「寒山體」的風格內涵，是以寒山禪境詩為主體，而與通俗勸諭一類詩篇風格全然不類。

41　〔宋〕楚圓集，《汾陽無德禪師語錄》卷下，《大正藏》第 47 冊，頁 624 下。

四、通俗勸喻：
北宋後期禪師擬寒山詩內涵特徵的轉變

　　現存禪門文獻中，善昭之後，直到北宋後期才再度出現長靈守卓創作《擬寒山詩》四首。假設善昭和守卓的擬寒山詩均作於晚年，從二人卒年來看，中間隔斷超過百年。以泰欽的擬作也流行於禪門，加之禪師上堂、對機常引寒山詩句的情況推之，禪門中不可能百年之間毫無繼擬者，期間散佚不傳的應該不少。廣教守訥（1047-1122）即有擬寒山詩數百篇，惜已不傳。[42]從禪宗發展脈絡來看，宋初溈仰宗傳承已先中絕，法燈泰欽所屬之法眼宗亦繼而衰微，即便有禪師繼作擬寒山詩，流傳不廣，散佚的可能性頗高。而這段禪門擬作的中空期，正好是王安石、蘇軾、黃庭堅等文人擬作、批評的活躍時期。

　　長靈守卓由試經得度，嗣法於臨濟黃龍派的靈源惟清（?-1117），得其密印後，重興道場，歷資福、天寧諸名剎，皆不立規矩，以身為率，因面目嚴冷，人稱鐵面。[43]守卓的《擬寒

---

[42]　參見李彌遜〈宣州昭亭山廣教寺訥公禪師塔銘〉：「（守訥）作《大藏節要》二十門，門門為之序；節《宗鏡錄》十卷、擬《寒山詩》數百篇，浩博淵奧，事理並舉，皆以寓教觀者獲益焉。」〔宋〕李彌遜，《筠溪集》（《四庫全書珍本初集》，臺北：臺灣商務印書館，1969年），卷 24〈墓誌銘〉，頁 17。這期間雪竇重顯（980-1052）亦有〈擬寒山送僧〉，傅璇琮等主編，《全宋詩》（北京：北京大學出版社，1998 年），卷 147，頁 1643。

[43]　參考〔宋〕正受編，《嘉泰普燈錄》，卷 10〈東京天寧長靈守卓禪師〉，《卍新纂續藏經》第 79 冊，頁 352 下。

山詩》以闡釋禪學理思為主。

> 見道即修道，無心誰悟心。是非凡與聖，成壞古無今。
> 碧澗流殘葉，微風入靜林。誰來石嵓下，教汝夜穿針。[44]

首聯脫胎自馬祖道一所言：「道不用脩，但莫汙染。」[45]什麼是汙染呢？但凡有生死心、造作趨向等都是污染。無心即是修道，意即保持平常心，那麼，何謂平常心呢？無造作、是非、取捨、斷常、凡聖等分別心，即是無心。民間傳說七夕夜女子趁月光穿針乞巧，可得心手靈巧之妙能，此處應是指靜夜於林間碧澗岩上靜坐，更能巧得妙悟之境。

> 有物是何物，周流泄妙機。春晴山鳥語，日暮洞雲歸。
> 指是馬還是，心非佛亦非。誰能同彼此，攜手入玄微。[46]

禪宗悟道之後，但以回入日常作務中，以平常心態來保任，不立一機，即無對法。此處運用《莊子·齊物論》「以指喻指」的典故。[47]如同既悟得即心即佛，但以非心非佛掃之，以去除

---

[44]　〔宋〕介諶編，《長靈守卓禪師語錄》，《卍新纂續藏經》第 69 冊，頁 270 上。

[45]　（不詳），《馬祖道一禪師廣錄》，《卍新纂續藏經》第 69 冊，頁 3 上。

[46]　〔宋〕介諶編，《長靈守卓禪師語錄》，《卍新纂續藏經》第 69 冊，頁 270 上。

[47]　〔清〕郭慶藩輯，王孝魚整理，《莊子集釋》，卷 1 下，〈齊物論第

法病，同入玄微。

守卓之擬詩風格，不同於前面兩位禪師展現超逸的山林禪趣或對禪悟意境之自明，而較近於帶有濃厚反思意味的禪機偈語。或者抒發一己所領悟佛教哲理，如：「問訊西來祖，人心為有無。如何垂直指，早晚轉凡夫。洛水澄如練，嵩山秀若圖。不知端的者，剛道有差殊。」[48]全詩以主題意念邏輯貫串，不重意象經營，也無言外餘韻，必須熟悉禪門典故用語的暗示作用，方可得其思致，禪機成分多而情韻意境略缺。

戲魚咸靜[49]為臨濟宗泐潭應乾（1034-1096）禪師法嗣，作《擬寒山自述》十首，表現一己的禪修體會，無論意境或禪機又更顯平淺。

　　多見擬寒山，不然擬拾得。沖天各有志，擬比復何益。
　　居山山色翠，臨水水聲長。風華與雪月，時處自歌揚。[50]

<hr />

二〉云：「以指喻指之非指，不若以非指喻指之非指也；以馬喻馬之非馬，不若以非馬喻馬之非馬也。」頁66。

48　〔宋〕介諶編，《長靈守卓禪師語錄》，《卍新纂續藏經》第69冊，頁270上。

49　雖然咸靜生卒時間不詳，但從其師承臨濟黃龍派泐潭應乾，以及同為南嶽十四世的長靈守卓及其師承靈源惟清生存時間推之，兩人時代應該差不多。參見〔宋〕正受編，《嘉泰普燈錄》，卷10〈楚州勝因咸靜禪師〉，《卍新纂續藏經》第79冊，頁348上。

50　〔宋〕正受編，《嘉泰普燈錄》卷29，《卍新纂續藏經》第79冊，頁476上。

　　　　莫笑我自述，齈言無義理。豈為騁文辭，因筆寫其志。

　　　　百年呼吸間，何用苦較計。勸汝莫癡毒，無常忽忽至。[51]

　　咸靜作擬寒山詩，往往藉以傳達一己心境，而其悟境心得平淺
篤實，並無甚深禪悟所得，亦不願僅為騁文辭，最後似警誡他
者，人生無常百年之間，但莫計較以除癡毒。風格類似於寒山
通俗勸喻詩：

　　　　寒山出此語，此語無人信。蜜甜足人嘗，黃蘗苦難近。

　　　　順情生喜悅，逆意多瞋恨。但看木傀儡，弄了一場困。[52]

　　這類通俗佛理勸喻大眾的詩偈，語意白話簡易，老嫗能懂。

　　比較而言，咸靜擬作所言之禪理，又不似守卓帶有禪門偈
頌高度修證悟道的禪機意蘊，而趨向較為明確地闡釋一般性佛
理的通俗詩篇。因果報應，如：「天堂并地獄，自作還自
報。」[53]教人息瞋心，即是脫生死，如：「近見一般人，堂堂
似佛祖。入室求知識，為明生死事。問汝莫是賊，當時面如
土。語言勿生瞋，只箇是生死。」[54]言禪人悟道的一個過程，
如：「參禪脫生死，輒莫被魔使。八風一任吹，六塵終不污。

---

[51]　同前註，頁 476 中。

[52]　項楚，《寒山詩注》，頁 756。

[53]　〔宋〕正受編，《嘉泰普燈錄》卷 29，《卍新纂續藏經》第 79 冊，頁
　　　476 中。

[54]　同前註，頁 476 中。

非語亂如麻，截斷眾流句。仰面看青天，立地超佛祖。」[55]行道者不為八風、六塵情緒所動，即能立地超脫生死。表現方式較為直接論理，而非意有所指或言淺義深的禪機暗示。可見咸靜擬寒山詩已趨向寒山通俗勸喻一類詩篇風格，文辭簡易，含意明淺，當然讀來亦少有餘韻。

　　慈受懷深參雲門宗長蘆崇信（生卒不詳）得悟，雖卒於南宋初，然其生存時間，仍是以北宋為主。詩書畫皆通，持戒嚴謹，常作詩偈訓誡弟子。[56]作《擬寒山詩》一百四十八首，風格與同時代的咸靜擬詩類似，通俗易解，廣為流傳。他在詩序自言擬作寒山詩之意，可說是禪僧自覺定義「寒山體」之首見：

> 寒山、拾得迺文殊、普賢也。有詩三百餘首，流布世間，莫不丁寧苦口，警悟世人，種種過失。

> 聖人出現，混迹塵中。身為貧士，歌笑清狂。小偈長詩，書石題壁，欲其易曉而深誡也。

> 余因老病，結茅洞庭，終日無事，或水邊林下，坐石攀

55　同前註，頁 476 中。此處運用雲門三句：「函蓋乾坤」、「截斷眾流」、「隨波逐浪」的概念。

56　參考〔宋〕正受編，《嘉泰普燈錄》，卷 9〈東京慧林慈受懷深禪師〉，《卍新纂續藏經》第 79 冊，頁 342 上。

> 條，歌寒山詩，哦拾得偈，適與意會，遂擬其體，成一
> 百四十八首。雖言語拙惡，乏於文彩，庶廣先聖慈悲之
> 意。[57]

懷深認為寒山是文殊化身，[58]混跡人間，其所定義「寒山體」
的基本特徵是文辭明淺而有警誡深意，因此，其擬作雖然缺乏
詩歌的文采，卻仍承襲藉詩偈承載佛理以警眾生的創作理念。
由此可知，懷深的擬作動機，所考慮的已經不只是個人的禪行
心得的表述而已，進一步賦予擬詩以宗教性的使命，明確地以
寒山僅是外表癲狂，實則是文殊示現，透過各種有意無意留下
的詩偈，作為其度化眾生的一種善巧。因著這種對寒山詩的體
會而擬作，自然發揚他所認為的寒山藉明淺易曉的詩偈警策眾
生的用心。所以，懷深的擬詩就不是拘於主體悟境，而觀待的
是大眾閱讀者都能理解，以收度眾之實效，因而不重視語言文
采，以廣傳度化為其目的。懷深自言作詩宗旨云：

> 吾詩少風騷，急欲治人病。譬如萬靈丸，服者無不應。
> 良藥多苦口，忠言須逆聽。勸君勉強服，生死殊不定。[59]

57　以上三段引文，引自〈慈受深和尚擬寒山詩，建炎四年二月望日序〉，
　　《寒山子詩集附慈受擬寒山詩一卷》，《四部叢刊》（上海涵芬樓借常
　　熟瞿氏鐵琴銅劍樓藏高麗刊本景印）。以下簡稱高麗刊本《寒山子詩
　　集》。
58　關於寒山文殊的連結，將於第六章討論。
59　高麗刊本《寒山子詩集》，頁2。

明言其詩但為勸喻眾生，作為了生脫死之方，而非抒發一己情
緒。這樣的擬詩傳播的廣度和影響力，必然較曲高和寡的禪境
詩更能受到認同，因而助長大眾對「寒山體」通俗警世這一面
向內涵的認知。當時甚至出現了認為法燈泰欽的擬作風格並不
與寒山相類的聲音，如雪峰慧空（1096-1158）〈跋白鹿寄庵續寒
山詩卷後〉云：「寄庵續之則有餘，法燈擬之不相似。」[60]慧
空將寄庵續詩與法燈泰欽擬詩對比，無非因為泰欽擬寒山詩在
禪林流傳廣泛，具有較高的評價；然而，慧空卻認為泰欽的擬
作風格不似寒山，可見當時禪林對「寒山體」風格的普遍認
知，可能已如懷深所定義的通俗勸喻一類詩篇，才會認為泰欽
擬詩風格不類寒山，而寄庵的續寒山詩則才力游刃有餘。不
過，這是為寄庵續詩所作之跋，恐不免因而有刻意讚譽之嫌。

以下兩首詩可作為懷深對寒山詩的理解和註腳：

> 我愛寒山子，身貧心自如。吟詩無韻度，燒火有工夫。
> 弊垢衣慵洗，鬅鬙髮懶梳。相逢但長嘯，肉眼豈知渠。[61]

> 寒山三百篇，言淡而有味。論心無隱情，警世多逆耳。
> 下士聞之嗔，上士讀之喜。翻笑老閭丘，對面如千里。[62]

60　〔宋〕慧空，《雪峰空和尚外集》，釋明復主編，《禪門逸書初編》
　　（臺北：明文書局，1980 年），第 3 冊，頁 108。

61　高麗刊本《寒山子詩集》，頁 2。此首亦見於〔宋〕善清等編，《慈受
　　懷深禪師廣錄》卷 2，《卍新纂續藏經》第 73 冊，頁 117 上。

62　同前註，頁 2。

懷深所仰慕的寒山形象，是身貧衣垢，吟詩長嘯，凡夫肉眼無
人能識，而實為文殊之示現。其藉詩之智言警世，具度化眾生
的悲願，能解之上根者見之則喜，不能解之下根者見之則嗔，
就是一種菩薩道的實踐。

　　懷深擬作一半以上是關於勸人戒殺的主題，如：「世上多
殺生，遂有刀兵劫。」[63]「今生你殺羊，後世羊殺你。」[64]肉
食因果等主題，如：「富漢喜食肉，貧家多喫菜。喫菜比食
肉，且無身後債。」[65]輪迴過患主題，如：「可畏是輪迴，念
念無停住。」[66]

　　　　日食半斤肉，十年一百秤。且限六十年，不知幾箇命。
　　　　肉塊高如山，夜坑深似井。前路黑漫漫，勸君宜猛省。[67]

這種深警殺生肉食，但教慈悲眾生的通俗勸世詩篇，俯拾皆
是。乃至規諫人生短暫無常，及時修善以了脫生死的主題，
如：

---

[63]　同前註，頁 2。

[64]　同前註，頁 8。

[65]　同前註，頁 3。

[66]　同前註，頁 18。

[67]　同前註，頁 4。風格內涵近似寒山詩〈豬喫死人肉〉：「豬喫死人肉，
　　　人喫死豬腸。豬不嫌人臭，人返道豬香。豬死拋水內，人死掘土藏。彼
　　　此莫相噉，蓮花生沸湯。」項楚，《寒山詩注》，頁 191。

　　貴人何所憂，所憂唯是老。既老何所憂，憂見無常到。
　　逢人問方術，閉門弄丹竈。此心若不歇，至死亦顛倒。[68]

　　一日日知衰，一年年覺老。唯有貪愛心，頑然如壯少。
　　臨行念子孫，垂死顧財寶。世間此等人，可哀不可弔。[69]

關於人生禍福貪欲的警誡，如：「人生萍託水，流轉諸愛河。
鼓激無明風，出入生死波。一念若知歇，諸魔必倒戈。急須登
覺岸，勸子莫蹉跎。」[70]「人生不滿百，常懷千歲憂。猶嫌金
玉少，更為子孫求。白日曉還黑，綠楊春復秋。無過富與貴，
不奈水東流。」[71]即使強調自心的重要性，也是平淺常理，
如：「心王不自明，便被六賊擾。見色已昏迷，聞香即顛
倒。」[72]「惡從汝心生，還從汝心受。」[73]

　　佛為大醫王，留經治眾病。眾生雖讀經，展轉不相應。
　　病是貪嗔癡，掃除愛淨盡。貪嗔癡不除，無緣了真性。[74]

---

[68]　同前註，頁 17。
[69]　同前註，頁 15。
[70]　同前註，頁 7。
[71]　同前註，頁 26。
[72]　同前註，頁 16。
[73]　同前註，頁 10。
[74]　同前註，頁 25。亦見於〔宋〕善清等編，《慈受懷深禪師廣錄》卷 2，
　　　《卍新纂續藏經》第 73 冊，頁 117 中。

此詩普勸斷除三毒，以見真性。所言佛理皆是尋常廣泛易知的，如：「若以諍止諍，其諍轉不已。唯忍能止諍，是法中尊貴。不見老瞿曇，妙相三十二。魔軍刀劍來，只以無心對。」[75]這些詩篇與寒山通俗的警世詩中潛藏著入世關懷，宣傳善惡因果、輪迴業報之語完全相似，多是文字淺白，以旁觀覺者的身分，達勸喻大眾之目的。而懷深不可能沒有讀過寒山詩集中深具禪悟意境的詩篇，或許個性契會使然，或許教化目的使然，也就是可能他已經設定其擬詩的宣教對象為普羅百姓，是以學寒山語言通俗，意義明淺的風格，以傳布佛教通俗教理為目的而創作擬詩。另一方面，很可能北宋後期雲門宗亦衰微，宗門與淨土混融而思想趨於簡易，形成對「寒山體」通俗教理風格的取擇和認知。[76]

　　對照前後兩個時期的禪師擬寒山詩，風格內涵呈現對反的轉變。五代至北宋前期的禪師可能對「寒山體」的風格特色尚無預設立場，純粹是透過閱讀的感知，所模擬的便是與禪師主體的禪修體驗能產生共鳴而相互召喚的體驗，因此，多以寒山禪悟意境風格為主。而這些前導禪師的擬作又在禪林間流傳，例如法燈泰欽的擬寒山詩在禪林中流傳相當廣泛，甚至也對引導後代禪師得悟的歷程產生一定的作用。如焦山枯木法成問智

75　同前註，頁16。亦見於〔宋〕善清等編，《慈受懷深禪師廣錄》卷2，《卍新纂續藏經》第73冊，頁117中。

76　參考〔日〕土屋太祐，《北宋禪宗思想及其淵源》，第五章第二節，〈雲門、臨濟兩宗的交替〉，頁141。

朋云：「汝記得法燈《擬寒山》否？」智朋遂誦，至「誰人知此意，令我憶南泉。」的「憶」字處，法成遽以手掩智朋之口，曰：「住，住。」智朋因而豁然有省。[77]而北宋後期禪師從前人創作經驗和成果的累積和流傳，逐漸對「寒山體」的風格特色形成共識性的認知，所以其擬作一方面接收前人所經營的寒山體內涵，同時，也參與寒山體風格內涵的豐富和轉變。這當中尚有最具主導性的因素，也就是擬作者本身的禪學體驗、文化素養，以及擬作的目的，都將影響其擬作的風格趨向。北宋後期的長靈守卓、戲魚咸靜和慈受懷深的擬作，逐漸趨向理性化、通俗性的方向發展，以佛理勸喻為主，教理明淺，前期那種意境交融的禪境擬作已不復見，轉向一種更平易口語的勸喻詩偈風格。

五、南宋以後禪師擬寒山詩通俗勸喻風格的延續

從慈受懷深到南宋後期的橫川如珙[78]擬寒山詩再度出現，已過一百五十年。合理推論這中間亦應有禪門擬寒山詩，只是散佚未傳。這期間僅見嗣法於佛照德光（1121-1203）的北澗居簡（1164-1246），曾以寒山之擬詩為題，作〈擬寒山送明達二侍者

77　〔宋〕曉瑩集，《羅湖野錄》，《卍新纂續藏經》第 83 冊，頁 391 中。
78　如珙曾參訪靈隱寺石田法薰（1171-1245），後往臨濟楊岐派虎丘一系下天童山參謁天目文禮（1167-1250），忽有省悟而隨侍在旁。參見〔明〕文琇集，《增集續傳燈錄》卷 4，《卍新纂續藏經》第 83 冊，頁 295 下。

歸蜀〉、〈擬寒山送洪州因上人省母〉、〈擬寒山送吉州壽侍
者奔父母喪〉。[79]敘述性的文字，平實口吻，傳達一種書信般
的慰藉之情和平淡的感思。浙翁無琰（1151-1225）法嗣懷海原肇
（1189-？）亦有〈擬寒山吳下菴居〉。[80]那麼，南宋後期之前這
段時間的擬作為何未能保存下來呢？很可能便是由於懷深之後
的禪師擬作，皆未超脫懷深擬作勸喻式的風格趨向，所承載佛
理過於通俗平淺，又缺乏詩致，無法廣傳，自然隨時間散佚。

　　如珙曾駐錫靈巖禪寺、能仁禪寺，後退隱於雁蕩山放牧
寮，期間曾作擬寒山詩。自云：「寒山做詩無題目，發本有天

---

[79] 北澗居簡〈擬寒山送明達二侍者歸蜀〉：

　　「不住有佛處，不住無佛處。萬里一條鐵，孤鸞無伴侶。

　　　無處不蹉過，有處還却步。挂角少羚羊，枯椿多死兔。

　　　達也二十九，興盡復回首。簡也四十餘，寸長竟何有。

　　　人皆笑我愚，我愚學未就。撲碎古菱花，孰與分妍醜。」

　〈擬寒山送洪州因上人省母〉：

　　「為法來尋訪，病眼翳花發。為母復歸去，特地重添屑。

　　　父母所生口，終不為汝說。問之何因爾，吾嘗於此切。」

　〈擬寒山送吉州壽侍者奔父母喪〉：

　　「家書報平安，父母沒荒草。回首寂無覩，閉眼長相照。

　　　合笑不合哭，曠情遠相吊。雖云朴實頭，掠虛尤不少。」

　收入傅璇琮等主編，《全宋詩》，第53冊，卷2799，頁33247-8。

[80] 「一昨離天台，事事皆不會。西風信杖藜，吹落齊關外。

　　主人新卜築，林塘倏蒼蒼。埤堄隱周遭，市聲隔繁碎。

　　出門與入門，朝昏隨向背。浮圖一兩尖，雲際忽相對。

　　鴈陣拽如繩，鴉喚斜陽隊。有僧來扣門，路跨田翁秣。

　　人應笑我踈，我笑人多昧。古今佳逕情，可在此菴內。」

　同前註，第59冊，卷3091，頁36902。

真。予獨處山寮，眼見耳聞底，皆清淨性中流出，不覺形言，凡二十首。」[81]所謂「天真」，即指本然的佛性，如珙獨自面對山林自然萬象，其在大自然中所見聞的，與內在自性所悟的內涵完全貼合，因而不自覺地形諸文字，如同寒山發本天真而為詩，不是預設題目有所為而為的創作，而是從自性中自然流露而出。此「發」字之意味，可以是抒發，體現自性之所感所悟；也可以是開發，也就是因文字的發露而掘發自性，在毫無創作意識的引導下，發本天真而成，那麼，文字之迹亦成了開發自性的拄杖。如珙〈寒山讚〉曾讚寒山寫詩的態度：「做詩無題目，只要寫心源。心源雖難構，淺深在目前。白雲抱幽石，藤花樹上紆。豐干不識你，道你是文殊。」[82]所謂的心源，即是呈現當下自性的狀態，而非刻意造作安排，那麼，自性所悟淺深自現。如珙強調發「天真」、「心源」的創作態度，與早期的法燈泰欽和汾陽善昭重視主體自性的抒發較為接近，但實際作品風格卻有極大的落差。如珙的擬詩，如同禪門口語詩偈，並無前二人擬詩的禪悟妙境。

　　人心到老不知休，心若休時萬事休。
　　水上葫蘆捺得住，始信橋流水不流。

---

[81]　〔元〕本光等編，《橫川行珙禪師語錄》卷下，《卍新纂續藏經》第71冊，頁203中。

[82]　同前註，頁202上。

諸佛面前求早悟，眾生界上幾曾迷。

本源自性天真佛，日用中間無少虧。

觸目盡是清淨地，清淨地上無佛住。

趙州教人急走過，狸奴倒上菩提樹。[83]

第一首運用梁朝傅大士詩的典故：「空手把鋤頭，步行騎水
牛。人在橋上過，橋流水不流。」[84]把鋤豈可空手，騎牛豈須
步行，過橋睹水，怎可能水止而橋流？以上三者完全與吾人的
生活常識和慣性認知相反、矛盾或根本不可能並存，然而禪的
思維方式便是要打破所有慣性認知的邏輯，也就是從合理的認
知中跳脫，然後才可能全然地面對當下的情境。把鋤而於手無
所執著，騎牛而無分別於步行，過橋睹水流或過水睹橋流都不
是實相，也都僅是萬象之一象，無拘無執，心寬自在。所以，
如珙詩云所有分別，源於此心，心休則萬事休，自然如浮於水
上的葫蘆，可以駕馭得住，則可以不被外相所迷。第二首則引
用玄覺《永嘉證道歌》中云：「無明實性即佛性，幻化空身即
法身。法身覺了無一物，本源自性天真佛。」[85]無明與佛性非
二，煩惱妄塵盡除則佛性自現，自性天真，不假雕飾。迷之與

---

[83] 以上三詩，同前註，頁 203 上。

[84] 〔唐〕樓穎錄，《善慧大士語錄》卷 4，《卍新纂續藏經》第 69 冊，
頁 130 中。

[85] 《大正藏》第 48 冊，頁 395 下。

悟亦非相對，何求去迷得悟，一念迷則無明煩惱生，一念悟則本源自性現，但於日用事物間多多歷練，保任此心。第三首清淨地即是佛地，為何清淨地卻無佛住呢？這是打破清淨與染污為二的觀念，自性清淨，則穢土即成淨土。所以，趙州從諗說：「有佛處不得住，無佛處急走過。」[86]則不住於有佛、有修、有證的相對境界，也不住於無佛相、無眾生相、無一法可得的境界，泯除一切相的相對境界，不住二邊，才算是真自在。

> 大道在目前，本來無妙理。陽地生為人，陰空死作鬼。
> 月照嶺上松，風吹原下水。擎頭寒拾翁，拍手笑不已。[87]

> 山中滋味別，往往少人知。野菜合黃獨，能充白日饑。
> 風輕翻草葉，猿重墜藤枝。餘生只寄此，閑讀古人詩。[88]

五言八句詩在如珙擬作中只佔四首，前一首寫天地有日夜陰陽之變，人生有生死循環之復，嶺月湖風都不過是尋常人生風景，而寒、拾如同旁觀者，但看人間多少生滅循環，又如超越相對與絕對相而得大自在者，任運隨緣，拍手笑呵呵。後一首

---

[86] 〔宋〕悟明集，《聯燈會要》卷 6，《卍新纂續藏經》第 79 冊，頁 58 下。

[87] 〔元〕本光等編，《橫川行珙禪師語錄》卷下，《卍新纂續藏經》第 71 冊，頁 203 中。

[88] 同前註，頁 203 中。

描寫如珙山林隱居的生活情境，隨遇而安，不起念想。

　　如珙的擬寒山詩，以七言四句為主，而寒山詩中少數七言詩多為八句。不過，如珙所擬為寒山詩語言的平淺淡味，而非形式結構；內容上亦非僅是通俗的佛理勸喻，較多的是主體修道生活中的平實感悟。或寫山林生活日用之見聞；或如禪門詩偈，充滿機鋒理思，但不若懷深般俚俗。

　　出生於南宋，主要傳法活動於元代的元叟行端（1255-1341），為臨濟楊岐派大慧一脈下徑山藏叟善珍（1194-1277）之法嗣。家世儒學，喜作詩偈。在善珍圓寂後，行端曾一度遊歷西湖，曾自稱「寒拾里人」，足見其對寒、拾精神的仰慕。後至仰山，參雪巖祖欽（？-1287），直到雪巖圓寂後，方回到徑山為首座。行端接機多喝斥怒罵，不顧情面，然僧俗受法者多，其中包括宋濂。行端曾作擬寒山詩百餘篇，四方傳頌，惜今僅存四十一首。[89]

　　　　百千諸佛師，只者心王是。廓然含十虛，靈明妙無比。
　　　　棄之而別求，機巧說道理。非徒謗宗乘，亦乃謾自己。[90]

　　　　吾家有一物，出入身田中。趁渠渠不去，覓渠渠不逢。

---

[89] 收錄於〔元〕法林等編，《元叟行端禪師語錄》卷6，《卍新纂續藏經》第71冊，頁537中。黃溍〈塔銘〉：「《擬寒山子詩》百餘篇，皆真乘流注，四方衲子多傳誦之。」同前揭書，卷8，頁547上。
[90] 同前註，頁537中。

賑渠渠不富，劫渠渠不窮。圓光爍萬象，如日遊虛空。[91]

世有一般漢，實少虛頭多。口中一片錦，肚裏森干戈。
真佛自不信，喃喃念彌陀。饒你見彌陀，彌陀爭奈何。[92]

第一首強調心王的重要，若捨此則非正路。又如：「此箇血肉
團，也須識得破。飲食聊資持，衣裳暫包裹。中有寶覺王，常
居法空座。相逢不相識，永劫成蹉過。」[93]第二首則強調此心
念念不相離，除之不去、濟之不增，本原光照，圓滿無缺。其
另有一詩反義而同理：「世有無上寶，其寶非青黃。在人日用
間，皎潔明堂堂。萬象他為主，萬法他為王。與他不相應，盲
驢空自行。」[94]強調心王的重要。第三首諷喻一般人不自信自
有清淨性即是真佛，只向外馳求，外表極好，內裡卻是骯髒污
穢，即便見了彌陀，也不識彌陀。另一詩亦同義：「昨日東家
死，西家購冥財。今朝西家死，東家陳奠杯。東東復西西，輪
環哭哀哀。不知本真性，懵懂登泉臺。」[95]

高高峰頂頭，闃寂無人遊。煙雲日夜起，崖樹風颼颼。
巢鶴作鄰並，野鹿為朋儔。渴酌巖下水，寒拖麤布裘。

[91] 同前註，頁 537 下。
[92] 同前註，頁 538 上。
[93] 同前註，頁 537 中。
[94] 同前註，頁 538 上。
[95] 同前註，頁 537 下。

捫蘿陟危嶠，跣石窺遐陬。盤桓倚松坐，俛仰時還休。
逢春恰如臘，在夏常如秋。長年沒羈絆，終身有何愁。
東西市廛子，苦火燒髑髏。今生不了絕，更結來生讎。[96]

此詩開頭類同寒山詩：「高高峰頂上，四顧極無邊。」[97]接著
順敘山中景致，松下靜坐，但忘四時之遷變。末四句則以世俗
之人為對照，苦業所逼，輾轉難脫。行端謂寒山「作偈吟詩，
既村且野。謂是文殊，吾不信也。燒火掃地，掣風掣顛。安得
佛世，有此普賢。」[98]也就是他所認知的寒山詩如村俚歌偈，
而其所擬寒山詩，一如其所理解的「寒山體」風格。今存之行
端所擬寒山詩四十一首風格相當一致，多數八句，少數或較
長、較短的古體，語言質樸，內容多為勸修感嘆，風格如同寒
山詩中勸世詩偈一般，缺乏詩質意象和語言美感，意蘊平淺易
懂。若以詩論，內容質樸無奇；以禪境論，平淺的語言，如同
普世勸修或諷諭的偈語，可說是懷深通俗勸喻風格的直接繼承
者。

96　同前註，頁 538 中。

97　寒山詩：「高高峰頂上，四顧極無邊。獨坐無人知，孤月照寒泉。泉中
　　且無月，月自在青天。吟此一曲歌，歌終不是禪。」項楚，《寒山詩
　　注》，頁 750。

98　〔元〕法林等編，《元叟行端禪師語錄》，卷 6〈寒山拾得讚〉，《卍
　　新纂續藏經》第 71 冊，頁 539 上。

六、結　語

　　寒山詩中關於佛教的詩篇，非單一類型而具有多樣性的內容，包含深刻禪境和寒巖禪居生活，以及人間應化、警世勸喻的詩篇，具有對廣大眾生現實生活的深刻理解和悲憫。宋代禪師擬寒山詩的創作活動，一方面表現其對寒山詩的認同，同時自身成為「寒山體」創作活動的一員。透過以上按照時間進程，對宋代禪師擬寒山詩的個別作品的細部風格特徵所作的分析，可將禪師擬作內涵的變化，約化為兩個大的擬作趨向和特徵：

（一）擬寒山詩中的禪悟意境

　　五代北宋初期的法燈泰欽和汾陽善昭，主要擬寒山詩中的禪悟意境。承繼寒山空靈禪境風格，表現出禪宗無相無念、空有相即、圓融一味的妙境，將心靈與自然萬象渾化為一，既用語言而又不拘語言表象，意蘊含吐不露，屬於上乘禪詩。或者，表現出禪宗機鋒，意在言外，不落言詮，雖不若前者能達興象超妙之境，卻也機趣橫生，充滿禪機妙思，如同禪宗話頭意趣，似無解而又可多方作解。

（二）擬寒山詩中的警世勸喻主題

　　北宋後期以後的禪師，主要擬寒山詩中以通俗口語表現警世勸喻的主題。長靈守卓口語詩偈，亦能深者見其深，淺者見其淺，因人得解，蓋因自胸臆中自然流出，卻味同橄欖，愈咀嚼而興味愈出。戲魚咸靜和慈受懷深，學寒山平淺直率的警世詩篇，其中佛理明確，勸喻意味濃厚，語言淺直白話，毫無雕

飾，看似平淡無味、缺乏詩質美感，但老嫗能懂而易於廣傳。

以上透過這些禪師擬作寒山詩，使寒山詩中的佛教和禪悟內涵更受肯定，同時使寒山詩成為表現禪意的經典創作，於是後來的禪師更是透過對禪門所共同認同的寒山詩之擬作，使寒山體成為具有共通認知的風格內涵的一種經典體式。

禪師擬作風格的呈現，除了禪師自身生命特質和預先設定的創作目的之外，與其所認定的「寒山體」的風格面向有絕對的關連。宋代各家禪師的擬寒山詩本身的風格相當一致，前期的泰欽、善昭視寒山為同道知己，擬作偏向主體禪境體悟意境的共鳴；後期的懷深等則將寒山形象上提為菩薩示現，以通俗詩偈達到普世勸喻警誡的目的。所以，從法燈泰欽到元叟行端，擬作的風格可說是由禪悟意境逐漸地轉向禪理反思而佛理勸喻的演變過程。筆者並非認為寫主體禪境，意象高妙的風格，必然高於透過散體通俗的語言，傳達佛教簡易道理的口語詩。事實上，這兩種風格都存在於寒山詩中，甚至，後者的份量遠遠超於前者。那麼，寒山或許是潛隱的悟道者，因深者見其深，而將達者深悟的隱義，隱藏在其明淺通俗的勸喻詩篇中，使得後代禪師將這種帶有警世意味的勸喻詩篇，視為寒山表現其「游戲三昧」境界的主要特色而加以仿作。[99]

---

[99] 隱元〈擬寒山詩自序〉云：「季春望日，偶過侍者寮，見几上有寒山詩，展閱數章，其語句痛快直截，固知此老遊戲三昧，非凡小愚蒙所能蠡測也。」〔明〕隱元撰，道澄錄，《擬寒山詩》一卷，據日本寬文六年刊本攝製微片（臺北：映像製作公司，2000 年），頁 1-2。

　　尤其慈受懷深之後的擬寒山詩，風格一致地呈現警世勸喻的內涵，不但對寒山詩的風格認知單一化，甚且視這種明淺白話的口語勸世詩篇為寒山詩的主要風格。而且因通俗勸喻詩篇更易廣為流傳，遂成為具有共通認知的「寒山體」風格內涵，為後代擬作者所蹈襲。由此可見，「寒山體」內涵的確認，宋代禪師的擬作具有關鍵性的作用。從懷深之後，南宋後期橫川如珙的擬作如平淺詩偈，乃至南宋末入元的元叟行端的擬作，大體上均沿襲懷深通俗佛理勸喻的擬作風格，對「寒山體」的風格內涵認知從此趨於穩定。

第五章　禪門散聖：宋代禪林建構寒山散聖形象的宗教意涵

一、前　言

　　出現於唐代的寒山是一個謎樣的人物，往後在不同的時代和文化背景中，被形塑為不同的宗教形象。關於寒山研究，多數學者認同應該將《寒山詩集》作者與寒山傳說分開來討論。就寒山傳說部分而言，其在佛教中的身分和形象的建構，主要是透過禪宗文獻不斷地重構、轉變而逐步形成。[1]整體而言，目前寒山文獻的整理已完成階段性任務，然而，對於寒山形象在後代流傳的考察研究成果甚少，亟待開發。寒山從寒巖的隱居貧士，在宋代被正式放入禪宗系譜中，從寒山傳說史料可以看到他被歸為佯狂垂跡的達者、散聖，又被視為應化聖賢，其

---

[1] 寒山的形象轉化經過一個佛教化的過程。大陸學者崔小敬從佛道爭鋒和民間「和合二仙」的傳說，考察寒山形象的演進。他認為有關寒山的諸傳說，並非是已經完成了的，而是處於不斷生成變動的狀態中，因而寒山不僅僅是一個詩人或詩人群體，而代表了一種特殊的文化現象。崔小敬，《寒山：一種文化現象的探尋》，〈前言〉，頁4。

形象的演變與形成，是個值得注意與研究的議題。然而現有的
研究成果尚未見前人對於寒山在宋代為何會形成禪門散聖形象
的轉變進行專題研究，因此，本章將就此議題進行深入探討。

　　寒山在禪門中的形象，經過一個動態的轉化過程，因此，
本章將從寒山禪門形象形成的關鍵時代宋代的禪宗文獻，探究
寒山如何從寒巖貧士發展為禪門散聖的演變，尋繹其形象多重
拓展的傳播歷程，藉此考察一位隱士、詩人、禪行者，如何透
過後代的詮釋和建構，從而建立寒山在禪門中的地位，以見其
精神在宋代禪門中流傳、轉化的接受旅程。因此，挖掘寒山傳
說在後代流傳的內在意義和宗教文化成因，正可觀察寒山事蹟
如何透過傳播和接受，逐漸由教內到民間，以昭明其形象逐步
聖化的發展歷程。

　　寒山在佛教中被賦予禪門散聖的形象，這當中有個關鍵性
的問題值得深思——關於「寒山散聖」形象的完成，為何禪宗
文獻要強化其瘋癲特質呢？宗門看待或運用瘋癲似乎有其獨特
的詮釋觀點，有待深入挖掘。因此，本章針對上述核心問題，
展開對宋代禪門中的寒山形象的探討，從羅列歷史文獻進入到
詮釋的層次，著重於寒山在宋代禪門文獻中形象轉化的內在意
義之探討，從宋代禪門文獻探究寒山的散聖形象與身分的形
成，及其游戲瘋癲的精神特質之應用和宗教意涵。

二、宋代以前的寒山形象

　　由於閭丘胤〈寒山子詩集序〉經余嘉錫考證為偽作，目前

學者多認同現今所存最早的寒山資料是《太平廣記》卷五十五「寒山子」條，收錄五代前蜀道士杜光庭（850-933）所著《仙傳拾遺》中的寒山生平。

> 寒山子者，不知其名氏。大歷中，隱居天台翠屏山，其山深邃，當暑有雪，亦名寒岩，因自號寒山子。好為詩，每得一篇一句，輒題於樹間石上，有好事者隨而錄之，凡三百餘首，多述山林幽隱之興，或譏諷時態，能警勵流俗。桐柏微君徐靈府序而集之，分為三卷，行於人間。十餘年，忽不復見。[2]

可見寒山是一名隱居天台翠屏山的寒巖貧士，此山當暑有雪，因自號「寒山子」，強調其道教身分的意味濃厚。其次，寒山詩是由道士徐靈府採集、編輯，並作序流通。其詩有山林幽興，有譏諷時事，並能警策大眾，此中所形塑的寒山形象，是一位幽居清靜山林，好以詩自娛，宛然冷眼觀待人世的智慧隱士，此中全然未提及寒山詩中所自明的瘋癲之態，而更多的是其冷靜超然、以詩諷世的行事風格。這種形象，也與閭丘胤序，乃至後來宋代禪宗文獻中呈現相當一致的佯狂瘋癲形象大相逕庭。

2　〔宋〕李昉等編，《太平廣記》，頁338。

　　由於杜光庭早年入天台山修道，與貫休曾有交流，[3]時間
去徐靈府不遠，余嘉錫認為杜氏應曾親見徐靈府所序之《寒山
子詩集》。[4]所以，很可能杜光庭是延續徐靈府之序中，刻意
強化寒山超然世外的道教特質。其次，晚唐貫休〈寄赤松舒道
士二首〉亦提及：「子愛寒山子，歌惟樂道歌。」[5]舒道士（舒
道紀）愛好寒山子樂道之歌，引寒山為同道之人，可見寒山在
舒道士之前，已成為道教中某種樂道者的典範。前述引文之
後，接著又云：

　　　　咸通十二年，毘陵道士李褐，性褊急，好凌侮人。忽有
　　　　貧士詣褐乞食，褐不之與，加以叱責，貧者唯唯而去。
　　　　數日，有白馬從白衣者六七人詣褐，褐禮接之，因問褐
　　　　曰：「頗相記乎？」褐視其狀貌，乃前之貧士也。逡巡
　　　　欲謝之，慚未發言，忽語褐曰：「子修道未知其門，而
　　　　好凌人侮俗，何道可冀。子頗知有寒山子邪？」答曰：
　　　　「知。」曰：「即吾是矣。吾始謂汝可教，今不可也。

3　「貫休有機辨，臨事制變，眾人未有出其右者。杜光庭欲挫其鋒，每相
　　見，必伺其舉措，以戲調之。」〔宋〕陶岳撰，顧薇薇校點，《五代史
　　補》（杭州：杭州出版社，2004 年），卷 1，〈貫休與光庭嘲戲〉，頁
　　2485。

4　余嘉錫，《四庫提要辨證》，卷 20，〈寒山子詩集二卷附豐干拾得詩
　　一卷〉，頁 1260。

5　〔唐〕貫休著，陸永峰校注，《禪月集校注》（成都：巴蜀書社，2006
　　年），卷 11，〈寄赤松舒道士二首〉，頁 226。

修生之道，除嗜去欲，嗇神抱和，所以無累也。……」
出門乘馬而去，竟不復見。[6]

寒山化成貧士向道士李褐乞食而遭斥，自揭身分後，並以種種
「修生之道」訓勉李氏，後出門乘馬，竟不復見。從內容和用
語來看，寒山所指引為道教養生、安身，積功累德之事，以期
「內行充而外丹至」。[7]此段文字與前一段客觀描述寒山子及
其詩來歷的語氣、風格全然不類。《太平廣記》前、後段文之
結尾分別為：「十餘年，忽不復見。」「出門乘馬而去，竟不
復見。」也顯得重複，似是由兩個獨立故事拼接而成。[8]後段
文字經余嘉錫考證，認為「道士李褐見寒山子事，此非靈府序
中所有，近於荒誕，不可盡信耳」。[9]其次，在《天台山方外
志》卷十二，「靈異考」第十五，「寒山子」條中，亦摘錄了
後段文字，但略去「咸通十二年」，並註明引自《續仙傳》。
[10]實則此段文字來源未明，可視為是被刻意道教化的寒山傳

6　〔宋〕李昉等編，《太平廣記》，頁 338。

7　同前註。

8　崔小敬，《寒山：一種文化現象的探尋》，第 2 章，〈寒山傳說還
　　原〉，頁 51。

9　余嘉錫，《四庫提要辨證》，卷 20，〈寒山子詩集二卷附豐干拾得詩
　　一卷〉，頁 1260。

10　〔明〕釋無盡，《天台山方外志》，《四庫全書存目叢書》（臺南：莊
　　嚴文化，1996 年），史部第 233 冊，頁 19-20。何善蒙認為，《太平廣
　　記》中關於寒山子的內容，原本就是徵引自杜光庭《仙傳拾遺》和沈汾
　　《續仙傳》兩本書。參見何善蒙，〈寒山傳說及其文化意義〉，收入秋

說。

如果寒山原初隱居天台的生命傾向是偏於道教的,那麼,其禪門形象全然是出於宋代禪師刻意建構的嗎?宗密(784-841)在《禪源諸詮集都序》卷四中,論及當世各家禪偈作用不同,並舉誌公、傅大士和王梵志為例,「或降其跡而適性,一時間警策群迷。」[11]所謂「降跡」是指他們應化而生,以適眾生之性的方便,製作白話通曉的詩偈,來指引佛理或警策眾生。這當中未見有寒山,可見寒山詩的廣泛傳播,應是在宗密之後。

成書於五代末的《祖堂集》中出現的寒山是一位逸士,溈山靈祐(771-853)住錫天台時曾遇到過他:「至唐興路上,遇一逸士,向前執師手,大笑而言:『餘生有緣,老而益光。逢潭則止,遇溈則住。』逸士者,便是寒山子也。」之後溈山到國清寺,拾得對其禮遇有加,曰:「此是一千五百人善知識,不同常矣。」[12]這是目前所見禪門文獻中最早的寒山記載,此

爽等主編,《第二屆寒山寺文化論壇論文集(2008)》,頁 480。然考之稍後於杜光庭的南唐沈汾《續仙傳》中,並無收錄李褐之事。

[11]　〔唐〕宗密,《禪源諸詮集都序》,《大正藏》第 48 冊,卷下之二,頁 412 d。

[12]　〔南唐〕靜、筠二禪師編撰,孫昌武、衣川賢次、西口芳男點校,《祖堂集》,卷 16〈溈山和尚〉,頁 721。余嘉錫考證,從溈山靈祐(775-857)卒於宣宗大中七年(853),享年八十三逆推,他生於代宗大曆六年(771),那麼,他應該是在德宗貞元九年(793)入天台山路遇寒山、拾得。余嘉錫,《四庫提要辨證》,卷 20〈寒山子詩集二卷附豐干拾得詩一卷〉,頁 1254-1255。《宋高僧傳》卷 11〈唐大溈山靈祐

時《祖堂集》尚未將寒山列入禪宗系譜。由於《祖堂集》編輯嚴謹，敘述文字頗為質樸，學者多認其可信。而《祖堂集》年代與《仙傳拾遺》相近，「逸士」之稱亦近於《仙傳拾遺》中的隱士之貌，在身分上並無佛教化的傾向。但是，此時寒山已是一位能提點靈祐修行前路的前輩善知識，示其往潭州溈山傳法，後來成為南宗禪溈仰宗開宗祖師；拾得也預言他將來是能教導一千五百人的善知識，顯示寒山在禪門中被視為智慧型導師的轉向。其次，《祖堂集》中出場的逸士寒山與《仙傳拾遺》中的隱士形象風格有極大的差異，前者執溈山手而大笑，顯得親切而不拘小節，隱然有其詩中自明瘋癲的影子；而後者則保有山林隱者超越世俗的距離感和冷靜的態度。

另一方面，從曹山本寂（840-901）注寒山子詩始，逐漸有禪師引用、擬作寒山詩，可見五代時，寒山事蹟及其詩已經在禪門中廣為流傳。其次，《宋高僧傳》記載五代僧全宰得印可後，「入天台山闍巖以永其志也。伊巖與寒山子所隱對峙，皆魑魅木怪所叢萃其閒。」[13]可見寒山隱居的寒巖，地理位置隱

傳〉亦載入此事：「冠年剃髮，三年具戒」，即 23 歲入天台，遇寒山子於途中，與《祖堂集》所記正相吻合。〔宋〕贊寧撰，范祥雍點校，《宋高僧傳》，頁 264。筆者以為「寒山送溈山」的話語：「逢潭則止，遇溈則住。」與五祖傳衣缽後，指點六祖慧能南行當「逢懷則止，遇會則藏」語氣相似。〔南唐〕靜、筠二禪師編撰，孫昌武、衣川賢次、西口芳男點校，《祖堂集》，卷 2〈弘忍和尚〉，頁 117。

[13]　〔宋〕贊寧撰，范祥雍點校，《宋高僧傳》，卷 22〈後唐天台山全宰傳〉，頁 562。

僻，其遺址在當時已是廣為禪子所知的寒山遺跡。本章將寒山身分的變異，視為不同時代的人透過詮釋來接受、理解寒山的一種方式，從而匯集成多樣的寒山面貌。那麼，宋代禪宗文獻是如何建構寒山身分的呢？

三、寒山在禪門系譜中的散聖形象

關於寒山在宋代何以被歸於散聖一類，過去甚少學者關注，[14]本章從寒山在宋代被禪門文獻收納的軌跡，討論寒山在禪門中被歸為散聖的形象演變。

誠如入矢義高〈寒山詩管窺〉所云：「隨著寒山傳說逐漸被神秘化而膨脹，寒山也就與更多的禪僧結下了因緣。」[15]寒山從五代《祖堂集》中的「寒巖逸士」，大約到北宋，託名閭丘胤所作〈寒山子詩集序〉出現，轉化為更一致而鮮明的禪門形象。

> 詳夫寒山子者，不知何許人也，自古老見之，皆謂貧人風狂之士。隱居天台唐興縣西七十里，號為寒巖。每於茲地，時還國清寺，寺有拾得，知食堂，尋常收貯餘殘

---

14 葉珠紅，〈談「散聖」寒山──以歷代禪師「憶寒山」之作為例〉，《寒山詩集論叢》（臺北：秀威資訊科技公司，2006 年），頁 35-52。此文雖注意到寒山有散聖稱號，然僅作為標題，探究重點放在禪師的「憶寒山」。

15 〔日〕入矢義高著，王順洪譯，嚴紹璗校，〈寒山詩管窺〉，頁 247。

菜滓於竹筒內，寒山若來，即負而去。或長廊徐行，叫
喚快活，獨言獨笑，時僧遂捉罵打趁，乃駐立撫掌，呵
呵大笑，良久而去。且狀如貧子，形貌枯悴，一言一
氣，理合其意，沈而思之，隱況道情。凡所啟言，洞該
玄默，乃樺皮為冠，布裘破弊，木屐履地，是故至人遁
迹，同類化物。[16]

此時的寒山形象因以樺皮為冠，布襦木屐，並不似僧人。看似
枯瘁、佯狂瘋癲而獨自隱居寒巖曠野之中，狂言狂笑的行徑頗
異於常理，唯拾得如知其音。光是這個形象，便富含雋永的哲
學意味和詩意，再透露其言詞充滿至道之暗指，所謂「至人遁
迹，同類化物」，最終隱入巖穴。這個超越現實性的結局，似
真如幻，完全擺落現實世界的埃塵。一般人浸潤在現實世界的
瑣碎中，心靈很難超脫表象的世界，唯有如寒山從生活面和精
神面完全離群索居，經過極度孤獨的精神淬煉，才可能走向自
性自度之門；其外表佯狂瘋癲而隱藏超世的智慧，其詩便成為
後人追尋其精神樣貌的唯一指標。

　　《宋高僧傳·感通篇》中所收錄的高僧，如天台三聖等，
雖以感通神異事蹟為人所知，但實際上歸屬於禪宗系譜的禪僧
佔極高比例。贊寧對寒山、拾得、萬迴、僧伽之類，以異行異

[16] 閭丘胤，〈寒山子詩集序〉，收入《寒山子詩集》（《四部叢刊》景宋本，臺北：臺灣商務印書館，1965 年），初編，集部，第 136 冊，頁1-2。

貌垂跡人間的高僧,「論曰」:「若以法輪啟迪,多作沙門之形;設如異迹化成,或作老叟之貌。」注文云:「寒山、拾得」。[17]寒山便是以異跡化成老叟之貌而垂跡天台者。接著完成於 1004 年的《景德傳燈錄》卷二十七收錄「禪門達者雖不出世有名於時者」十人,包含寒山、拾得和豐干,可說是禪門將寒山納入宗門系譜的重要指標,其三人為禪行者的身分於茲確立。《景德傳燈錄》中的寒山形象,大致一如前二條引文所述,「雖出言如狂,而有意趣。」[18]那麼,「禪門達者」必然與一般禪僧有所不同而須另立一類以歸之。達者意謂通達了悟般若之智者,這個稱謂重在內在的修為而非以外在的身分歸類,其雖然隱身於山林或市井之中,卻因其善巧應化而有名於時。然而可能師承不詳,或者身分不明確,故而於諸法系之後,別出一卷以收納之。

　　《天聖廣燈錄》卷三十之末,云:「達者目為散聖,如佛圖澄、寒山、拾得者也。」[19]這是禪門燈錄中首見「散聖」之

17　〔宋〕贊寧撰,范祥雍點校,《宋高僧傳・感通篇》「論曰」,頁577。因為藉由修習禪定而產生神異能力,是從早期禪法所建立的特色,而僧傳是以其人最顯著的修行成就或貢獻作為歸類的準則,所以有些禪僧放在感通篇,並非錯置。參黃敬家,《贊寧《宋高僧傳》敘事研究》(臺北:臺灣學生書局,2008 年),第二章,〈中國僧傳敘事傳統的源流與發展〉,頁 79-80。

18　〔宋〕道原,《景德傳燈錄》,卷 27〈禪門達者雖不出世有名於時者一十八見錄〉,《大正藏》第 51 冊,頁 433 下。

19　〔宋〕李遵勗,《天聖廣燈錄》,《卍新纂續藏經》第 78 冊,頁 574 中。

名。此時寒山從《景德傳燈錄》中較為模糊的「達者」之類，到《天聖廣燈錄》獲得了更明確的身分：「散聖」。現有佛教文獻中首見「散聖」之名，是《宋高僧傳》卷二十「感通篇」中〈唐真定府普化傳〉：「禪宗有著述者，以其發言先覺，排普化為散聖科目中，言非正員也矣。」[20]將宗門內部如普化這般「發言先覺」，也就是感應預知的神通能力外現的禪僧，歸入「散聖」科目中，以別於禪宗傳承系譜上的正員。贊寧所指禪宗著述應是其所根據的文獻，惜未指明何書。所以「散聖」科目的成立，可說是禪門內部透過編輯系譜，對禪人所做的分類，而這種分判在《宋高僧傳》成書之前已經形成。那麼，其劃分的標準為何？什麼樣的禪僧放在正員，而什麼樣的禪僧歸入散聖呢？僅僅是「發言先覺」一項條件嗎？另一方面，禪僧而不以禪修悟道事蹟稱著，而代之以「發言先覺」的示現為人所聞者，非禪門的修學傳統之正宗，而另以「散聖」科目收錄，也有強化宗門本色的作用。然而《景德傳燈錄》中卻未見「散聖」之名，其中也沒有收錄普化和尚，那麼，到底「散聖」與「禪門達者」有無差別呢？如果在《宋高僧傳》之前的禪宗著述已可見禪門「散聖」之名義和人物，何以《景德傳燈錄》未承繼此名，卻另立「禪門達者」一類，而此類人物其實

---

[20] 〔宋〕贊寧撰，范祥雍點校，《宋高僧傳》，頁 511。在《宋高僧傳》之前完成的禪宗燈史中，《祖堂集》卷 17 有〈普化和尚〉之傳，但並未提及其有散聖之名。《祖堂集》之前的禪史，包括南宗的《寶林傳》，北宗的《傳法寶紀》、《楞伽師資記》，以及《歷代法寶記》，經筆者檢索，皆未見有「散聖」之名。

都符合「發言先覺」的特質呢？

　　「散」的中文語義表無約束之狀，相對於「正」而言，具有散漫、鬆散、隨意自在之意。「聖」即聖者，指證得聖智，而在見道位以上之人，雖權化方便，示現為人，終將完成無漏之聖智。[21]「散」與「聖」結合，可見其「散」也並非世俗所見之散漫無狀，則「散聖」既以「散」之特質而入於「聖」之行列，更顯其寓含獨特的成聖特質和意義。《佛光大辭典》對「散聖」的解釋是指雖深入悟道，然於當世卻鮮為人知之禪門高僧。例如寒山、拾得、布袋和尚、蜆子和尚等皆是。於印度則有帝釋天、梵天等之化現，經常遊行市井，與乞人為伍。[22]上述解釋指出「散聖」具有三方面的特質：一是具備一定的悟道層次的禪門高僧；二是寒山等四人的共通特質是裝瘋賣傻，他們不住寺院等清淨聖地，而混跡於市井；三是應眾生根基和得度因緣，作種種變化示現，以利益世人。所以，散聖之名，從佛教的解脫道而言，非正統而是一種歧出，他們以奇特的言行，顛覆高僧既定的聖化形象，以各種游戲神通超越固定的時間、空間和身體的疆界，突破理性思維理解世界的模式，從而展現心靈高度自由的任運變化，提供吾人對證道者另外一種想像。

---

[21]　「聖人」，梵語 ārya，或指佛、菩薩及權化之人（方便示現為人，而德高者）；或對高僧或碩德之尊稱。〔日〕望月信亨，《望月佛教大辭典》（臺北：地平線出版社，1977 年），頁 2748。

[22]　慈怡主編，《佛光大辭典》（高雄：佛光出版社，1989 年），頁 4976。

　　《天聖廣燈錄》之後的《建中靖國續燈錄》卷二十九，南嶽芭蕉菴大道谷泉禪師（965-？）作〈巴鼻頌〉六首，從第一首「禪師巴鼻」，依次為「衲僧巴鼻」、「座主巴鼻」、「大道巴鼻」、「山童巴鼻」，到第六首為「散聖巴鼻」，散聖已為禪門視為獨立於禪師以外之一類。此頌谷泉似將禪僧分為六類，以「頌」分別定義其特質。巴鼻者，由來、根據也。谷泉認為「碧嶽崔嵬，龍行虎勢」方稱為「禪師」，言下之意是遵循慧能以下，潛隱於山間水上、木食草衣的行者。而其中「大道巴鼻」一類，示現為「問著瞌瞌，背負葫蘆，狂歌游戲。」跳脫禪僧外貌，游戲人間，狂歌自娛，這是一種大破式的路徑，破除禪僧的傳統形象，直以瞌睡佯狂之姿垂跡。第六類：「散聖巴鼻，逢場作戲。東涌西沒，南州北地。」[23]卻不同於「大道巴鼻」，散聖善於「逢場作戲」，如同大地震動後，於南北東西自在的隨因緣化現，而實際理地則不受一塵。其實「大道巴鼻」與「散聖巴鼻」的特質非常相似，不知谷泉何以細辨這兩者的差別？照字面看來，似乎前者強調佯狂游戲的自我展現，而後者則著重於聖者應化的善巧機宜。

　　谷泉嗣法於汾陽善昭（946-1023），又曾參訪慈明，卻自命為「狂僧」。[24]惠洪《禪林僧寶傳》卷十五有傳云：「少聰

23　以上三段引文，引自〔宋〕惟白，《建中靖國續燈錄》，《卍新纂續藏經》第 78 冊，頁 818 下。

24　唐代以來即有以佯狂游戲之姿混跡人世的狂僧群出，其形象特質顯現為瘋癲、違戒、讖言等。參考黃敬家，〈幻化之影──唐代狂僧垂跡的形象及其意涵〉，《臺大佛學研究》第 20 期（2010 年 12 月），頁 66-73。

敏，性耐垢汗，大言不遜，流俗憎之。去為沙門，撥置戒律，
任心而行，眼蓋衲子。所至叢林輒刪去，泉不以介意。」[25]其
所作〈落魄歌〉，可說是他修道生活的現身說法。

> 狂僧性且無拘束，落魄縱橫隨處宿。有時狂歌歌一場，
> 驀地起來舞一曲。禪子云：甚奇特！到了依前六十六。
> 阿呵呵，為君述。豐干老漢騎虎出，路逢拾得笑哈哈，
> 卻被寒山咄咄咄。[26]

他能擺落戒律，任心而行，也不理會世俗的異樣眼光，卻獨與
天台三聖精神相呼應。而《聯燈會要》卷二十九別立「應化賢
聖」之目，收錄二十一位應化聖賢，亦包括豐干、寒山、拾得
三人。[27]

　　另一方面，《聯燈會要》卷二十九〈大溈祐禪師〉，將
《祖堂集》中溈山路遇寒山一事，發展成更具啟發性的情節和
話語：

25　〔宋〕惠洪，《禪林僧寶傳》，《卍新纂續藏經》第 79 冊，頁 522
　　中。

26　南嶽谷泉大道禪師，〈落魄歌〉，收入〔宋〕惟白，《建中靖國續燈
　　錄》，《卍新纂續藏經》第 78 冊，卷 29，頁 818 下。

27　〔宋〕悟明編《聯燈會要》卷 7 有收錄普化和尚，但未記有散聖之名。
　　《卍新纂續藏經》第 79 冊，頁 71 上。〔宋〕正受編《嘉泰普燈錄》卷
　　24 也有「應化聖賢」之目，收錄宋代 10 人，自無寒山。《卍新纂續藏
　　經》第 79 冊，頁 434 上。

　　大溈祐禪師作沙彌時，往國清受戒，寒山預知，同拾得往松門接。祐纔到，二人從路傍跳出，作大蟲吼三聲，祐無對。山云：「自從靈山一別，迄至于今，還記得麼？」祐亦無對。拾得拈拄杖云：「你喚這箇作甚麼？」祐又無對。寒山云：「休休，不用問他。自別後，已三生作國王來，總忘卻了也。」[28]

此處將寒山、拾得與溈山的因緣上溯到釋尊靈山拈花，傳法迦葉，也就是禪宗一脈的源頭，他三人皆是靈山會上，釋尊座下的當機眾，這是何等淵源深厚的法緣。如此一來，寒山由過去生至今時現身國清，順理成章是禪門中人，而且是再來人，可說是繼《景德傳燈錄》將之視為「禪門達者」，並納入禪宗系譜，《天聖廣燈錄》尊之為「散聖」，進一步呼應其「應化聖賢」的身分。

　　《聯燈會要》卷二十九中，又記趙州遊天台遇見寒山一事。寒山見牛跡，問趙州曰：「上座還識牛麼？」趙州曰：「不識。」寒山指牛跡曰：「此是五百羅漢遊山。」趙州曰：「既是羅漢，為甚麼卻作牛去？」寒山曰：「蒼天！蒼天！」趙州呵呵大笑。寒山曰：「作甚麼？」趙州曰：「蒼天！蒼天！」寒山曰：「這廝兒宛有大人之作。」[29]這個公案藉由寒

28　〔宋〕悟明，《聯燈會要》，《卍新纂續藏經》第 79 冊，頁 256 中。

29　同前註，頁 257 下。這條文獻與志南〈天台山國清禪寺三隱集記〉，項楚《寒山詩注》，頁 944；〔宋〕普濟，《五燈會元》，卷 2〈西天東

山與趙州的互動，強化寒山作為禪門散聖所具備的悟力的公信度。寒山能夠觀機逗教，而趙州接得下寒山的提問，顯示雙方悟力旗鼓相當，寒山對趙州的讚語肯定，宛若擔任提點禪人悟境那臨門一腳之重任的祖師。

由上可知，寒山在宋代禪宗文獻中，逐漸確立其禪門散聖的形象。「散聖」之名當時應該已經相當普及，宗門內部對於散聖的特質，以及哪些人屬於散聖，似乎已經有共通的認知。其次，由各燈錄所記「散聖」之說的討論可知，散聖與狂僧、達者、異僧、應化聖賢等名義內涵和人物也多有重疊，在禪門文獻中並無十分明確的劃分，其內涵亦隨時代不斷轉變，而寒山、拾得和豐干三人皆在名單之列。[30]事實上，散聖型態的出現，可以視為是對禪宗所建立的叢林共修制度和環境的一種自覺性反叛需求的具體實踐。如同寒山散聖，寄居寒巖，既跳脫禪寺空間，保持一定的距離，又能自由出沒於市井或禪寺附近，以獨特的互動啟發旁人。

土應化聖賢附〉中的「天台寒山」，頁 121。三書同出於南宋，所記此事亦大同小異。

30 〔明〕李日華撰，《六研齋二筆》，卷 2〈梵隆十散聖〉，其六為「寒山拾得」云：「蓋取佛法中神通遊戲諸聖者，以配玄關十子也。」《景印文淵閣四庫全書》（臺北：臺灣商務印書館，1977 年），第 867 冊，頁 593。

四、以游戲為應化：寒山散聖形象的宗教意涵

　　本節從散聖的本質意義，討論寒山禪門形象何以特重游戲瘋癲的特質。[31]

　　將游戲的態度導入修行生活，是中國禪宗特殊的創發，特別是慧能（638-713）以下的南宗禪，《六祖大師法寶壇經》云：「見性之人，立亦得，不立亦得，去來自由，無滯無礙，應用隨作，應語隨答，普見化身，不離自性，即得自在神通，游戲三昧，是名見性。」[32]另一方面，承繼「平常心是道」、「運水搬柴無非妙道」的觀念，重在與生活面向穿衣吃飯結合的當機提點，作為至道的具體體現。所以，寒山雖被納入禪門系譜，卻被形塑成矩範之外的散聖，生機活潑，任運自適，蔑視權威，行為叛逆，強調自性天真，不假造作。彥琪《證道歌註》卷一：「無修無證者，乃諸散聖助佛揚化，已於往昔證道，不復更證。譬如出礦黃金，無復為礦，即寶公、萬迴、寒山、拾得、嵩頭陀、傅大士等是也。」[33]寒山一類散聖，顯現

31　「游戲，通常是中國禪師們用於表示他們樂道和悟後禪悅自在的一種方式。」龔雋，《禪史鈎沉——以問題為中心的思想史論述》（北京：三聯書店，2006 年），第二章，〈尊戒與慢戒——略論禪風中的「游戲三昧」與內外法度〉，頁 73。

32　〔元〕宗寶編，《六祖大師法寶壇經》，《大正藏》第 48 冊，頁 358下。

33　〔宋〕彥琪，《證道歌註》，《卍新纂續藏經》第 63 冊，卷 1，頁 260下。〔清〕紀蔭編，《宗統編年》，卷 9，〈第三世祖〉云：「夫酒仙蜆子，皆散聖中人，應時而出，以救一期之病，非傳佛心宗者所宜效顰

為無修無證的境界，游走於民間，以助揚聖教。吳汝鈞認為，
寒山外表行為詭異，內裡卻埋藏深邃的智慧的作風，與很多禪
宗祖師的行徑相似。[34]本嵩《註華嚴經題法界觀門頌》卷下亦
云：「寒山子撫掌，拾得笑呵呵。因何二老呵呵笑，不是同風
人不知。此頌斯二散聖，不住那邊，混跡今時，或笑或歌，左
右逢源，別有深意。」又云：「豐干、萬迴、寒山、拾得散聖
人等，了卻那邊實際理地，卻來建化門頭示現形儀，接物利
生，弘揚聖道。」[35]可見寒山在禪門中顯現為透過不同化身，
游戲自在、應用隨方的散聖，並能自由出入游戲內外。[36]如同

也。」《卍新纂續藏經》第 86 冊，頁 133 下。

[34] 吳汝鈞，〈從哲學與宗教看寒山詩〉，《游戲三昧：禪的實踐與終極關
懷》，頁 115。

[35] 以上兩段引文，引自〔宋〕本嵩，《註華嚴經題法界觀門頌》，《大正
藏》第 45 冊，卷下，頁 700 中、706 下。楚安慧方（生卒不詳）頌
云：「打鼓普請看，直得眉毛寒。拾得寒山舞，笑倒老豐干。」拙菴德
光（1121-1203）頌云：「一切智通無障礙，掃地潑水相公來。覿面當
機如激電，寒山撫掌笑哈哈。」〔元〕法應集，普會續集，《禪宗頌古
聯珠通集》，卷 28，《卍新纂續藏經》第 65 冊，頁 651 上；卷 34，
《卍新纂續藏經》第 65 冊，頁 687 上。皆在頌揚寒山與拾得所展現的
游戲本質。

[36] 龔雋認為就禪法的特質而言，中國禪宗的「游戲三昧」，刻意淡化神通
的成分，強調主體自性的覺悟。禪者的游戲不是不重法則，真正嚴肅的
游戲是在法則與需要之間建立一種平衡。參見龔雋，《禪史鈎沉——以
問題為中心的思想史論述》，第二章，〈尊戒與慢戒——略論禪風中的
「游戲三昧」與內外法度〉，頁 73-91。若從人類游戲的本能角度而
言，是將游戲的態度提升到與人本質的神聖的精神領域等而視之。
〔荷〕胡伊青加（Johan Huizinga）著，成窮譯，《人：游戲者——對

禪人以三昧作為游戲的基礎，在世間進行自在無礙的點化，透過游戲將三昧中所累積的功德發揮出來，兩者動靜相輔，不能分開，而成游戲三昧之大用。[37]那麼，游戲中的寒山是一種表相，而這形象之下則是睿智而善解的慈悲應化，內在極其清明，卻採瘋癲之姿混跡行化於世，以詩歌警策點化世人。

呂本中（1084-1145）〈觀甯子儀所蓄《維摩寒山拾得唐畫》歌〉：

> 君不見，寒山子，垢面蓬頭何所似，戲拈拄杖喚拾公，似是同游國清寺。又不見，維摩老，結習已空無可道，牀頭誰是散花人，墮地紛紛不須掃。嗚呼！妙處雖在不得言，尚有丹青傳百年。[38]

禪宗向以現量直指的方式傳示般若之智，在《維摩詰所說經・文殊師利問疾品第五》中，維摩詰居士招待前來探病的文殊菩薩時，曾小露一手「游戲神通」的隨意施用戲碼來引入辯論正

文化中游戲因素的研究》（貴陽：貴州人民出版社，1998 年），第 1
章，〈作為一種文化現象的游戲之本質與意義〉，頁 22-24。

37　參考吳汝鈞，〈游戲三昧：禪的美學情調〉，《游戲三昧：禪的實踐與
　　終極關懷》，頁 164-5。

38　〔宋〕呂本中撰，《東萊詩集》，《景印文淵閣四庫全書》第 1136 冊
　　（臺北：臺灣商務印書館，1966 年），卷 3，〈觀甯子儀所蓄〈維摩寒
　　山拾得唐畫〉歌〉，頁 701 上。

題。[39]文殊師利問維摩詰：「居士！有疾菩薩，云何調伏其心？」與《金剛經》所講的「降伏其心」，是同樣的意思。維摩詰回應：

> 有疾菩薩，應作是念：今我此病，皆從前世妄想顛倒諸煩惱生，無有實法，誰受病者！所以者何？四大合故，假名為身；四大無主，身亦無我。又此病起，皆由著我，是故於我，不應生著。既知病本，即除我想及眾生想，當起法想。應作是念：但以眾法，合成此身，起唯法起，滅唯法滅。[40]

因為心無定執，出入施化，無礙自在，如同游戲，乃能任運地示現種種神通境界。[41]此畫將寒山、拾得抬高到與維摩詰排比並列，強調三人同樣擅以游戲應化點撥他人，透過畫面將禪宗不落言詮、當機直指的精神內涵瞬間保留下來。而此歌將寒山子與維摩老對稱視之，很可能是因為寒山為文殊化身在宋代禪

39　〔東晉〕鳩摩羅什譯，《維摩詰所說經》，《大正藏》第 14 冊，頁 544 上。

40　同前註，頁 544 上-546 上。

41　《佛光大辭典》「游戲神通」條云：「佛菩薩藉神通力，以度化眾生而自娛之謂。戲，意謂自在、無礙，含遊化、遊行之意。」慈怡主編，《佛光大辭典》，頁 5619。《大智度論》卷 7：「『戲』名自在，如師子在鹿中自在無畏故，名為『戲』。是諸菩薩於諸三昧有自在力，能出能入，亦能如是。」《大正藏》第 25 冊，頁 110 下。其如外道、二乘亦有通力，然其神通即有礙，不稱游戲。

林已是普遍的認知。

　　由於散聖能夠在游戲中自在轉化物質形態，作為其已證得般若空慧的明證。如同巴赫金（M. M. Bakhtin, 1895-1975）從文藝的創造性，注意到藉由瘋癲母題，可以使人擺脫現世，用未被眾所公認的觀念和評價遮蔽的眼光來看世界；並認為瘋癲也可以視為是對官方片面嚴肅的真理的一種戲擬和顛覆。[42]想當初禪宗因為不適應律寺的規矩而另立禪堂，以符應禪人特殊而個別的禪修參悟需求，然而，當這種農禪共修規模愈加擴張之後，隨管理愈加增多的僧眾而來的制度化，同樣形成另一種模式化的律儀。因此，順應個別性和獨特性的實踐之道應時而生，「散聖」便是其中一種對應的身分。或許，散聖寒山是以瘋癲的姿態游戲人間作為另類的示現，對當時習慣接受正面說教的人們，以另一種反面說法為表演；也是對僵化的宗教活動的一種反動，其形象的影響力其實是透過後人的傳播而逐漸深化的。

五、宗教學上聖俗不二的演示

　　涂爾幹（Emile Durkheim, 1858-1917）認為所有宗教的共同特徵，便是將人類思維所及的一切真實或想像的事物，劃分為上

42　〔俄〕巴赫金著，李兆林、夏忠憲等譯，《巴赫金全集》第 6 卷（石家莊：河北教育出版社，1998 年），《弗朗索瓦·拉伯雷的創作與中世紀和文藝復興時期的民間文化》，第 1 章，〈詼諧史上的拉伯雷〉，頁 69-164。

下層次對立的二種分類：凡俗的與神聖的，而且兩者互不相容。[43]這種分判其實是奠基於西方基督教文化脈絡的神聖觀。因此，作為信仰者的修持，便在於努力地切斷其凡俗世界的一面，方能夠被引渡到神聖的彼岸；也就是在此種信仰型態的價值體系中，這兩個範疇概念是對立、分離而格格不入的。因此，傳統苦行主義的修行者，必須努力放棄凡俗的一切，與世俗隔離開來，透過諸如禁食、禁語、獨處、不眠等違反生理本能的生活條件和方式的戒律，這些都是宗教生活的基本要素之一，以便與神聖建立起親密的關係。唯其如此，與世俗之間綑綁在一起的鎖鍊方能了斷，然後與神聖世界展開另一段生命旅程。所以，任何宗教都不乏苦行主義原因即在於此。[44]

　　世尊當年未悟道前，也是經過多年苦行方式的修持嘗試，例如日食一麻一麥後，方體認到肉體苦行的極限並非正道，這才放棄苦行，回歸禪定而悟道。原始佛教的僧團修行方式，類似這種以由凡俗趨向神聖的追求為修行之道。但在大乘佛教，尤其中國禪宗，並不存在聖、俗的壁壘分野，甚至積極提倡即世俗生活中即是聖境；也就是泯除聖與俗的界線，活在無分別的當下，則煩惱即刻轉化為菩提。如此，則修行的根本核心，便從外在行為的修正入手，轉向更重視直接把握內在本然的覺

43　〔法〕涂爾幹著，芮傳明、趙學元譯，《宗教生活的基本形式》（臺北：桂冠圖書公司，1992 年），第 1 篇，〈基本問題〉，第 1 章，〈宗教現象和宗教的定義〉，頁 38-42。

44　同前註，第 3 篇，〈儀式的主要心態〉，第 1 章，〈消極崇拜及其功能〉，頁 347-352。

性。

在禪宗的傳統裡，尤其是南宗禪，強調人間即是道場，生活即是修行，許多禪師泯除聖俗對立界線的公案故事可為例證。例如臨濟義玄說「逢佛殺佛」、天然丹霞燒木佛取舍利，[45]以破除執於有佛的一邊，義玄和丹霞的破除方式，正顯示禪宗以游戲的態度看待包含佛果位在內的神聖事物，自在無礙地隨意拈化，從而打破聖與俗二諦的分野。寒山詩云：「凡聖皆混然，勸君休取相。我法妙難思，天龍盡迴向。」[46]閭序亦言：「見之不識，識之不見。若欲見之，不得取相，迺可見之。」[47]寒山刻意打破聖與俗的上下界線，以佯狂之姿游戲人間，藉以警誡流俗以外相作為判斷修行境界高低的錯謬習性，凸顯這種分別心與法教精神正好背離。[48]

佯狂游戲的態度是一種外現的相，藉由嬉鬧式的眼光來顛覆現實世界，達到從二元對立的現象世界超越的目的。《大莊嚴論經》卷一云：「於諸大眾中，勿以貌取人。不可以種族、

45　前者，參見〔唐〕慧然集，《鎮州臨濟慧照禪師語錄》，《大正藏》第47冊，頁500中。後者，參見〔宋〕道原，《景德傳燈錄》，卷14〈鄧州丹霞天然禪師〉，《大正藏》第51冊，頁310下。

46　項楚，《寒山詩注》，頁401。

47　閭丘胤，〈寒山子詩集序〉，收入寒山，《寒山子詩集》，《四部叢刊》景宋本，初編，集部，第136冊，頁1上。

48　入矢義高認為寒山勸世詩極多第一人稱的詩句，這與其說理充滿南宗禪主觀和批判精神相關，他不同於王梵志之流的市井通俗說教，而帶有更多的主觀諷喻的表現。〔日〕入矢義高著，王順洪譯，嚴紹璗校，〈寒山詩管窺〉，頁242-243。

威儀巧言說，未測其內德，睹形生宗仰。觀形雖幼弱，聰慧有高德，不知內心行，乃更生輕蔑。」[49]強調「勿以貌取人」，以免以威儀巧言者為聖，而輕蔑外貌幼弱者。而禪宗便是透過強化寒山形象違反常態而潛隱難測，來顛覆吾人對聖與俗的認知界線。

在俄國的文化傳統中，亦有一種獨特的宗教人物——「聖愚」存在，指兼具愚癡和智慧特質的人，類似中國的狂僧，其反社會行為，包括身形污穢、異服瘋癲，過著流浪飄忽的生活型態，或可稱為狂信苦行的聖者。[50]湯普遜（E. M. Thompson）將聖愚行為歸納為五組二律背反的概念：智慧／愚蠢、純潔／污穢、傳統／無根、溫順／強橫、崇敬／嘲諷，這五組互相矛盾的特徵卻並存於聖愚身上。聖愚是俄國民間文化中，揭示真理的重要代言者，他們特立獨行猶如瘋子，由於與常規世俗扞格不入，從而與現實世界產生一定距離，而能以旁觀者觀看並揭發一切的虛假，並能預言未來，瘋傻的外表下，有著令眾人敬畏的預知智慧。有時聖愚通過變態或在超感覺的精神狀態下，

49　馬鳴菩薩造，《大莊嚴論經》卷1，《大正藏》第4冊，頁261下。

50　「聖愚」（俄文：Юродивый，英譯：Holy fool or Foolishness for Christ），是由基督教傳統和薩滿傳統匯集而來，指生來即具有從事某種天職標記的人。現代俄文中，此語包含兩種基本意義，一是愚蠢的人，二是源於神示顯現為怪異而瘋癲的人。這些人被選出盡其天職，是由於超自然的力量，而非其自己的抉擇。參見〔美〕湯普遜（Ewa M. Thompson）著，楊德友譯，《理解俄國：俄國文化中的聖愚》（香港：牛津大學出版社，1995年），頁18。

受到天啟的神性靈覺的啟示，因而藉由瘋癲而與超我的聖靈接通，與超驗的世界產生連結而取得神性智慧。[51]雖然，這種靈覺的來源本身缺乏自主性，而是作為突發的、被選擇的聖靈顯現的器皿，與佛教強調本具智慧的開顯完全不同。不過，聖愚以佯狂的生活型態游化民間，給予世俗以警示針砭的作法，與散聖頗為近似。

　　從佛教的觀點來看，「神聖」的概念不是來自外在，而在於能從所有二元對立的分別染污中跳脫。所以，佛教並不存在聖與俗的分野，更進一步而言，修行即在打破這種分野的概念。在佛教歷史中出現寒山這類「散聖」人物，並非歧出，也不意外，他們正是具體實踐泯除聖與俗的對立的一種表現。散聖狂僧之能逢場作戲、發言先覺，是因為他們能見到事物本質上無大小等分別差異的不二性質。[52]在《維摩詰所說經・不思議品第六》中，因維摩詰有疾，世尊請文殊師利前去探望，諸菩薩大弟子眾及諸天人亦隨從前去。維摩詰知文殊師利與大眾俱來，乃以神力，空其室內。舍利弗因見室中無有牀座，作是念：「斯諸菩薩、大弟子眾，當於何坐？」維摩詰知其意，乃現神通力，即時彼佛遣三萬二千高廣嚴淨的師子座來入維摩詰室中無所妨礙。舍利弗便問道：「如是小室，乃容受此高廣之

51　同前註，頁 23-29。

52　「事實上，任何知道無二和實證無二的人，都能夠看到非常美妙的實相表演。」宗薩蔣揚欽哲著，楊憶祖等譯，《佛教的見地與修道》（臺北：眾生出版社，1999 年），第 1 章，〈正確的見地〉，頁 50。

座，於毗耶離城，無所妨礙？」維摩詰答云：「諸佛菩薩有解脫，名不可思議。若菩薩住是解脫者，以須彌之高廣，內芥子中，無所增減。」[53]這就如同密勒日巴能夠沒有改變身形大小形狀而能躲進犛牛角，這在吾人理性上必然無法合理接受，只好朝向神異面向理解，認為修行證悟到達某種證量，必然伴隨某種神通，因而能夠進入犛牛角。如此理解，神通便成了一種修證果德的外現標誌。然而，這種見地容易把神通視為外在的，忽略了對內在心性本質的掌握，或者說在空性的現證中，自能破除對外相二元性存在的堅固認知，從而自由出入犛牛角。[54]

　　散聖的游戲僅是一種表演，藉其扮演瘋子的眼光，將荒謬的世俗世界「顛倒」過來，這是其內在智慧的一種自主選擇，以便戳破對現實世界真實性存在的幻覺。所以，散聖寒山透過外表的游戲瘋癲，作為顛覆聖與俗界線的溝通橋樑，將看似對立的聖、俗兩界，完全融合於一身，混然凡聖，以消解聖俗二

53　〔東晉〕鳩摩羅什譯，《維摩詰所說經》，《大正藏》第 14 冊，頁 546 上-中。

54　「當你從夢見五百頭大象的睡眠中醒來時，不會對這些大象怎麼裝得進你的臥室感到困惑。因為牠們在夢前、夢中和夢醒後都不存在。然而當你正在作夢時，牠們可是非常真實的。終有一天我們會了悟，不只是智力上的了解，事實上沒有什麼大與小、增與減，這些都是相對的。然後我們就會明瞭，密勒日巴如何進入犛牛角。」宗薩蔣揚欽哲仁波切著，姚仁喜譯，《近乎佛教徒》（臺北：知識領航公司，2006 年），第三章，〈一切是空〉，頁 132。

元的定見。[55]同時隨機透過通俗勸喻的詩篇，對於世俗世界作戲擬式的顛覆或針砭，從而帶有警悟世俗的意味。

六、結　語

　　若從歷史發展脈絡而論，一種傳說身分為眾所接受，必然有其發展的歷程，這個歷程也可視為寒山歷史化的過程。本章主要討論關於宋代禪宗文獻中所建構的寒山形象——佯狂散聖之能成立的內在意義，結論如下：

　　《仙傳拾遺》所樹立的寒巖貧士寒山子，宛然冷眼觀待世俗、策以警鐘的超然世外智者。乃至透過形象的改易，將寒山道教化，先以貧士形象試煉道士李褐，再轉換為白衣道人，指導李褐修生之道。到了宋代，寒山詩中所展現的瘋癲癡愚，以及寒巖獨居，與僧院保持若即若離的距離之形象，成為宋代禪宗文獻建構寒山形象最主要的想像靈感來源。從《景德傳燈錄》將寒山納入宗門系譜以來，乃至《天聖廣燈錄》名之為「散聖」，寒山被形塑成以一種最平凡的姿態游戲人間，充分展現禪宗活潑而生活化的修行特色，重視內在解悟而非形式化的教條運作，以展現心靈高度自由的任運施化。或許，散聖寒山是以游戲瘋癲作為另類的示現，或者是對僧侶帶有反諷式的

55　「一則顯聖寺之在人間，一則知聖僧之參緇伍。無輕僧寶，凡聖混然。」〔宋〕贊寧撰，范祥雍點校，《宋高僧傳》，卷 22〈晉襄州七名傳〉，頁 565。

另類戲擬，顛覆修行者的神聖形象，展現高深莫測，不拘小節
的狂態，以自身作為聖、俗泯然無別的一種示現。

綜之，宋代禪門中寒山散聖形象的精神特質，內在本質之
聖智，與外在顯相的癡傻俗化，究竟而言是不二無別的，可說
是打破聖與俗對立區隔的最佳表演者。

第六章　文殊化身：寒山在宋代禪林中的身分轉化及宗教意涵

一、前　言

　　寒山身分和形象的多重轉化，不僅僅具有佛教史或社會文化史的意義，其符號化的象徵意義，在禪宗內部或佛學義理上，具有深層的宗教意涵。寒山從寒巖的隱居貧士，在宋代被正式放入禪宗系譜中，歸為佯狂垂跡的達者、散聖，又被視為文殊化身，故而其詩被宋代禪師認為蘊含悟道的隱義，是「游戲三昧」[1]的一種表現。

---

[1]　「游戲」，游者，游化；戲者，自在。「三昧」，梵文 Samādhi 的音譯，其義為定、正受、等持，即心專注於一境的狀態。「游戲三昧」，猶無心之戲，心無牽掛，任運自如，得法自在。《佛光大辭典》，頁5619 中。吳汝鈞謂：「所謂游戲三昧，是禪者或覺悟者以三昧為基礎，在世間自在無礙地進行種種教化、點化、轉化的工夫，對於不同情境、條件的眾生，皆能自在地拈弄，以適切的手法或方便去回應，使他們都得益，最後得到覺悟。禪者運用種種方便法門，總是那樣揮灑自如，得心應手，了無滯礙，仿如游戲，完全沒有侷束的感覺。」參見吳汝鈞，〈游戲三昧：禪的美學情調〉，《游戲三昧：禪的實踐與終極關

　　寒山在佛教中被賦予文殊化身的形象，這當中有個關鍵性的問題值得深思。「寒山文殊」說法的成立，學者多認為從閭丘胤〈寒山子詩集序〉即已形成。然而，關於寒山在佛教中的形象建構，為何會被視為「文殊」化身的問題，現有的研究成果，除了視之為社會心理需求，尚未見前人對於寒山與文殊化身產生連結的緣由進行專題研究。因此，本章針對上述核心問題，展開對宋代禪門中寒山文殊形象的討論，著重於寒山在宋代佛教文獻中轉化為文殊形象的內在意義之探討。從歷史性的文殊信仰發展脈絡，以及寒山與文殊二者內在精神特質的對應性，提出寒山與文殊化身連結的可能解釋。

二、「寒山文殊」說法的成立

　　本節從文殊信仰歷史面的脈絡考察，來討論寒山與文殊二者形成連結之由。「化身」梵語 nirmāṇa-kāya，乃指佛為利益地前凡夫眾生等特殊目的所變現的種種非佛形象之身。[2]在大乘經典中，經常可見佛或菩薩為度化有情而化現各種身分以說法，可見化身是菩薩透過轉變身分來實踐利生事業常用的一種方便。在中國佛教史中，最早出現菩薩化身之說，是從梁朝寶誌開始。[3]

　　懷》，頁 164。

2　〔日〕望月信亨，《望月佛教大辭典》，頁 881 下。

3　參考牧田諦亮，〈寶志和尚傳考〉，收入張曼濤主編，《中國佛教史學

　　目前所見最早將寒山與文殊連結，視寒山為文殊菩薩垂跡示現於人間的說法，是託名閭丘胤所作〈寒山子詩集序〉云：「寒山文殊，遯迹國清。拾得普賢，狀如貧子，又似風狂。」[4]此序經余嘉錫考證為後人偽託，其傳文內容與《宋高僧傳》頗為一致，估計若不是材料來源相同，便是《宋高僧傳》多取自閭丘胤序，所以時間應該不晚於完成於 988 年的《宋高僧傳》。贊寧對於閭序中之寒山年代頗有疑慮，故於「系曰」云：「閭丘序記三人，不言年代，使人悶焉。」[5]《宋高僧傳》除了暗示寒山瘋癲外表下，所作詩卻隱含佛理，以及最後同拾得隱入巖穴的情節較具神異色彩之外，並無寒山主動展現神異的事蹟。反而是豐干、拾得的傳文充滿神異情節，拾得傳末甚至已經明指其為「菩薩垂跡度脫」，暗示此三人具有顯相

　　史論集》（臺北：大乘文化出版社，1978 年），頁 59-84；何劍平，〈寶志詩歌作品真偽及創作年代考辨〉，《中國俗文化研究》，2004年第 2 期，頁 52-65。其後陸續有道宣《續高僧傳》卷 25〈釋慧雲傳〉，記傅大士為彌勒化身。〔唐〕道宣，《續高僧傳》，《大正藏》第 50 冊，頁 650 上。《宋高僧傳》卷 18〈唐泗州普光王寺僧伽傳〉，記僧伽為十一面觀音應化。〔宋〕贊寧撰，范祥雍點校，《宋高僧傳》，頁 448；卷 21〈唐明州奉化縣契此傳〉，記布袋契此為彌勒分身等。〔宋〕贊寧撰，范祥雍點校，《宋高僧傳》，頁 552。

4　《寒山子詩集》，《四部叢刊》景宋本，初編，集部，第 136 冊，頁 1。余嘉錫考證，此序大約出於晚唐人偽作。《四庫提要辨證》，卷 20《寒山子詩集二卷附豐干拾得詩一卷》，頁 1262。

5　〔宋〕贊寧撰，范祥雍點校，《宋高僧傳》，卷 19〈唐天台山封干師傳〉，「系曰」，頁 486。

與本質不同的兩面性──外顯癡傻瘋顛之相，內在卻是具有難以逆料的智慧果德的再來人。由此推之，寒山被視為文殊化身的身分，在北宋初期時，已經在佛教圈中獲得普遍的認知，其後《景德傳燈錄》、《天台山國清禪寺三隱集記》皆循此說。

　　作為一種文化身分，寒山被視為文殊化身，除了來自當時社會宗教心理需求的結果，寒山與文殊之間是如何形成連結的呢？崔小敬認為從傅大士以來，多有神僧、異僧被視為菩薩化身，這得力於菩薩化現、普渡眾生的社會心理需求和文化氛圍的浸染，以及來自當時佛道爭鋒的社會氛圍而編造偽經，將中國古聖先賢，如孔子、老子、顏回說成菩薩的化身。至於寒山為何被稱為文殊菩薩而非其他菩薩的化身，他認為並無固定的規律，「似具有隨意性，並非因二者之間有何特殊聯繫」。[6]如果將寒山視為文殊化身，僅僅是基於對菩薩度化眾生行願的一種信仰期待，是由社會文化和宗教心理的需求所形成，藉以提高寒山地位的一種偶然作法，並無理據可尋的話，那麼寒山應該可以化身為任何一尊菩薩，未必非文殊不可。若所有菩薩願心既無區別性，何需各種名號、行願，而發展出不同的度生事業呢？如此則發心與願力所趨向的自發性修行動力將變得毫無影響力。因此，這種主張雖合乎社會思維邏輯，相應於佛教思想面的解釋猶有不足。

　　那麼，寒山之所以被視為文殊而不是其他菩薩的化身，必

6　崔小敬，《寒山：一種文化現象的探尋》，第 3 章，第 1 節，〈寒山文殊溯源〉，頁 126-137。

然有其與文殊相應的特質或願力的驅動，才能使二者在思想或
行動上產生連結，而引發後人的附會。筆者用「附會」一詞，
是因為從寒山相關文獻看來，他從未如唐代異僧僧伽、萬迴那
般，透過自身或他人的行動或語言明示其為觀音化現；[7]也非
如杜順和尚由弟子證實其為文殊化身；[8]也就是寒山之文殊化
身的身分，是由他人附會所形成的。所以，寒山身分之轉化為
文殊化身，應與唐代以來佛教中文殊信仰的發展和文殊菩薩本
身的精神特質有關。以下便從這兩個面向討論寒山被視為文殊
化身的緣由。

　　首先，從歷史層面來看文殊信仰從唐代到北宋的發展情
形。《華嚴經》卷四十五〈諸菩薩住處品第三十二〉有云：

> 東北方有處，名清涼山，從昔已來，諸菩薩眾於中止
> 住，現有菩薩，名文殊師利，與其眷屬諸菩薩眾一萬人
> 俱，常在其中而演說法。[9]

7　〔宋〕贊寧撰，范祥雍點校，《宋高僧傳‧感通篇》，卷 18〈唐泗州
　　普光王寺僧伽傳〉，頁 448；卷 18〈唐虢州閿鄉萬迴傳〉，頁 454。

8　澄觀謂杜順者，「別傳云：是文殊化身。」〔唐〕澄觀述，《大方廣佛
　　華嚴經隨疏演義鈔》卷 15，《大正藏》第 36 冊，頁 116 上。

9　〔唐〕實叉難陀譯，《大方廣佛華嚴經》，《大正藏》第 10 冊，頁
　　241 中。《華嚴經》成立年代，大約在西元四世紀中葉以前，〈入法界
　　品〉、〈十地品〉則成立於三世紀以前，所以《華嚴經》應視為第一期
　　大乘經典。〔日〕高歧直道，〈華嚴思想の開展〉，《講座大乘佛教》
　　（東京：春秋社，1983 年），頁 14。

　　中土的五臺山因地理位置、環境氣候等相似的因素,被視
為文殊道場實際地理所在之清涼山,是以初唐以來,由於五臺
山與《華嚴經》中文殊道場所在的清涼山相連結,使得五臺山
被視為文殊菩薩的人間道場之所在,這種說法尤其受武則天朝
廷的支持。[10]鎌田茂雄認為武氏刻意提舉《華嚴經》的地位,
是因為太宗、高宗朝,法相宗最興盛,然而在法藏的判教中,
華嚴宗的境界高於法相宗,因此武氏刻意推崇《華嚴經》,據
以與前二朝所重之法相宗相抗衡。而受到武周的政治勢力護
持,使華嚴宗成為其時最受重視的宗派,五臺山信仰亦因此盛
於一時。[11]至代宗朝,在不空的推動和代宗的護持下,五臺山
文殊信仰除了華嚴系統,又加入密教元素的文殊信仰,使五臺
山文殊道場成為全國性顯密並存的佛教信仰中心。直至北宋,
其影響力仍然穩固而昌盛,因而有《廣清涼傳》的出現,乃至
敦煌文獻中存在大量的文殊和五臺山的壁畫。[12]

　　其次,五臺山與文殊菩薩兩者,藉由不斷流傳的文殊化現
於五臺山的神異事蹟而相互定義,亦有助於五臺山聖化成為文

10　〔日〕井上以智為,〈五臺山仏教の展望〉,《支那仏教史学》,第 2
　　卷第 1 號(京都:法藏館,1938 年 3 月),頁 107-119。

11　〔日〕鎌田茂雄,《中国華厳思想史の研究》(東京:東京大学出版
　　会,1992 年),第 1 部,第 3 章,〈武周王朝における華厳思想の形
　　成〉,頁 146。

12　參考林韻柔,《五臺山與文殊道場——中古佛教聖山信仰的形成與發
　　展》(臺北:國立臺灣大學歷史系博士論文,2009 年),第 4 章,
　　〈玄宗至代宗時期——聖山地位的確立〉,頁 142;第 6 章,〈晚唐至
　　宋初——邊境聖地的維繫〉,頁 263。

殊菩薩的人間道場，如《廣清涼傳》中有文殊化身乞食貧女試煉僧人當平等布施的故事。傳說五臺山靈鷲寺每年三月設無遮齋會，不分僧俗、貴賤、男女、老幼，凡赴齋者，都可飽食一餐。

> 昔有貧女，遇齋赴集，自南而來，凌晨屆寺。攜抱二子，一犬隨之。身餘無貲，剪髮以施。未遑眾食，告主僧曰：「今欲先食，遽就他行。」僧亦許可，命僮與饌，三倍貽之，意令貧女二子俱足。女曰：「犬亦當與。」僧勉強復與。女曰：「我腹有子，更須分食。」僧乃憤然語曰：「汝求僧食無厭。若是在腹未生，曷為須食？」叱之令去。貧女被訶，即時離地，倏然化身，即文殊像。犬為獅子，兒即善財及于闐王，五色雲氣，靄然遍空。因留苦偈曰：「苦瓠連根苦，甜瓜徹蒂甜。是吾超三界，卻被阿師嫌。」[13]

故事中貧女帶著兩子和一隻狗赴齋會，身無餘物，乃剪髮作為供養。接著她為自己、兩子、小狗，加上腹中胎兒各要一份施食，僧人因以貧女貪食無厭，憤而叱喝驅離貧女。貧女於是復現文殊之形，僧人因而羞慚懺悔，從此「貴賤等觀，貧富無

---

[13] 〔宋〕延一撰，馮巧英校注，《廣清涼傳》（太原：山西人民出版社，1989 年），卷中，〈菩薩化身為貧女八〉，頁 61。在唐代入五臺山的日僧圓仁《入唐求法巡禮行記》卷 3 中，亦記述了此一傳說。

二」。[14]

　　《宋高僧傳》中記有文殊化身為一老人，指點佛陀波利返回天竺取來《佛頂尊勝陀羅尼經》傳入中國；帶領無著入五臺山禮金剛窟；引領法照親歷五臺勝境；以及牛雲跣足上五臺朝禮，文殊化現為老人，為牛雲斫去心頭淤肉，使其由愚轉智。[15]這些例子，在在可見入山巡禮與感應事蹟兩者不斷交互強化文殊化現五臺山的真實性。於是朝禮五臺山，求見文殊聖跡以開啟智慧，成為唐代以來五臺山信仰的特殊宗教實踐方式。

　　《廣清涼傳》所記文殊化身貧女乞食的故事，透過齋會中聖者隱跡、示現凡俗的情節，展示「聖凡混同」的例子隨時存在，故而教誡大眾不可以顯相的身分起任何分別。此與第五章所引《太平廣記》卷五十五〈寒山子〉條，從「咸通十二年」以下所述貧士向李褐乞食的情節頗為相似。這位貧士乃寒山所化，藉此對李褐作一番平等心的修道訓勉之後，出門乘馬而去。[16]文殊化身貧女與寒山化身為貧士，這兩個故事的情節類似，警示主題基調相同，由於此段文字出處無法確定，但時代應與杜光庭《仙傳拾遺》差不多，僅將文殊替換成寒山，由此可看出五代以來寒山與文殊故事連結的發展痕跡。

14　同前註。

15　〔宋〕贊寧撰，范祥雍點校，《宋高僧傳》，卷 2〈唐五臺山佛陀波利傳〉，頁38；卷20〈唐代州五臺山華嚴寺無著傳〉，頁 508；卷 21〈唐五臺山竹林寺法照傳〉，頁 538；〈唐五臺山華嚴寺牛雲傳〉，頁536。

16　〔宋〕李昉等編，《太平廣記》，卷 55〈寒山子〉，頁 338。

　　另一方面，禪宗文獻順著託名閭丘胤〈寒山子詩集序〉的「寒山文殊」之說，展開相關公案的想像，使得五臺山和天台山之間，因為文殊與寒山的因緣，產生密切的關連。[17]《祖堂集》卷十八〈趙州和尚〉中，有趙州與從五臺山朝聖回來的僧人的對話：

> 師（趙州）問僧：「從什麼處來？」對云：「從五臺山來。」師云：「還見文殊也無？」對云：「文殊則不見，只見一頭水牯牛。」師云：「水牯牛還有語也無？」對云：「有。」師曰：「道什麼？」對云：「孟春猶寒，伏惟和尚尊體起居萬福。」[18]

　　《宋高僧傳》中，記豐干嘗入五臺山巡禮，逢一老翁，問曰：「莫是文殊否？」翁回答：「豈可有二文殊！」豐干禮之未起，恍然失之。[19]雖未直指天台那位即是文殊，卻有強烈的

---

[17]　〔宋〕李昉等編《太平廣記》，卷 55〈寒山子〉，引杜光庭《仙傳拾遺》中，提到寒山隱居的天台山「當暑有雪」，而文殊化現的五臺山，也是因這樣的氣候條件，而被稱之為「清涼山」。有學者據兩山相同的特質，連結五臺山與天台山。參見高越天，〈讀寒山詩偶記〉，收入朱傳譽主編，《寒山子傳記資料》第三輯（臺北：天一出版社，1982），頁 98。不過這種解釋說服力仍顯薄弱。

[18]　〔南唐〕靜、筠二禪師編撰，孫昌武、衣川賢次、西口芳男點校，《祖堂集》，卷 18〈趙州和尚〉，頁 784。

[19]　〔宋〕贊寧撰，范祥雍點校，《宋高僧傳》，卷 19〈唐天台山封干師傳〉，頁 484。與《景德傳燈錄》的內容幾乎相同。〔宋〕道原，《景

暗示性。從《景德傳燈錄》起,增添豐干邀請寒山同遊五臺的情節。

> 一日豐干告之(寒山)曰:「汝與我遊五臺,即我同
> 流,若不與我去,非我同流。」曰:「我不去。」豐干
> 曰:「汝不是我同流。」寒山卻問:「汝去五臺作什
> 麼?」豐干曰:「我去禮文殊。」曰:「汝不是我同
> 流。」[20]

豐干獨自前往五臺山遇老翁以下的情節,同於《宋高僧傳》。而寒山暗示豐干去五臺山禮文殊是捨近求遠的故事,似乎是從唐代另一位著名的文殊化身杜順和尚與弟子的對話轉化而來。

　杜順有一弟子隨侍三十餘年,一心欲往五臺山禮拜文殊,杜順苦留不得,遂放其去。至五臺山遇一老者提點,方知自己

德傳燈錄》,卷 27〈天台豐干禪師〉,《大正藏》第 51 冊,頁 433
中。《古尊宿語錄》卷 14 有類似的記載:豐干到五臺山下,見一老
人。干云:「莫是文殊也無?」老人云:「不可有二文殊也。」干便禮
拜,老人不見。有僧舉似師(趙州從諗)。師云:「豐干祇具一隻
眼。」師乃令文遠作老人,我作豐干。師云:「莫是文殊也無?」遠
云:「豈有二文殊也。」師云:「文殊!文殊!」〔宋〕藏主編集,蕭
蓬父等點校,《古尊宿語錄》(北京:中華書局,1996 年),卷 14〈趙
州真際禪師語錄之餘〉,頁 243。

20　〔宋〕道原,《景德傳燈錄》,卷 27〈天台寒山子〉,《大正藏》第
51 冊,頁 433 下。

老師便是文殊，如何捨近求遠。[21]宗密《註華嚴法界觀門》，
「京終南山釋杜順集」注云：「姓杜，名法順，唐初時行化，
神異極多，傳中有證，驗知是文殊菩薩應現身也。」[22]而南宋
志磐（生卒不詳）《佛祖統紀》卷 53《歷代會要志》第十九之
三，〈聖賢出化〉條下，有言「豐干，彌陀化現；寒山，文殊
化現；拾得，普賢化現。」[23]呂本中（1084-1145）〈觀甯子儀所
蓄《維摩寒山拾得》唐畫歌〉云：「君不見，寒山子，垢面蓬
頭何所似，戲拈拄杖喚拾公，似是同游國清寺。又不見，維摩
老，結習已空無可道，牀頭誰是散花人，墮地紛紛不須掃。嗚
呼！妙處雖在不得言，尚有丹青傳百年。」[24]而寒山所以能與
維摩並舉，應是緣於從晚唐以來，寒山、拾得乃文殊、普賢二
大士化身的認知已經普及。[25]由這些宋代禪宗文獻中關於「寒
山文殊」公案的情節發展，亦可見出寒山成為文殊化身的發展
脈絡。

21　〔唐〕杜順說，《華嚴五教止觀》，《大正藏》第 45 冊，頁 513 下。
22　〔唐〕宗密，《註華嚴法界觀門》，《大正藏》第 45 冊，頁 684 下。
　　崔小敬也認為，豐干入五臺山與寒山問答事，可能是綜合了無著禮文殊
　　和杜順弟子禮文殊兩事而成。崔小敬，《寒山：一種文化現象的探
　　尋》，第 2 章，〈寒山傳說還原〉，頁 65。
23　〔宋〕志磐，《佛祖統紀》，《大正藏》第 49 冊，頁 462 中。
24　〔宋〕呂本中，《東萊詩集》卷 3，《文淵閣四庫全書》第 1136 冊，
　　頁 701 上。
25　參見閭丘胤，〈寒山子詩集序〉，《寒山子詩集》，《四部叢刊》景宋
　　本，初編，集部，第 136 冊，頁 1。

三、天真與童行：寒山與文殊化身的內在連結

　　本節從寒山與文殊精神面的相應特質來討論二者的連結。

　　寒山重視自性天真的特質與文殊童子形象的內在精神有其相應之處。文殊師利菩薩，梵文為 Mañjuśrī，亦音譯為曼殊室利；因其了見佛性，德行圓滿，或意譯為妙德、妙吉祥等多種名號。就外現形象而言，文殊在釋尊座下現出家青年比丘相，是出家菩薩的「智慧」代表。他在大乘經典中，常以「童子」形象示現，或為一髻，或為無髻，而以五髻童子身最為常見，被稱為童子、童真、孺童。他在初期大乘經典中，顯示為住於甚深首楞嚴三昧，[26] 以普勸眾生證得佛果為本願，卻未建立一個明確實然方位的國土。文殊菩薩能離欲而善演說勝義，過去已曾親近千佛，未來當般涅槃，堪為法王之子，而有「法王子」的身分，這個身分則是透過童子形象而顯現。那麼，為何

26　首楞嚴三昧，梵語 Śūraṃgama-samādhi，即堅固攝持諸法之三昧，為百八三昧之一，乃諸佛及十地菩薩所得之禪定。又作首楞嚴三摩地、首楞伽摩三摩提、首楞嚴定。意譯作健相三昧、健行定、勇健定、勇伏定、大根本定。《大智度論》卷 47：「首楞嚴三昧者，秦言健相。分別知諸三昧行相多少深淺，如大將知諸兵力多少。復次，菩薩得是三昧，諸煩惱魔及魔人無能壞者，譬如轉輪聖王主兵寶將，所往至處，無不降伏。」《大正藏》第 25 冊，頁 398 下。據《首楞嚴三昧經》卷上載，首楞嚴三昧非初地乃至九地之菩薩所能得，唯有十地之菩薩能得此三昧。此三昧不以一事一緣一義可知，一切禪定解脫三昧，神通如意無礙智慧，皆攝在首楞嚴中，譬如陂泉江河諸流皆入大海。參見慈怡主編，《佛光大辭典》，頁 4004。

代表智慧的文殊常現童子之相呢？印順法師認為，童子具足充沛生命活力和可塑性，內心純潔無疵，不為煩惱所縛。雖然法王子為大菩薩所共有的尊稱，但在文殊可說是私名化的，象徵大乘佛教蓬勃的青年形象，從初發心起，無論身體或思想均純潔如童行。[27]而寒山形象中最凸顯的特質，便是其具備內在自性天真的純質：

> 余家有一窟，窟中無一物。淨潔空堂堂，光華明日日。
> 蔬食養微軀，布裘遮幻質。任你千聖現，我有天真佛。[28]

「天真佛」，在禪宗指的是眾生本具的佛性、自性，本自自足，不假造作，亦即吾人之法身。《永嘉證道歌》中云：「法身覺了無一物，本源自性天真佛。」[29]《宗鏡錄》卷十六進一步解釋：「祖佛同指此心而成於佛，亦名天真佛、法身佛、性佛、如如佛。」[30]所以，寒山不重視外在的形象，獨重內在保有自性天真的本質內涵，如同童行文殊一般，都展現其掌握內在直截本源之智慧的特質。

　　童行文殊在說法風格上，重視第一義諦，重視無差別，重

---

[27]　印順法師，《初期大乘佛教之起源與開展》（臺北：正聞出版社，1994年），第八章，第一節，第二項，〈文殊師利、普賢、毘盧遮那〉，頁467-469。

[28]　項楚，《寒山詩注》，頁422。

[29]　〔唐〕玄覺，《永嘉證道歌》，《大正藏》第48冊，頁395下。

[30]　〔五代〕延壽集，《宗鏡錄》，《大正藏》第48冊，頁499上。

視不退轉的法門。印順法師認為「文殊師利法門」與釋尊所說大乘法門，在應機開示和表達方式上均有顯著的差異。他不像釋尊那樣依眾生現前身心活動次第引導，使其趨入佛道，而是依自身體悟的勝義直捷開示，使聽者當下悟入。因此，其語言表達或反詰、否定，以引發聽者深刻反思。著重煩惱即菩提的不二性，直截了當的作風，往往超越常情，使人震驚。[31]例如：在《佛說阿闍世王經》中，記載阿闍世王造下殺父的五逆罪，內心疑悔不安，向文殊請求說法以解「狐疑」，若按照世尊循循善誘，觀機說教的方式，可以從罪性本空，無染污可除的觀點對阿闍世王的懺悔加以寬慰，孰料文殊師利卻答以：「若恆邊沙等佛，不能為若說是狐疑！」以致阿闍世聽完驚怖而從座跌落。[32]這種以超越常情所能理解的特殊方式引導他人趨入佛道的行動和話語，與禪宗祖師凌厲的指點風格頗為相似。

　　所謂文殊說法重第一義諦，是相對於世俗諦而言，指其善說真如空性之義。所以，文殊教化方式有其獨特風格，其說法採取以毒攻毒、釜底抽薪的方式，也常以行動直接教示，即使令眾生對大乘產生疑毀，仍選擇說甚深究竟法。例如：在《佛

31　印順法師，《初期大乘佛教之起源與開展》，第十二章第二節，〈文殊法門的特色〉，頁 931-932。

32　〔東漢〕支婁迦讖譯，《佛說阿闍世王經》，《大正藏》第 15 冊，卷下，頁 400 中。文殊菩薩進一步解釋：「佛知諸法一切悉若虛空，所以者何？脫於本故，亦不見諸法有本，若有脫者。以故我言，若王之狐疑，非恆邊沙等之所能說。」同前揭書，頁 400 下。

說如幻三昧經》卷下，文殊師利為向坐中五百比丘解說他們因宿命通見自身過去曾犯五逆重罪之罪性本空，乃持劍向佛作為示例。[33]又如《文殊師利巡行經》中，文殊向五百初發心比丘說法，云：「愚夫比數，墮於生死，諸明智者，消除諸趣，道跡亦然，不離生死。況於愚戇凡夫士乎？是故吾身消除諸趣，不得總持。所以者何？無所獲致，當何持也？」[34]一切諸法不可得，如來非說、亦非不說。那麼，如果修行仍無法獲得解脫，修行的意義如何成立呢？其中一百比丘因一時對文殊所說法心生疑謗而現墮大地獄，於是舍利弗出言阻止文殊繼續演說難信之深法。

然而，文殊並不認為這一百比丘因不解深法，心生疑謗而墮地獄是一件不好的事，相反的，他認為聽聞甚深法門的功德廣大，雖因起惡心而墮入大地獄，卻因此能在將來的彌勒如來說法會中，得到究竟的解脫。如此的經歷，勝過世俗男女依循供養如來等次第修行更能疾得解脫；比起聽聞淺法不墮地獄，卻也無法獲得究竟解脫要值得。因此，文殊菩薩在說般若法門時，強調煩惱與菩提不二，其佈教行動往往不拘泥於戒律小

33　〔西晉〕竺法護譯，《佛說如幻三昧經》，《大正藏》第 12 冊，頁 150 下。

34　〔元魏〕菩提流支譯，《文殊師利巡行經》，《大正藏》第 14 冊，頁 510 中。文殊的想法，可能與其自身過去世為勝意比丘，雖因毀謗喜根比丘所說法而墮大地獄，但受盡千劫苦難，終悟甚深佛道有關。參考林昕，《漢譯佛典文殊故事研究》（嘉義：國立中正大學中國文學研究所碩士論文，2005 年），頁 91。

節，曾在結夏三個月時，獨自去向宮女、淫女說法。《佛說文殊師利現寶藏經》中，描述佛陀帶領僧團，在給孤獨長者的祇樹園結夏安居三個月期間，文殊卻「不現佛邊，亦不見在眾僧，亦不見在請會，亦不在說戒中。」結果文殊竟坦然承認這三個月，「吾在此舍衛城，於和悅王宮采女中，及諸婬女小兒之中三月。」也就是他都在王宮中與采女、婬女、小兒廝混。於是頭陀第一的大迦葉主張將文殊逐出僧團。[35]事實是文殊在短短三個月中，運用善巧方便，在舍衛城中開解五百女人和千位童男女，令得不退轉於正等菩提。文殊師利是如何辦到的呢？其教化方式又是如何呢？文殊師利回應大迦葉：「隨一切人本而為說法令得入律，又以戲樂而教授眾人，或以共行，或以遊觀供養，或以錢財交通，或入貧窮慳貪中而誘立之，或現大清淨行，或以神通現變化，或以釋梵色像，……人之本行若干不同，亦為說若干種法而得入道。」[36]可見文殊說法時善巧的另類作風，或共戲、或利誘、或顯神通，也就是隨眾生環境因緣，變化適當身分進行度化；展現不拘泥於外在的生活戒律，因人而異的大乘方便智慧。而寒山亦以游戲瘋癲的外表，超越凡俗的眼光，不離自性而能隨機點化。可以說，他二人均屬於內在叛逆的智者。

文殊是東方世界的菩薩，因應世尊感召而來此土輔助教

35　以上兩段引文，〔西晉〕竺法護譯，《佛說文殊師利現寶藏經》，卷下，《大正藏》第 14 冊，頁 460 上。

36　同前註，頁 460 下。

化。在《華嚴經》中，文殊菩薩是一位善於觀機逗教，啟發眾生智慧的菩薩，尤其在〈入法界品〉中，以般若智引導善財童子，歷百一十城參訪善知識，最後回到文殊處，不異初心，實智與覺照始終不二而證入法界。[37]而寒山主要以詩偈傳達他內在實際理地：「默知神自明，觀空境逾寂。」[38]內在智慧清明了了，非有識者不能了知。其以詩偈點化眾生亦直截根源，但重根機相契，一點即悟：「上賢讀我詩，把著滿面笑。楊脩見幼婦，一覽便知妙。」[39]如同永明延壽《宗鏡錄》卷二十三所云：「藥為非藥者，即不識病原，反增其疾。如說法者，不逗其機，淺根起於謗心，下士聞而大笑。醍醐上味，為世珍奇，遇斯等人，翻成毒藥。如上上根人，纔悟其宗，不俟言說。」[40]寒山同於文殊，強調以直截根源，悟自本心，為其指點之關鍵。

37　「是時，文殊師利遙伸右手，過一百一十由旬，按善財頂，作如是言：『善哉善哉！善男子！若離信根，心劣憂悔，功行不具，退失精勤，於一善根心生住著，於少功德便以為足，不能善巧發起行願，不為善知識之所攝護，不為如來之所憶念，不能了知如是法性、如是理趣、如是法門、如是所行、如是境界；若周遍知、若種種知、若盡源底，若解了、若趣入、若解說、若分別、若證知、若獲得，皆悉不能。』是時，文殊師利宣說此法，示教利喜，令善財童子成就阿僧祇法門，具足無量大智光明，令得菩薩無邊際陀羅尼、無邊際願、無邊際三昧、無邊際神通、無邊際智，令入普賢行道場，及置善財自所住處。文殊師利還攝不現。」〔唐〕實叉難陀譯，《大方廣佛華嚴經》，卷 80，〈入法界品第三十九之二十一〉，《大正藏》第 10 冊，頁 439 中。

38　項楚，《寒山詩注》，頁 222。

39　同前註，頁 357。

40　〔五代〕延壽集，《宗鏡錄》，《大正藏》第 48 冊，頁 546 中。

四、瘋癲與智慧不二：
寒山與文殊相應的精神特質

寒山詩云：「時人見寒山，各謂是瘋癲。」[41]「國清寺中人，盡道寒山癡。」[42]其所顯現游戲瘋癲和癡傻愚昧的外貌，實源自內在本然清明智慧的發用，此中顯相與本質是一非二，而智慧正是文殊菩薩內在的本質特徵。如果一個智者不能迴避去面對世界時，可以選擇清明如鏡，反照萬象；或者，瘋癲如愚，和光同塵。詩裏的寒山，多數時候如前者；現實世界中的寒山，則選擇了後者。寒山的行為模式，反而使得他能直心不假，無須理會或配合世俗價值演出，在不受群體大眾關注的邊緣處，忠於自性內在對生命本質的求索，甚至提供瘋言瘋語式的智慧針砭。伯蘭特・佛爾（Bernard Faure）考察中國禪風中的瘋狂行為特質，認為禪者的瘋狂不只是一種方便，它是佛性的一種自發性表達和對於虛假的反叛。[43]而癡傻的另一面意蘊，往往代表其思想純一真摯，無雜念、無思慮，如同天真童行一般，反而是內在清明純化的一種徵相。所以，瘋癲與癡狂往往同時具現，是不畏世俗眼光，具備專一的信念和行動，純任自性引導的一種性情之「癡」。這種癡又以自然率真的言行舉止

---

[41]　項楚，《寒山詩注》，頁 566。

[42]　同前註，頁 717。

[43]　Bernard Faure, *The Rhetoric of Immediacy: A Cultural Critique of Chan/Zen Buddhism* (Princeton: University of Princeton Press, 1991), Ch. 6, "Of madness as one of the fine arts," pp. 122-125.

為標記，內在則具備超於理性與非理性二元對立的清明智慧。

　　文殊菩薩是古佛再來，以般若智慧為其主要特徵，由於般若智慧除了親證之外，欲引導眾生理解般若空性實為不易，所以文殊智慧之運用，便是經常以不同身分、不同名號為度化眾生之方便，而具善用譬喻，善於說法論辯的特質。[44]寒山亦有詩云：「常持智慧劍，擬破煩惱賊。」[45]智慧是文殊菩薩的特徵，劍在禪宗則代表破除煩惱的利器，而密教盛行之後，更出現持劍的文殊形象。所以，寒山外現的瘋癲之貌，與文殊內在的智慧特質，可說是顯相與本質一體兩面的展現；此即瘋癲與智慧本質內涵的不二性。以此作為寒山與文殊內在相應特質的思考點，這是從大乘佛教方便與智慧不二的理路延伸而得。慈受懷深（1077-1132）〈擬寒山詩序〉云：「寒山、拾得迺文殊、普賢也。有詩三百餘首，流布世間。莫不丁寧苦口，警悟世人，種種過失。」[46]顯示寒山作為文殊化身而「混迹塵中」的身分，藉詩之智言警世，易曉而深誡，指給世人一條尋回生命本真的道路。

　　寒山內在所蘊藏的智慧／神聖性，與形貌上所顯現的瘋癲／世俗性的雙面特質，實二而為一。《祖堂集》中的寒山是一

---

[44]　印順法師，《初期大乘佛教之起源與開展》，第 12 章，〈文殊師利法門〉，頁 873-989。

[45]　項楚，《寒山詩注》，頁 391。

[46]　《寒山子詩集附豐干拾得詩一卷，慈受擬寒山詩一卷》，《四部叢刊》（上海涵芬樓借常熟瞿氏鐵琴銅劍樓藏高麗刊本景印），〈慈受深和尚擬寒山詩，建炎四年二月望日序〉，頁 1。

位逸士,如同「智慧老人」一般提點溈山,所強調的是他指點
迷津的智慧形象,而非禪僧的身分。[47]《宋高僧傳·感通篇》
所言,寒山化身為老叟,被視為是以異行異貌,垂跡人間的菩
薩化身。[48]可知寒山以「智慧老人」的形貌出現於世,而文殊
除了常見的童子身,亦曾化身老人,尤其在中國佛教文獻中的
文殊,多化身為「智慧老人」的形貌來點化眾生。有學者指
出,在唐人小說中,出現許多具有超越現實的神異能力的「智
慧老人」,其中若化身為菩薩形象者,都是化身為文殊菩薩,
以智慧老人的形象出現,為主人翁指引迷困。[49]由唐人小說中
所出現的菩薩都是文殊可以印證,一方面文殊是智慧的象徵,
帶領眾生由迷啟悟;另一方面,這與唐代以來社會的文殊信仰
興盛有關。作為文殊化身的寒山,在禪門燈史中,被形塑成如
同唐人小說中的智慧老人,埋跡於天台國清寺附近的寒巖,隱
藏身分,不為人所知,與寺中負責勞動炊爨作務的拾得為友。
他不像萬迴、僧伽等人,透過顯露神異事蹟濟度眾生而為人所
知,相反的,寒山顯現為文殊化身為智慧老人,卻不是以顯現

47　(溈山靈祐)「至唐興路上,遇一逸士,向前執師手,大笑而言:『餘
　　生有緣,老而益光。逢潭則止,遇溈則住。』逸士者,便是寒山子
　　也。」〔南唐〕靜、筠二禪師編撰,孫昌武、衣川賢次、西口芳男點
　　校,《祖堂集》,卷16〈溈山和尚〉,頁721。

48　《宋高僧傳·感通篇》「論曰」:「若以法輪啟迪,多作沙門之形;設
　　如異迹化成,或作老叟之貌。」注文云:「寒山、拾得」。〔宋〕贊寧
　　撰,范祥雍點校,《宋高僧傳》,頁577。

49　康韻梅,〈唐人小說中「智慧老人」之探析〉,《中外文學》,第23
　　卷第4期(1994年9月),頁155。

神通來展現他超俗的智慧，他主要是以行為、語言的瘋癲而不近常理，透過詩偈來作為警策世人的智慧引導。

　　日本學者忽滑谷快天先生對於道原《景德傳燈錄》將寒山與南嶽天台宗大師同歸為禪門達者，批評道原缺乏擇法眼，混龍蛇為一，以至於普濟《五燈會元》以寒山為應化聖賢，使後人誤以寒山為禪門人物。而推本溯源，這種錯誤的見解，實肇端於曹山本寂注寒山詩。忽滑谷先生從大乘菩薩思想的角度，否定寒山菩薩化身的合理性：「閭丘胤以寒、拾為文殊、普賢之垂迹，而不知大乘菩薩，非如寒、拾之厭世晦迹，棲遲岩穴者。如寒、拾之行履與大乘菩薩之本願相違。惟彼等是背俗嫌俗，瘋狂狷介以自樂之徒，與正傳之宗師，以人天之指導者自任者墨雪全異，何得謂之禪門之達者哉！」[50]筆者以為，一方面忽滑谷快天對大乘菩薩度生行願的理解，或許太過偏向以外在的濟度行動為標準；另一方面，對於宋代禪宗文獻中所呈現的瘋癲寒山形象，亦顯得缺乏更深刻的理解和詮釋。事實上，寒山、拾得隱居天台，未必就是岩穴避世的消極作法，亦未可從外表的佯狂瘋癲，就判定其為自樂之徒。相反的，大乘菩薩順其垂跡因緣而粉墨登場，正是實踐菩薩度生的本願。筆者在前一章已經討論過禪宗泯然聖、俗的宗教性格，另一方面，佯狂的智者在中國文化之流中從來不乏其人，唐宋狂僧亦不在少

---

[50]　〔日〕忽滑谷快天撰，朱謙之譯，《中國禪學思想史》（上海：上海古籍出版社，2002 年），第 24 章，第 31 節，〈寒山拾得為應化之說無其理由〉，頁 301。

數，正是因內在具備清明而超越世俗的智慧，而自覺選擇以瘋癲的形貌面世，以便從理性的二元對立、聖俗分別的價值區分中跳脫，改以一種略帶詼諧的方式，鬆動或挑戰人們的慣性邏輯，在生活中展現瘋癲與智慧不二的表演。

其次，禪門散聖的瘋癲，類似於西藏佛教中瘋行者（the Divine Madman）的狂慧。自十世紀起，密教成為晚期印度大乘佛教發展的主流。此期的典型代表人物為八十四位密乘修行成就者，他們佔絕大比例是瑜伽士，來自各種不同階層，男女都有，有出身王族，也有出身寒微，乃至妓女，以奇特的言行和神通示現，展示其實修的成果。劉婉俐認為「瘋行者」具神聖性和智慧面向，強調鮮活、不拘形式的狂慧（Crazy Wisdom），以展現心性體驗而非知識（語言、理性）系統。西藏佛教瘋行者傳統的出現，不同於經院系統，他們特殊的行為方式，目的在打破傳統的、固著的知覺概念，代表對印度繁瑣的理性思維模式的顛覆，並往中道所做的導正。[51]這些具備神聖性瘋狂（Divine Crazies）的聖者，如同禪師具備自在的善巧和高度的智慧，以隨機點化眾生。

大乘佛教將原始佛教「諸法無我」的概念加以延伸，從空性的本質而言諸法無自性，因為一切自、他諸法不是一個本然的、自存的實體。然而，由於我人慣性地活在一個徹底定執以

51　劉婉俐，〈神聖與瘋狂：藏傳佛教的「瘋行者」傳統 vs. 傅柯瘋狂病史的權力論述〉，《中外文學》，第 32 卷第 10 期（2004 年 3 月），頁 156-160。

為「有」的相對世界，並以此為正常，很難理解神通感應存在
的可能，除了神蹟、恩典、異象，這些外加而「有」的想像之
外，對於佛教主張現證生命本質的空性時，自然能夠打破實質
的有／無，任運轉換物質空間的能量，除了自證，或者採取相
信或不相信之外，確實難以檢證。換句話說，很可能執著於常
態現狀為實有本身，才是最荒謬的瘋狂。宋代禪門中所形塑的
「寒山文殊」形象，便是顯現為瘋癲與智慧不二的最佳表演典
範，因而能以各種瘋狂言行，自在游戲於身體內外，展現超越
理性的認知面向。

　　此節由寒山外現的瘋癲之狀與文殊內在智慧的不二性，討
論二者精神特質的相應處，是從禪門游戲、方便的角度來理
解，並非直接從文殊相關經典來看。因為文殊在經典中，並無
任何瘋癲的示現。而禪門中瘋癲與智慧不二所展現的游戲方
便，不僅重構了寒山形象，乃至可以說由此思維同時重構了寒
山與文殊形象的相應處，使之合一。

五、結　語

　　若撇開宗教性內涵的面向，僅從歷史發展脈絡而論，可以
說任何文化身分皆是人為建構的成果，包含時代文化、宗教環
境等語境因素於其中。本章主要討論關於宋代禪宗文獻中所建
構的寒山形象——文殊化身之能成立的內在意義，結論如下：
　　形下世界的形象建構不免受其文化思維的制約，因此，從
禪宗文獻爬梳寒山在佛教中的身分轉化，同樣受制於宋代當時

宗教文化氛圍的因素。關於寒山何以成為文殊化身的問題，從歷史發展層面而言，當時佛教中文殊信仰從唐代到宋代，與五臺山共構形成具有全國影響性的文殊信仰。所以，寒山作為文殊菩薩化身的形象建構，除了包含社會宗教文化對於菩薩化身的心理需求之外，寒山內在性格的自性天真，正相應於文殊的童行純潔，同樣具備自性本具的活力和智慧。寒山外現游戲瘋癲之狀，與內在的清明智慧，正是瘋癲與智慧不二的具體展現，而文殊師利正是智慧的象徵。基於以上內外因緣，使得寒山與文殊發生連結，化現為具叛逆性的智慧老人形象，混跡塵中，指點世人。由於〈寒山子詩集序〉已經揭示寒山文殊、拾得普賢和豐干彌陀的化身形象，後人乃將三人合為「天台三隱」。

　　綜之，宋代禪門中的寒山形象，包括散聖與文殊化身的精神特質當中，有其相互印證的內在連結。天真之與游戲，是源自同一自性內涵所延展而出的特質；而智慧與瘋癲，只是內在本質與外在顯相一體兩面的不同呈現，究竟而言是不二無別的。因此，寒山雖然被賦予不同的形象特徵，卻有相通的精神特質，形塑其獨一無二的另類應化。

第七章
宋元禪林中寒山等「四睡」意象的形成及其贊頌的游戲禪機

一、前　言

　　在宋元禪宗文獻中，諸多關於寒山的贊頌及評論，呈現禪師對寒山搭配周圍相關人物，包括拾得、豐干所延伸形成的形象的創造性詮釋。這些贊頌或源自後人對寒山史料和詩作所累積的形象的解讀；有些則可能根據當時流傳於禪林的寒山相關畫作而來，雖未必直接題之於畫上，但是畫作與贊頌之間存在一種明顯的圖文呼應關係。[1]這些包括以文字、圖像等方式對

1　題畫文學涉及圖與文越界互涉的議題，宋代題畫文學創作盛行，宋人文集已將之別立一類，視為獨立文體。狹義的題畫文學，單指被書寫於畫幅上的文字；廣義的題畫文學，則泛指以畫為題，或命意，或讚賞，或寄興，或議論，或諷諭的詩詞歌賦或散文體裁等文學作品。然而，畢竟文字傳布較之畫作留世便利，欲從題畫作品判斷其是否曾題寫於畫上並不容易。參考衣若芬，〈觀看、敘述、審美——中國題畫文學研究方法

寒山的再創作，使其轉化成一個具有多重象徵意義的文化意象。其中由宋元的寒山相關畫作發展而來，由寒山、拾得、豐干與虎四者所形成的「四睡」意象，作者已然突破過去既有的寒山文獻所堆砌出來的寒山形象，無論圖像或贊頌均與其前諸多寒山畫作有截然不同的展現。

　　目前存世的〈四睡圖〉僅有兩幅，分別是由元代佚名所作（參見附錄四：寒山等「四睡」相關畫作圖檔，圖 1）和來華日僧默庵靈淵（？-1345）所作（圖 2），兩幅圖現均收藏於日本。[2]葉珠紅《寒山詩集論叢》最後一章「天台三聖」傳說與〈四睡圖〉，崔小敬《寒山：一種文化現象的探尋》第三章第三節寒山繪畫的述評，均提到南宋寒山繪畫中出現特殊構圖的〈四睡圖〉，

論之建構〉，《觀看、敘述、審美——唐宋題畫文學論集》（臺北：中央研究院中國文哲研究所，2004 年），頁 2、8-9。

2　寒山拾得作為宋元時期禪林中一個明顯的文化象徵符號，在日本受到更廣泛的接受，尤其是五山禪僧的寒山拾得繪畫和贊頌，與宋元禪林文化有一脈相承的關係。參考張石，《寒山與日本文化》（上海：上海交通大學出版社，2011 年），第二編第三章，〈寒山與日本文學〉，頁 112。日本栃木縣立博物館編，《寒山拾得：描かれた風狂の祖師たち》（宇都宮：栃木縣立博物館，1994 年），收集大量的日本室町至江戶時代的寒山拾得圖錄，提供豐富的形象資料可與之對照。寒山圖像在鐮倉時代，即為日本宗教繪畫中常見的人物，如默庵靈淵、可翁宗然之《寒山圖》，從室町時代起，寒山繪畫形象逐漸轉向世俗化，至江戶時代而鼎盛，白隱慧鶴《國清寺四者不在》、長澤蘆雪《四睡圖》都展現了新的創作意趣。大陸學者羅時進〈日本寒山題材繪畫創作及其淵源〉一文，爬梳日本江戶時代以下到近代的寒山繪畫發展脈絡亦可參考。《文藝研究》2005 年第 3 期，頁 104-111。

但並未就此主題深入探究。[3]日本學界關於《四睡圖》的研究並不多，橋本治〈ひらがな日本美術史（その37）意外とメルヘンなもの──黙庵筆「四睡図」〉和朝倉尚〈「四睡」考〉二文，均是藝術學界所做的圖象考察分析，並無涉及相關贊頌。[4]僅有杉村棟〈道釋面の西漸──ペルシアの「四睡図」〉一文，以伊斯坦堡（İstanbul）托普卡匹皇宮（Topkapi Sarayi）博物館所藏之繪畫資料中，十五世紀波斯國畫工所繪之〈四睡圖〉，來考察當時中國道釋繪畫對波斯的影響及其圖像的變化脈絡。[5]英文論著尚未發現相關討論。[6]

　　藝術史研究往往將寒山的相關畫作放在禪畫的脈絡，著重

3　參考葉珠紅，《寒山詩集論叢》，頁 315-334；崔小敬，《寒山：一種文化現象的探尋》，頁 143-173。

4　〔日〕橋本治，〈ひらがな日本美術史（その37）意外とメルヘンなもの──黙庵筆「四睡図」〉，《藝術新潮》第 47 期（東京：新潮社，1996 年 12 月），頁 158-164。〔日〕朝倉尚，〈「四睡」考〉，《鈴峰女子短期大學人文社會科學研究集報》，第 18 期（1971 年 12 月），頁 89-109。

5　〔日〕杉村棟，〈道釋面の西漸──ペルシアの「四睡図」〉，《アジア諸民族の歴史と文化：白鳥芳郎教授古稀記念論叢》（東京：六興出版，1990 年），頁 205-222。

6　雖然英文論著中尚未見針對「四睡圖」所作之研究，Shimizu, Yoshiaki. *Problems of Moku'an Rei'en*（黙庵靈淵，？-1345），Ph.D. diss., Princeton University, 1974. 從宋元禪宗史料爬梳「布袋圖」的圖像和文本，對禪畫系統下布袋和尚構圖的演變作詳盡的考察，值得借鑑。

於圖像解析。[7]目前逐漸有學者透過寒山傳說文獻中的造型、畫作和詩偈等交互印證，來討論禪林觀畫脈絡的畫外之意。[8]而南宋禪林所出現的「四睡」主題贊頌，脫離了寒山文本中原有的形象特徵，注入以更強烈的主體創作意涵，完全翻轉「天台三隱」的形象。新的形象符不符合寒山原始形象的精神已經不是重點，新創的「四睡」意象，為禪林師徒論道帶來嶄新的機鋒，透過禪師話語中的隱喻與情境，呈現更多義性的闡釋空間。此時「四睡」意象似乎轉化成體現創作者主體心境存在的一個意象符碼，其獨特的意象創造性和內在意涵值得深入挖掘。那麼，虎的加入，轉化出哪些新的意蘊？天台三隱形象為什麼會由笑轉變為睡？「四睡」意象在禪門中的構圖意蘊和存在作用又是什麼呢？

　　因此，本章以宋元時期「天台三隱」繪畫形象及其題贊的發展脈絡為基礎，聚焦於新創的「四睡」意象主題及其贊頌，透過現存圖像與贊頌的互文詮釋，來討論「四睡」的構圖意

---

[7]　禪宗繪畫簡稱禪畫，指涉能表現禪意的畫作。參考久松真一，〈禪美術の性格〉，《久松真一著作集》，第五卷《禪と藝術》（東京：理想社，1970 年），頁 158。

[8]　例如：臺灣美術史學者巫佩蓉〈寒山拾得之多重意象——詩、畫、傳說的交互指涉〉、〈吾心似秋月：中日禪林觀畫脈絡之省思〉二文，跨越藝術、文學和佛教材料，對寒山拾得圖的早期文獻和圖像進行梳理，體現中日禪林所共通累積認知的寒山文化脈絡內涵。前文收入石守謙、廖肇亨主編，《東亞文化意象之形塑》（臺北：允晨文化公司，2011年），頁 415-460；後文刊於臺灣大學藝術史研究所印行《美術史研究集刊》，第 34 期（2013 年 3 月），頁 105-162。

象，以及宋元禪師贊頌的多重詮釋視角和禪機意蘊。藉此觀察禪師運用「天台三隱」的形象、故事和詩作延伸共構的「四睡」意象，在宋元禪林的存在作用和意涵，從中挖掘禪師獨特的禪機創意和游戲精神。不過，這項研究最大的限制在於傳世的〈四睡圖〉相當有限，因此本章主要還是根據宋元禪師語錄中「四睡」贊頌文字（參見附錄五：現存宋元禪師「四睡」贊一覽表）與之參照互證來進行討論，作為突破現存資料限制以增進解讀可能的一個進路嘗試。

二、「天台三隱」圖像與贊頌的互詮脈絡

託名閭丘胤所作〈寒山子詩集序〉中，描述寒山在其所存在的時代，完全是一個瘋癲佯狂，形貌枯悴，隱居天台寒巖，獨言獨笑，狀如貧子的特立獨行者。拾得乃由豐干禪師攜至國清寺，負責食堂炊爨，在寺中屢顯神異，曾杖責伽藍護法，未盡守護之責。豐干是國清寺僧，嘗乘虎入松門，行事瘋癲而言則多中，曾為閭丘胤治頭疾，並告之「寒山文殊，遯迹國清；拾得普賢，狀如貧子，又似風狂。」而閭丘親至國清禮二賢時，寒山對云：「豐干饒舌，彌陀不識，禮我何為？」透過此序的安排，三者菩薩化跡的情節相互呼應，「天台三隱」隱然成型。[9]

9　參見閭丘胤，〈寒山子詩集序〉，《寒山子詩集》（《四部叢刊》景宋本，初編，集部，第 136 冊，臺北：臺灣商務印書館，1965 年），頁

　　結合寒山、拾得、豐干三人為題材的繪畫，據推晚唐時已可見，北宋張景脩（生卒不詳）〈三賢堂〉詩云：「如是國清寺，宜乎天下聞。水聲常夜雨，山氣即朝雲。今古三賢隱，仙凡兩路分。唐人書畫在，明日更慇懃。」[10] 可見張氏當時尚可見天台山國清寺中「三賢」同在的「唐人書畫」。南宋呂本中（1084-1145）〈觀甯子儀所蓄《維摩寒山拾得》唐畫歌〉[11]，由甯子儀（生卒不詳）所藏百年丹青「唐畫」，正可印證張景脩詩之所言。此畫將他二人抬高到與維摩詰並列，強調三人同樣擅以游戲應化點撥他人，透過畫面將禪宗不落言詮、當機直指的精神內涵瞬間保留下來。

　　北宋初，日僧成尋（1011-1081）來華，在《參天台五臺山記》中，言其曾於熙寧五年（1072）至天台山國清寺參禮三賢院，親見豐干、寒山、拾得之木像。[12] 黃庭堅（1045-1105）於元

1。釋志南《天台山國清禪寺三隱集記》以此為底本增衍而成，乃有「天台三隱」之名。

10　〔宋〕林師蒧等編，《天台續集》卷中，《文淵閣四庫全書》（臺北：臺灣商務印書館，1983 年），第 1356 冊，頁 493 上。

11　〔宋〕呂本中，《東萊詩集》卷 3，《文淵閣四庫全書》第 1136 冊，頁 701 上。

12　成尋《參天台五臺山記》卷 1，延久 4 年（1072）5 月 14 日：「午時參禮三賢院。三賢者，豐干禪師、拾得菩薩、寒山菩薩；彌陀、普賢、文殊化現。禪師傍有虎，二大士是俗形也。……次禮豐干禪師在日齋堂，中有數體小佛，後二角各有木像三賢，燒香供養。」〔日〕成尋撰，平林文雄校，《參天台五臺山記：校本並に研究》（東京：風間書房，1978 年），頁 24-5。

豐三年（1080）作〈題落星寺四首〉，第三首云：「畫圖絕妙
無人知。」自注云：「僧隆畫甚富，而寒山拾得畫最妙。」[13]
對僧隆的寒拾圖頗為肯定。佛眼清遠（1067-1120）是楊岐派五祖
法眼法嗣，其〈天台三大士像贊〉云：

> 岩岩天台，曠闊寰宇。大士不我，毫端莫取。
> 蜀客心狂，纖塵一縷。屈指拊掌，松石猛虎。
> 生涯何有，流傳今古。靜對虛堂，非謂無補。[14]

無論供奉於虛堂上的天台三大士像是畫像或塑像，若由之而能
令禪人懷想其應化人間，拊掌哈笑所隱藏的深刻禪意，這個空
間便有了存在意義。因此，可以確定北宋禪林已有三大士像流
傳，可惜無實際畫作流傳下來。

　　現今所見以寒山、拾得為題材的〈寒山拾得圖〉，並無出
自北宋者，只有少數確定為南宋作品。根據學者研究，現存最
早的畫作，是畫上有石橋可宣（生卒不詳）[15]題贊的佚名〈寒山
拾得圖〉（圖3），畫中寒山正面立，老叟童顏，嘴角有笑意，

13　〔宋〕黃庭堅，《黃山谷詩集注》（臺北：世界書局，1960 年），外
　　集，卷8，頁313-4。

14　〔宋〕賾藏主集，《古尊宿語錄》卷30，《卍新纂續藏經》第68 冊，
　　頁200 中。

15　南宋僧，華藏安民（生卒不詳）法嗣，生平見〔明〕文琇集，《增集續
　　傳燈錄》，卷6〈杭州徑山石橋可宣禪師〉，《卍新纂續藏經》第 83
　　冊，頁350 上。

衣紋以淡墨勾畫出輪廓；拾得背對畫面，手持帚，以濃墨刷滿其衣，兩人作交談狀。可宣贊云：「千林蕭瑟晚風涼，一事同君細較量。轉掃轉多多轉掃，青苔黃葉滿斜陽。」除塵塵生，有掃塵之念便有無盡之塵垢須除；若悟得塵而非塵，垢淨宛然。

南宋時期，包括梁楷（生卒不詳）、顏輝（生卒不詳），以及因陀羅（生卒不詳，天竺梵僧）等，皆有〈寒山拾得圖〉的繪畫創作。傳梁楷所繪〈寒山拾得圖〉（圖4）應是南宋末元初的作品，畫中寒山拾得交錯站立，以簡筆寫意的方式，用簡潔的線條勾勒輪廓，復在頭髮、袖紋、下半身以粗筆重點刷墨，僅赤足線條細緻。二人面部表情明顯均作老者天真的癡笑狀，卻帶有難測高深的神情。傳因陀羅和顏輝所繪的〈寒山拾得圖〉（圖5、6）承此形象，亦皆作咧嘴而笑狀。

其後，寒山繪畫在禪林中出現更多樣化的構圖意象。宋末元初，傳畫僧牧谿（生卒不詳）所作〈寒山拾得豐干圖〉（圖7），採工筆細寫，人物表情神態清晰，寒山頂髻著冠，足著木屐，衣縷整齊，表情自負，不似前人畫中破弊瘋傻，面對嚴壁正在題詩，畫面中已題有「吾心似秋」四字。[16]拾得赤足做磨墨狀，掃帚橫躺在地，卻邊轉頭望向寒山。而豐干在畫面一角，目光炯炯地靜觀寒山題壁。筆者以為此畫中的寒山，不似此前畫作以禪門文獻之瘋癲樣態為本，而偏向呼應《仙傳拾遺》中的超然隱者形象。並將《仙傳拾遺》和閭丘胤序所記，

---

[16]　「吾心似秋月，碧潭清皎潔。無物堪比倫，教我如何說？」項楚，《寒山詩注》，頁137。

寒山每得一篇一句，輒題於樹間石壁的情形形諸畫面，便形成「寒山題巖」的構圖主題。巫佩蓉認為此畫包含寒山傳說形象及其詩，以及畫家透過想像，融合多種文本而創造出富於暗示性的人物形象和宗教隱喻層次。[17]而後代禪師的贊頌，除了融會不同媒材，透過畫作、傳說、詩偈相互詮釋，使多重語意脈絡匯集於贊頌中，進一步加上禪師的禪悟體驗，展現更具啟發性的暗示意蘊。如無準師範（1177-1249）〈題巖寒拾〉：

> 五峰路上，雙澗寺前，藏頭露面，撫背拍肩。舉筆欲題題不得，斷崖千仞鎖寒煙。[18]

寒拾所隱身的國清寺，座落於五峰環峙，雙澗洄瀾的形勝之地，二人形象呈現「藏頭露面，撫背拍肩」的樣貌，既表現其真人不露相，又顯得彼此狎近相通的默契。其次，舉筆作題詩狀卻不見字跡，如斯意象闇合禪宗不由文字但重契悟的宗門特質。贊末千仞斷崖，寒煙迷濛，宛若暗示寒拾隱身之巖洞杳絕人蹤，若不曾住。道璨（？-1271）〈題天台三隱圖〉亦云：

> 小點大癡，出沒五峰雙澗間；無足怪者，蒼顏白髮彼何

17　參考巫佩蓉，〈寒山拾得之多重意象——詩、畫、傳說的交互指涉〉，石守謙、廖肇亨主編，《東亞文化意象之形塑》，頁 452。

18　〔宋〕宗會等編，《無準師範禪師語錄》卷5，《卍新纂續藏經》第70冊，頁 270 下。

人？斯亦甘心入其保社，無端以實事誣人，人又從而誣
之，幾不免虎口。吾不知熟為點，熟為癡也。寒巖漠
漠，瑤草離離，安得孰鞭其後，擇其善者而從之。[19]

所以，看似癡者未必癡，指實為癡，誰點誰癡亦無定論，意在
闡釋寒山應化之機。師範兩弟子亦分別有贊，西巖了慧（1198-
1262）〈拾得磨墨，寒山題巖〉：

亂石當淘泓，千巖作詩軸。意到句不就，句到意不足。
墨漸消，筆漸禿，蒼松偃寒莓苔綠。[20]

希叟紹曇（？-1298）〈寒拾磨墨題巖〉：

國清竊了殘羹飯，也學人前弄竹篦。欲寫險崖無活句，
心如秋月待如何。可憐拾得，側望徒勞，墨有消時恨不
消。[21]

19　〔宋〕惟康編，《無文道燦禪師語錄》，《卍新纂續藏經》第 69 冊，
　　頁 816 上。
20　〔宋〕修義等編，《西巖了慧禪師語錄》卷 2，《卍新纂續藏經》第 70
　　冊，頁 499 下。了慧另有〈寒山（題崖）　拾得（磨墨）〉：「高興上
　　層巔，斷崖收晚煙。筆底兩三字，人間千百篇。心手不相知，石上墨成
　　池。磽石有消日，此墨無盡時。」同前揭書，頁 500 上。
21　〔元〕法澄等編，《希叟紹曇禪師廣錄》卷 7，《卍新纂續藏經》第 70

了慧之贊謂拾得以石為硯，寒山以巖為卷，兩相配合欲題巖為詩，惜內在的意與表意之詞難以賅全搭配而無法言詮，墨枯筆乾，蒼松下唯留巖石青苔。紹曇贊云宗門運用話語但須活句，而非從言意邏輯關係定義話語的意涵，但隨機施設，做做樣子，便是活句；若把話說穿，使語意定著，便成死句。話語一題崖壁，便因永存，活句亦成死句，何況各人悟境難以言傳，所以拾得墨磨成而無活句可題，可謂白忙一場。

　　無準師範另有〈寒山持經，拾得手接〉贊云：

　　　手持經卷，付與同倫。己所不欲，勿施於人。
　　　自有一經，不肯受持。卻從佗覓，可煞愚癡。[22]

師範順手拈出「寒山持經」的構圖主題，作為禪門指點悟境的範例，可能因為當時禪林已認同寒山為文殊化身，其以散聖身分，透過瘋癲行徑和詩作闡釋佛理來指點世人，因此有寒山作為經義持有者的形象聯想。可惜並未見相應畫作。其贊頌卻刻意打破傳持佛義的正面意象，經典法義是前修者悟道體驗的記錄，只是指給後人一個入道的方便，卻不是唯一的悟道門徑，

　　冊，頁 479 上。前四句與紹曇〈寒山拾得（一題詩，一磨墨）〉相同：「國清竊得殘羹飯，也學人前弄竹篙。欲寫斷崖無活句，心如秋月待如何。面皮頑惡髮蓬鬆，磨墨元來也不中。冷看他人書淡字，不知污得布裙濃。」同前揭書，頁 476 下。

22　〔宋〕宗會等編，《無準師範禪師語錄》卷 5，《卍新纂續藏經》第 70
　　冊，頁 270 上。

也無法將悟境直接傳給他人。禪門尤其看重自性自悟，而不從經解入手，所以師範說人人自有一經，即內在本自圓足的自性而不知開採，卻執著經典文句，豈非癡迷。

希叟紹曇〈天台三聖圖〉亦贊云：

> 滿地埃塵弗掃除，無端商校潑文殊。
> 灼然主丈能行令，不到豐干放過渠。

贊前附有一段小序，可視為構圖說明：「寒山兩手執卷，拾得一手握帚，一手指點，相顧作商量勢，豐干倚杖立其傍。」[23] 前二句指拾得「一手握帚，一手指點」，塵埃不掃，荒廢本業，卻自顧與寒山議論其手中經卷內義。後二句講豐干身持拄杖，在禪門有形的拄杖往往是年老修行者所持，無形的拄杖則代表禪門指點悟境的施設關鍵。豐干在此作為能發言指點寒、拾二人的號令者，孰料他卻冷眼旁觀，不加入寒拾商校之局，使得畫面停格在一個進行中的對話局面。紹曇另有〈天台三隱〉贊云：

> 門鉤弗解開扃，笤帚不能掃地。
> 解說杜撰文書，背後有人切齒。
> 將謂寒山聽信他，不知笑裏暗藏刀。

23　以上兩段引文，引自〔元〕法澄等編，《希叟紹曇禪師廣錄》卷 7，《卍新纂續藏經》第 70 冊，頁 479 上。

此贊前亦有小序云：「寒山執卷笑，拾得腰挂門鉤，一手帚，一手豎指，作講說勢。豐干立後，作扣齒勢。」[24]可知所對應之畫作構圖與前幅畫作應該大同小異，此處寒山作笑狀，拾得則多了一個配件門鉤，豐干扣齒，似對此局面已有情緒反應。序僅客觀說明，但贊頌的詮釋進一步以翻案的手法，想像門鉤而不能開局，持帚卻豎指不動，如同拾得忘記本職而儘作無端杜撰虛言，豐干站在對反立場不屑其言說，原以為寒山與拾得一氣唱和，誰知寒山笑裡藏刀，壓根不當一回事。此贊點出從拾得、豐干到寒山，三者行動、意念互相照應，又彼此推翻，充分展現不住一念的禪機。

　　宋代禪林對天台三隱以愚智難測的瘋癲行止來隱藏其悟道之跡已有共識，後代禪師將其帶有暗示意味的表情動作，視為「游戲三昧」境界的表演而加以贊頌。以上這些關於「天台三隱」的圖像與贊頌的互詮創作，無論是「寒巖題壁」或「寒山持經」的構圖，皆尚處於將寒山傳說內容予以圖像化的思維框架中，略作變化來點染禪機，而南宋出現的「四睡」主題意象與贊頌，則更進一步擺脫傳說文本的束縛，展現全然將寒山圖畫作為師徒提點悟境之拄杖的思惟創意。

---

[24]　以上兩段引文，引自〔元〕法澄等編，《希叟紹曇禪師廣錄》卷 7，《卍新纂續藏經》第 70 冊，頁 476 上。

三、虎的加入：四睡意象的形成

　　〈四睡圖〉是出現於南宋時期的禪畫主題，由寒山、拾得、豐干和老虎四者相枕而眠、交互酣睡而形成其構圖意象，無論人物形象特徵或相關題贊均充滿禪機隱喻。林希逸（1193-1271）〈四睡戲題〉云：「多少醒人作寐語，異形同趣誰知汝。四頭十足相枕眠，寒山拾得豐干虎。」又自注云：「其像三人交頭枕虎而睡。」[25]可以較清晰地掌握〈四睡圖〉的構圖畫面。

　　〈四睡圖〉最早作於何人難以考證，現存的兩幅圖，其一是元代佚名作〈四睡圖〉（圖1），以細膩的黑墨線條白描勾勒寒山、拾得、豐干和虎，以及作為背景的蒼松、巖石、流水和雲霞，再加淡墨層遞渲染，使濃淡形成明顯對比，畫中寒山頭髮作童髻狀，枕著背對畫面的拾得，面部熟睡安詳，虎面前臥地睡，豐干側坐虎旁低頭閉目而眠，整個畫面構圖飽滿而無任何留白空間，屬元代流行的文人畫風。畫上有平石如砥（?-1357）、夢堂曇噩（1285-1373）和華國子文（1269-1351）[26]的題贊，

25　〔宋〕林希逸撰，林式之編，《竹溪鬳齋》卷 11，《纂續集》卷 1，《景印文淵閣四庫全書》集部、別集類，第 1185 冊，頁 560 下。

26　元代四明天童平石如砥，天童東巖淨日（1221-1308）法嗣，住天童寺，有《平石如砥禪師語錄》，事蹟參見《五燈全書》卷 51〈明州天童平石砥禪師〉，《卍新纂續藏經》第 82 冊，頁 172 中。夢堂曇噩，嗣法於元叟行端，曾住慈溪開壽寺，著有《六學僧傳》30 卷，事蹟參見《五燈全書》卷 55〈明州象山瑞龍夢堂曇噩禪師〉，《卍新纂續藏經》第 82 冊，頁 201 上。華國子文，天童竺西坦禪師法嗣，事蹟參見《增集續傳燈錄》卷 6〈四明雪竇華國子文禪師〉，《卍新纂續藏經》

推測此圖最晚應該完成於 1351 年以前。其二是來華日僧默庵靈淵所作〈四睡圖〉（圖 2），上有祥符紹密（生卒不詳）的題贊。畫面以豐干為中心，枕虎而眠；左右寒山、拾得作童子狀，相倚而睡，三人面部表情清晰，雖閉眼而嘴角有明顯笑意。此圖以較粗的淡墨線條勾勒人物神態，而以重墨強調毛髮、衣帶和鞋履，畫面左側以簡筆刷出巖壁樹石，右側則留下大塊空白，更具質樸的禪趣。那麼，〈四睡圖〉如何形成？其構圖來源又是什麼呢？

　　「四睡」應該是在「天台三隱」形象建立之後的進一步衍生，虎的加入是源於《宋高僧傳》中記豐干「嘗乘虎直入松門，眾僧驚懼。」而當閭丘胤得知豐干為彌陀化身，隱身為國清寺僧，本欲面禮豐干，入房「唯見虎跡縱橫。」[27] 這是「豐干騎虎」意象的來源。無準師範〈豐干〉贊云：「淨土不居居穢土，良馬不騎騎猛虎。回頭轉腦謾招呼，誰肯與伊為伴侶。」[28] 橫川如珙（1222-1289）〈豐干〉贊，進一步超越人虎之界：「人心既無，虎心亦無。騎來騎去，是汝是吾？松門杳杳，朗月輪孤。」[29] 將人心與虎心融為一體，則人虎何異？松

　　第 83 冊，頁 340 中。

27　〔宋〕贊寧撰，范祥雍點校，《宋高僧傳》，卷 19〈唐天台山封干師傳〉，頁 483。

28　〔宋〕宗會等編，《無準師範禪師語錄》卷 5，《卍新纂續藏經》第 70 冊，頁 270 上。

29　〔元〕本光等編，《橫川行珙禪師語錄》卷 2，《卍新纂續藏經》第 71 冊，頁 202 上。「行」或作「如」。

門外杳無虎蹤，唯明月一輪高懸空中。

　　另外，希叟紹曇〈豐干（坐樹下，舉指作說話勢，閭丘相對而笑，虎在邊睡。）寒、拾（握苕箒，指月笑語。）〉云：

> 冷坐松陰指顧誰，說無義語放憨癡。
> 多方引得閭丘笑，彩好斑斑睡不知。
> 笑裏藏刀語詐淳，握生苕箒鼓煙塵。
> 謾將心污秋潭月，未必渠儂肯比倫。[30]

　　此中虎已經加入於豐干旁作睡狀，拾得握苕箒，而寒山指月呼應其詩「吾心似秋月」，豐干則作說話姿態，引得閭丘相對而笑。紹曇謂寒山自以秋月喻心，實在是平白污染了那一輪明月，如何即能拿二者相比附呢？

　　那麼，為何豐干的坐騎會被設定為虎，而不是其他的動物呢？這便關連到虎在中土文化中的身分定位。虎是具有特殊地位的猛獸，牠是山獸之君，從中國原始社會部落時期即被視為崇拜圖騰之一，具有威猛、勇武、陽剛之氣，漢字「王」的來源便是取自老虎額上的紋路。[31]爾後帝王儀仗有「虎旗」，象徵兵權的「虎符」，使臣持「虎節」出使異國等，在在顯示虎

30　〔元〕法澄等編，《希叟紹曇禪師廣錄》卷7，《卍新纂續藏經》第70
　　冊，頁478中。
31　據考「伏羲」與「虎」音近義同，是指以虎為圖騰的西北、西南氐羌族
　　部落。張澤洪，〈中國西南少數民族宗教中的虎崇拜研究〉，《中南民
　　族大學學報》2007年第6期，頁38-43。

圖騰的權威性特徵。在《太平廣記》中收錄八卷以「虎」為主題的故事，多屬唐人手筆，描寫人化為虎或虎化為人的奇異故事，此中虎進化而與人之間彷彿有相通的內在精神，僅是外相皮貌有差異。[32]

然而，在漢譯佛典文獻所見的印度佛教中的虎，並不存在漢文化所賦予的威猛、靈性或神聖的形象特質，相反地，牠是殘忍的惡獸代表，最為人所熟知的便是世尊過去本生中為薩埵太子曾捨身飼虎。[33]《摩訶僧祇律》卷四記有比丘自薦其能「伏虎」。[34]印度文化中的虎是一種兇惡的猛獸，而佛教觀念中轉生為畜生，是來自其過去世所行惡業的果報。在印度佛教經典中，具有靈性、智慧、威猛形象的動物是獅子，牠是文殊菩薩的坐騎，但中國並不出產獅子，因此，包括翻譯的佛經或中國佛教注釋文獻中，往往將印度佛經中的「獅子」，轉化為

---

[32]　參考〔宋〕李昉等編，《太平廣記》，卷 426-433，共 8 卷，收錄與虎相關的故事。

[33]　參見〔北涼〕曇無讖譯，《金光明經》，卷 4〈捨身品第十七〉，《大正藏》第 16 冊，頁 353 下。

[34]　「阿練若住處常有虎害人。時眾集聚一處作是議言：『諸長老，是中阿練若住處有虎恐傷害人，誰能伏此虎者？』爾時眾中有一比丘與一比丘有嫌，語眾人言：『我能伏虎。』是比丘向暮持弓箭出。彼時所嫌比丘著黃色衣，頭面黑，出到大小行處。是比丘爾時欲殺比丘而殺虎者，得越比尼罪；若欲殺虎而殺比丘者，得越比尼罪；欲殺比丘而殺比丘者波羅夷；欲殺虎而殺虎者波逸提。若二處俱有殺心而害者，隨其所殺得罪。」〔東晉〕法顯、佛陀跋陀羅共譯，《摩訶僧祇律》，《大正藏》第 22 冊，頁 257 上。

「虎」的形象，此中反映了佛教傳播到中國，為適應中土文化語境所做的調適和轉變。唐代以來便有以虎作為僧人的美稱，如精熟律典、又持律嚴謹的僧人被尊稱為「律虎」；宋代尊稱精通義學、辯才高明的僧人為「義虎」，若在印度佛教傳統中，應該會以獅子作為美稱。[35]

　　其次，中土佛教文獻中的虎，展現了印度佛經中所沒有的精神層面的特質，延續在中國文化傳統中，以虎代表勇猛而堅毅的意志品格的象徵。由於「虎」與「伏」同韻音諧，虎的威猛陽剛之力，轉化為具有馴服、調伏的能力之代表。《圓悟佛果禪師語錄》卷十五：「看他古來有道之士，動是降龍伏虎，與神明受戒。攻苦食淡，大忘人世，永謝塵寰。」[36]在高僧傳中多有關於僧侶與虎互動的記錄，高僧展現與世俗不同的對待猛虎的態度，由降服、收服猛虎，止息虎災，使僧人與虎在自然環境中和諧共處，例如：明瓚潛隱南嶽，悄然懷去意，寺外虎豹忽成群，瓚荊梃之而躡後；神鑒入山居而虎災弭息；志滿以虎亦有佛性，乃焚香祝禱彌息虎豹之害。[37]進而虎的形象被

35　參考陳懷宇，〈由獅而虎──中古佛教人物名號變遷略論〉，朱鳳玉、汪娟編，《張廣達先生八十華誕祝壽論文集》（臺北：新文豐出版公司，2010 年），頁 1041-1056。

36　〔宋〕紹隆等編，《圓悟佛果禪師語錄》，《大正藏》第 47 冊，頁 781 下。

37　〔宋〕贊寧撰，范祥雍點校，《宋高僧傳》，卷 19〈唐南嶽山明瓚傳〉，頁 492；卷 20〈唐唐州雲秀山神鑒傳〉，頁 526；卷 10〈唐宣州靈湯泉蘭若志滿傳〉，頁 223。《宋高僧傳》中相關例子不勝枚舉。

馴化成為山林孤獨修行僧侶的法侶，形影不離；乃至為虎授以三皈依，而成為高僧的法徒。例如：本淨撫虎頭誠約丁寧，虎乃弭耳而去；道蔭誦《金剛經》，虎伏草守之達曙，涎流於地；處寂身邊常有虎蹲伏座下。[38]以上這些都是唐宋時期僧侶駐山修行，在自然界遭遇猛虎後，以慈悲態度教化猛虎，並以其修行德行馴服猛虎的例子，因此伏虎事蹟在僧傳中，成為展現中古高僧道行的一個顯著的書寫側面。[39]

　　從畫像的發展脈絡來看，宋代時的豐干形象已與伏虎羅漢產生混淆。[40]唐代時，由於羅漢信仰興起，玄奘所譯《大阿羅漢難提蜜多羅所說法住記》中有十六位大阿羅漢之目，[41]到了五代北宋時期，羅漢信仰大為盛行，宋代的羅漢已經增為十八位。根據學者研究，最末一位一說為伏虎羅漢，但是伏虎羅漢的起源，及其如何成為十八羅漢的成員，學界至今尚無定論。[42]

38　〔宋〕贊寧撰，范祥雍點校，《宋高僧傳》，卷 21〈唐福州保福寺本淨傳〉，頁 550；卷 25〈大宋東京開寶寺守真傳〉附傳道蔭，頁 646；卷 20〈唐資州山北蘭若處寂傳〉，頁 507。

39　參考陳懷宇，〈中古佛教馴虎記〉，劉苑如主編，《體現自然：意象與文化實踐》（臺北：中央研究院中國文哲研究所，2012 年），頁 175-228。

40　參考嚴雅美，《潑墨仙人圖研究——兼論宋元禪宗繪畫》（臺北：法鼓文化公司，2000 年），第一章，〈《潑墨仙人圖》的圖像〉，頁 35-36。

41　《大正藏》第 49 冊，頁 13 上。

42　參考謝繼勝，〈伏虎羅漢、行腳僧、寶勝如來與達摩多羅〉，《故宮博物院院刊》，2009 年第 1 期，頁 78。今所見之伏虎羅漢石雕，多集中

以寒山、拾得為題材的《寒山拾得圖》廣為流傳，這是中國佛
教「羅漢畫」興起之始。陳清香認為，伏虎羅漢的出現，故事
形式和圖像完成均晚，可能受到五代宋初禪門流行的「豐干乘
虎入松林」故事的影響，後世的豐干圖像創作中，常有虎相伴
隨，因而易與伏虎羅漢產生混淆。[43]另有一說十八羅漢中，最
末一位不是伏虎羅漢，而是彌勒尊者，而布袋和尚又被視為彌
勒化身，大約在元代，布袋彌勒已被混入十八羅漢中。而從默
庵靈淵所繪《四睡圖》可看出，其中倚虎而坐、微笑大肚的是
布袋和尚形象而非豐干，可見此圖已將豐干和布袋和尚的形象
混同，使得豐干與伏虎羅漢、彌勒尊者、布袋和尚之間因為這
種聯繫關係產生混淆，而在羅漢畫或祖師畫中出現「伏虎」的
意象。京都妙心寺所藏李確（生卒不詳）〈豐干、布袋圖〉（圖
9），以豐干和布袋為對幅二畫，應該即是在這種脈絡之下產
生的作品。[44]

在西北甘肅、陝西、寧夏，年代多為北宋前後，與卷軸伏虎羅漢畫的年
代跨越南北宋、地域集中在江南杭州一帶形成對比。

43　參考陳清香，〈降龍伏虎羅漢圖像源流考〉，《羅漢圖像研究》（臺
北：文津出版社，1995 年），頁 345。現在所能見到最早的伏虎羅漢畫
作，應是署名石恪（生卒不詳）所畫，一老僧抱虎而眠。（圖 8）田中
豐藏舉出三大理由，論證此畫非五代石恪所畫。參考〔日〕田中豐藏，
〈石恪の二祖調心圖〉，《中國美術の研究》（東京：二玄社，1964
年），頁 163-174。

44　其中「豐干圖」有虎隨行，上有偃溪廣聞（1189-1263）題贊：「只解
據虎頭，不解收虎尾，惑亂老閭丘，罪頭元是你。」點出豐干饒舌，卻
不知自己先露餡。

另一方面，方回（1227-1307）〈題布袋和尚豐干禪師寒山拾得畫卷〉：「豐干禪師降猛虎，布袋和尚愚小兒。[45]老夫見畫未親見，唯喜寒山拾得詩。」并跋云：「今有二異僧一虎隨之入城市，一拽布袋引群小兒，民間不鼎沸喧鬧乎？以人情觀之，書本相傳如此，既未親見，不可信也。惟寒山、拾得有道之士，實有其人，有其事，有其詩數十百篇。」[46]此畫將布袋和尚拉進來，以豐干騎虎與布袋環童並舉，正可印證二人形象在繪畫創作中逐漸重疊的發展軌跡。

四、從「笑」變「睡」：四睡的造型特徵

寒山形象從文字到圖像之間，歷經道教與禪門不同思想背景的形塑作用而產生變化。據傳貫休（832-912）曾繪寒山拾得像，惜已失傳。[47]《太平廣記》卷五十五「寒山子」條，收錄五代前蜀道士杜光庭（850-933）所著《仙傳拾遺》，所述寒山是一名隱居天台翠屏山的寒巖貧士，此山當暑有雪，因自號

---

[45] 南宋志磐撰《佛祖統紀》卷42，記載布袋和尚身邊有16小兒譁逐之，爭挈其袋。往後布袋和尚像的構圖往往伴有小兒，乃源於此。《大正藏》第49冊，頁390下。

[46] 以上兩段引文，引自〔元〕方回，《桐江續集》（《四庫全書珍本初集》，臺北：臺灣商務印書館，1969年），卷24，頁16。

[47] 〔明〕汪砢玉：《珊瑚網》卷25〈名畫題跋一〉，〈貫休應真高僧像卷〉，其六「寒山拾得」：「東家人死西家哀，世上何人識破來。只為豐干太饒舌，至今巉巗不曾開。」《景印文淵閣四庫全書》第818冊，頁513上。然此文獻年代晚出，或未可信。

「寒山子」，這是道家的稱謂方式。「好為詩，每得一篇一句，輒題於樹間石上，有好事者隨而錄之，凡三百餘首。多述山林幽隱之興，或譏諷時態，能警勵流俗。」[48]這位寒山子冷靜超然、幽隱絕俗，有意識地藉由詩作警示世人，這種形象與閭丘胤序，乃至後來宋代禪宗文獻中所呈現的瘋癲咍笑的形象差異甚鉅。而「笑」卻是禪門形塑寒山圖像中最顯著的特徵。

　　禪門一直不同於教門重視聞思修的修行次第，而強調頓悟見性的重要，燈錄所記禪師，往往呈現極富個性又獨一無二的悟道歷程。宋元畫家更將宗門種種狂逸特質行諸於筆墨當中，展現禪人特立獨行的風采。現今所見傳梁楷、因陀羅和顏輝所畫三幅〈寒山拾得圖〉中的寒山、拾得面部亦皆作笑態。傳梁楷所繪圖，畫面中交錯站立的寒、拾兩人面部相貌寢陋，然神態自若，笑意覷腴，笑中隱含閭丘胤序中所描述的癡傻神態。傳因陀羅所畫圖，畫幅左邊有楚石梵琦（1296-1370）之題贊：「寒山拾得兩頭陀，或賦新詩或唱歌。試問豐干何處去？無言無語笑呵呵。」（見圖 5）畫中寒山、拾得兩人對坐於蒼松樹下，相視而笑，由於頭髮蓬鬆飄散，使臉部表情較為模糊，但隱約可見其笑意，二人似乎有一種超越語言的默會。傳顏輝所作圖，畫面背景昏暗模糊，寒、拾二人面對觀賞者站立，一闔手、一拄帚，均露齒咧嘴開懷面對觀者而笑，笑中兩人的眼神似乎又透露著超俗難測的洞徹眼光。這三幅畫中的寒、拾表情都是「笑」，可以想見畫家創作的靈感應是來自託名閭丘胤作

---

[48]　〔宋〕李昉等編，《太平廣記》，卷 55〈寒山子〉，頁 338。

〈寒山子詩集序〉、《宋高僧傳》和禪門燈錄文獻中所記之寒、拾拊掌哈笑的形象，透過畫者想像之筆，從文獻賦予其具體的形象，可說是唐五代以來禪門散聖垂跡形象的延續。

宋代禪師即有相應於畫中寒山、拾得的笑態而加以發揮的頌古。

> 苦中樂樂中苦，大唐打鼓新羅舞。
> 寒山燒火滿頭灰，卻笑豐干倒騎虎。[49]

> 打鼓普請看，直得眉毛寒。
> 拾得寒山舞，笑倒老豐干。[50]

> 打鼓弄琵琶，相逢兩會家。清風拂白月，地角接天涯。
> 碎玉凝朝露，殘陽送晚霞。寒山逢拾得，拊掌笑嘎嘎。[51]

> 一切智通無障礙，掃地潑水相公來。
> 覿面當機如激電，寒山撫掌笑哈哈。[52]

---

[49]　石菴知玿（生卒不詳）作。〔宋〕法應集，〔元〕普會續集，《禪宗頌古聯珠通集》卷 38，《卍新纂續藏經》第 65 冊，頁 714 下。

[50]　楚安慧方（生卒不詳）作。同前註，卷 28，《卍新纂續藏經》第 65 冊，頁 651 上。

[51]　大隨元靜（1065-1135）作。同前註，卷 6，《卍新纂續藏經》第 65 冊，頁 506 中。

[52]　拙菴德光（1121-1203）作。同前註，卷 34，《卍新纂續藏經》第 65 冊，頁 687 上。

飲官酒臥官街，當處死當處埋。

寒山逢拾得，撫掌笑哈哈。[53]

以上五頌，俱以詼諧幽默的口吻，調侃天台三隱所呈現的裝瘋賣傻形象，頌揚其所展現的游戲本質。本嵩（生卒不詳）《註華嚴經題法界觀門頌》卷下亦云：「寒山子撫掌，拾得笑呵呵。因何二老呵呵笑，不是同風人不知。此頌斯二散聖，不住那邊，混跡今時，或笑或歌，左右逢源，別有深意。」[54]寒山在禪門中被視為隨方垂跡的散聖，能自在出入游戲內外。[55]故元叟行端（1255-1341）〈寒山拾得讚〉云：「作偈吟詩，既村且野。謂是文殊，吾不信也。燒火掃地，掣風掣顛。安得佛世，有此普賢。」[56]

---

[53]　此山應（生卒不詳）作。同前註，卷 5，《卍新纂續藏經》第 65 冊，頁 500 下。

[54]　〔宋〕本嵩述、琮湛註，《註華嚴經題法界觀門頌》卷下，《大正藏》第 45 冊，頁 700 中。

[55]　龔雋認為中國禪宗的特質在於「游戲三昧」，並重視主體自性的覺悟。參見氏著，《禪史鈎沉──以問題為中心的思想史論述》，第二章，〈尊戒與慢戒──略論禪風中的「游戲三昧」與內外法度〉，頁 73-91。其次，人類游戲的本能與人內在的神聖性精神領域的本質是相同的。〔荷〕胡伊青加（Johan Huizinga）著，成窮譯，《人：游戲者──對文化中游戲因素的研究》，第一章，〈作為一種文化現象的游戲之本質與意義〉，頁 22-4。

[56]　〔元〕法林等編，《元叟行端禪師語錄》卷 6，《卍新纂續藏經》第 71 冊，頁 539 上。

　　那麼，天台三隱的形象是如何從哈笑轉變成〈四睡圖〉中的睡態意象呢？

　　佛典經論中常見「無明睡眠」一詞，《大方廣佛華嚴經》卷七〈入不思議解脫境界普賢行願品〉：「恒以一切微細境界圓滿智力，啟悟法界一切眾生<u>無明睡眠</u>，咸令開覺，究竟出生一切智道。」[57]《大般涅槃經》卷二十七〈師子吼菩薩品〉：「示眾十力開佛行處，為諸邪見作歸依所，安撫生死怖畏之眾，覺寤<u>無明睡眠</u>眾生，行惡法者為作悔心。」[58]《大智度論》卷二：「以此覺眾生，世間<u>無明睡</u>。如是等種種，希有事已現。」[59]《阿毗達磨俱舍論》卷二十五〈分別賢聖品〉：「隨覺者別立三菩提，一聲聞菩提，二獨覺菩提，三無上菩提，<u>無明睡眠</u>皆永斷故。」[60]又根據《瑜伽師地論》所記，睡眠是影響禪定的五種蓋障之一。[61]那麼，如果「伏虎」象徵對

---

[57]　《大正藏》第 10 冊，頁 692 下。

[58]　《大正藏》第 12 冊，頁 522 下。

[59]　《大正藏》第 25 冊，頁 75 中。

[60]　《大正藏》第 29 冊，頁 132 中。〔梁〕僧祐，《弘明集》，卷 13，郗超《奉法要》：「生死因緣癡為本，一切諸著，皆始於癡。」《大正藏》第 52 冊，頁 87 上。

[61]　此五種蓋，包括：貪欲蓋、瞋恚蓋、惛沈睡眠蓋、掉舉惡作蓋和疑蓋。五蓋，謂覆蓋心性，令善法不生之五種煩惱，其中惛沈睡眠能障慧蘊。參見慈怡主編，《佛光大辭典》，頁 1194。
　　「復次於諸靜慮等至障中，略有五蓋，將證彼時，能為障礙。何等為五？一貪欲蓋，二瞋恚蓋，三惛沈睡眠蓋，四掉舉惡作蓋，五疑蓋。

貪欲者，謂於妙五欲，隨逐淨相，欲見、欲聞乃至欲觸。或隨憶念，先所領受，尋伺追戀。

瞋恚者，謂或因同梵行等，舉其所犯。或因憶念昔所曾經不饒益事瞋恚之相，心生恚怒。或欲當作不饒益事，於當所為瞋恚之相，多隨尋伺，心生恚怒。

惛沈者，謂或因毀壞淨尸羅等隨一善行，不守根門。食不知量，不勤精進，減省睡眠，不正知住，而有所作。於所修斷，不勤加行隨順，生起一切煩惱，身心惛昧，無堪任性。

睡眠者，謂心極昧略，又順生煩惱壞斷加行，是惛沈性；心極昧略，是睡眠性。是故此二，合說一蓋。又惛昧無堪任性，名惛沈；惛昧心極略性，名睡眠。由此惛沈，生諸煩惱、隨煩惱時，無餘近緣如睡眠者。諸餘煩惱及隨煩惱，或應可生，或應不生。若生惛昧，睡眠必定皆起。

掉舉者，謂因親屬尋思，國土尋思，不死尋思，或隨憶念昔所經歷戲笑歡娛所行之事，心生諠動騰躍之性。

惡作者，謂因尋思親屬等故，心生追悔，謂我何緣離別親屬，何緣不往如是國土，何緣棄捨如是國土，來到於此。食如是食，飲如是飲，唯得如是衣服臥具，病緣醫藥，資身眾具。我本何緣少小出家，何不且待至年衰老。或因追念昔所曾經戲笑等事，便生悔恨。謂我何緣於應受用戲樂嚴具朋遊等時，違背宗親朋友等意，令其悲戀涕淚盈目，而強出家。由如是等種種因緣，生憂戀心，惡作追悔。由前掉舉與此惡作處所等故，合說一蓋。又於應作不應作事，隨其所應。或已曾作，或未曾作，心生追悔。云何我昔應作不作，非作反作。除先追悔所生惡作，此惡作纏，猶未能捨，次後復生相續不斷憂戀之心，惡作追悔，此又一種惡作差別。次前所生非處惡作，及後惡作，雖與掉舉處所不等，然如彼相騰躍諠動。今此亦是憂戀之相，是故與彼雜說一蓋。

疑者，謂於師、於法、於學、於誨，及於證中，生惑生疑。由心如是懷疑惑故，不能趣入勇猛方便正斷寂靜。又於去來今，及苦

煩惱的調伏，又為何讓天台三隱與虎四者共同呈現「睡蓋」的樣貌呢？而如果外相的佯狂瘋癲，是禪門形塑寒山內在智慧的一種翻轉手段，由瘋癲轉變為睡相，豈不正好遮蓋住其內在的智慧嗎？由此看來，睡相似乎有比起瘋癲又更強大的顛覆其智慧的作用。此中「睡」的象徵意蘊，已然超越佛典所賦予的負面意義。那麼，「睡」的意蘊翻轉，展現了什麼樣的禪機和文化意蘊呢？

　　西巖了慧（1198-1262）〈寒拾（作一團眠。地有苕帚）〉：「五臺為床，峨嵋作枕。眠似不眠，惺如不惺。喚起來，三十苕帚柄。」[62]已有寒山、拾得作一團眠的想像，尚無提及豐干與虎。南宋張侃（生卒不詳）〈睡寒山拾得贊〉：「人居火宅無不有，你亦投身攜掃帚。一朝放下困騰騰，明月寒潭只依舊。」[63]可能當時已有寒、拾由哈笑轉化為睡相的畫作流傳。本詩前兩句以寒、拾二人攜掃帚，標指二人示現天台的身分，如同眾生在三界中流轉的世俗形象。後兩句寫跳脫三界後的境界，所以在這裡「睡」是一種超脫輪迴的表現，寒潭映月則運用「寒山秋月」的詩句，象徵自性圓滿的悟境。由此可見此贊中的

　　等諦，生惑生疑，心懷二分，迷之不了，猶豫猜度。」
　　引自彌勒菩薩說，玄奘譯，《瑜伽師地論》卷11，《大正藏》第30冊，頁329中。

62　〔宋〕修義等編，《西巖了慧禪師語錄》卷2，《卍新纂續藏經》第70冊，頁499下。

63　〔宋〕張侃，《張氏拙軒集》卷6，《景印文淵閣四庫全書》，第1181冊，頁433上-下。

睡，已非佛教原始對睡蓋的定義，而賦予了「睡」以嶄新的放
下、去執，乃至超越生死之新義。

　　另一方面，對照於當時亦相當流行的「布袋和尚」相關繪
畫及贊頌，禪門「睡布袋」主題的贊頌與寒、拾贊頌一樣普
及，印證禪林對「睡」的概念運用，已然超越了佛教視為
「蓋」障的意涵。事實上，南宗禪以下，馬祖道一（709-788）
及其弟子以「饑來喫飯，困來即眠」[64]的生活態度，在運水搬
柴、吃飯睡覺等日常作務中體現「平常心是道」，是則「睡
時」也是一種禪修的實踐。

　　希叟紹曇〈靠布袋〉：

　　　　自與塵勞交輥，肚裏千機萬變。
　　　　雖然靠布被頭，疑你睡得未穩。
　　　　弄盡千般死伎，布袋全身靠倚。
　　　　尋思總是虛花，不如打覺瞌睡。[65]

又〈布袋（為吳省元）〉：

64　「曰：『如何用功？』師（大珠慧海）曰：『饑來喫飯，困來即眠。』
　　曰：『一切人總如是同師用功否？』師曰：『不同。』曰：『何故不
　　同？』師曰：『他喫飯時不肯喫飯，百種須索；睡時不肯睡，千般計
　　校，所以不同也。』」〔宋〕道原撰，《景德傳燈錄》，卷 6〈越州大
　　珠慧海禪師〉，《大正藏》第 51 冊，頁 247 下。

65　〔元〕法澄等編，《希叟紹曇禪師廣錄》卷 7，《卍新纂續藏經》第 70
　　冊，頁 478 中。

> 內院不肯安居，長汀分甘落泊。
>
> 主丈不解拈提，布袋徒然倚託。
>
> 肚中計較百般，要睡何曾睡著。
>
> 睡得著，鐵奉化人須軟腳。[66]

布袋和尚的大肚具有暗藏乾坤與豁達能容的意味。嚴雅美認為「布袋」象徵現象界森羅萬象的分別狀態和負累，收緊布袋代表脫去萬象分別，以提起或放下布袋展現禪宗「無所住」的精神。[67]此時布袋和尚由原本以「笑」相為常態轉向酣睡，同時期出現的「四睡圖」亦有相通的睡相，以酣睡象徵禪宗頓悟之後心無罣礙的心靈狀態，可見當時禪門藉由睡相凸顯其游戲三昧的精神特質。

「四睡圖」中「睡」時的無知無覺，是公然地相對於日常生活之「醒」覺的反常狀態，這樣的創作完全不是依據過去寒山文獻的想像或延伸，目的也不僅在於賦予寒山等人以具體的形象，而更進一步地以圖畫為工具，創造出一種與過去「天台三隱」截然不同的樣貌和構圖來表現其禪機意境。至此，人與虎由對峙而轉化成依傍相偎的關係；「笑」與「睡」／「睡」與「覺」的反差，透過圖像引發觀者從天台三隱既定的印象跳脫，從對比的辯證而能超越二元對境，這當中又透露了什麼樣

66　同前註，頁 476 上。

67　嚴雅美，《潑墨仙人圖研究：兼論宋元禪宗繪畫》，第一章，〈《潑墨仙人圖》的圖像〉，頁 27-28。

的機鋒禪境呢？

五、「四睡」贊頌與楊岐禪師的游戲禪機

　　宋元多數禪僧的語錄中，皆有關於達摩、布袋、寒山等在禪門內被視為範型人物的贊頌，[68]藉以挖掘不同的機鋒。題贊屬韻文體，[69]應是依據相關畫作而來，然而「四睡」圖與贊頌的製作，孰先孰後實有待論證。如果按照先有圖後有贊的邏輯，南宋應該已經有「四睡圖」，只是亡佚不傳。或者，贊頌

---

68 蕭統〈文選序〉：「頌者，所以游揚德業，襃讚成功。」〔梁〕蕭統編，〔唐〕李善等注，《六臣註文選》，《景印文淵閣四庫全書》，第1330冊，頁4上。所以，頌本旨在於歌功頌德，其源出於「詩頌」。劉勰《文心雕龍·頌讚第九》：「讚者，明也，助也。」〔梁〕劉勰著，范文瀾註，《文心雕龍注》（臺北：學海出版社，1991年），頁158。劉熙《釋名·釋典藝》：「稱人之美曰讚。讚，纂也，纂集其美而敘之也。」〔東漢〕劉熙著，任繼昉纂，《釋名匯校》（濟南：齊魯書社，2006年），卷6，〈釋典藝第二十〉，頁345。

69 贊一般篇幅較短，多四言韻語，偶作雜言，屬頌的分支。最初用於補充說明，後方雜入襃貶之情，其後頌、贊文體特徵差異漸難區分。傳統文體分類上，往往將贊與詩別為二類而不相混，以四言為贊，五言為詩。早期的畫贊遵循「贊」之本義，僅為補充說明與畫相關的內容，後來則轉向義兼美惡，使得畫贊、題贊和偈頌、題畫詩等，無論形式或內容皆趨於混用。〔日〕青木正兒著，馬導源譯，〈題畫文學之發展〉，《大陸雜誌》第3卷第10期（1951年11月），頁16。周錫䪖主張，頌、贊乃詩之一體，故畫贊應屬於題畫詩。參考周錫䪖，〈論「畫贊」及題畫詩——兼談《先秦漢魏晉南北朝詩》與《全唐詩》的增補〉，《文學遺產》2000年第3期，頁20。

未必對應於特定的圖畫，而是由當時禪林普遍認知的寒山傳說和造型發展出的新贊頌主題，所以或許原本「四睡」圖像作品就不多，只因「四睡」意象概念在禪林廣傳而有諸多禪師同題而贊。目前可見禪師語錄中出現「四睡」主題的贊頌，是從南宋始有的，有些能與現存畫作相呼應，有些可能未必對應於明確的畫作，而純粹由禪師對「四睡」基本構圖的想像發展而來，其存在作用如同禪門公案一般，由此意象進而或推擴、或翻案以激盪禪機。

目前所見禪師的「四睡」贊，除天童如淨（1163-1228）屬曹洞宗法系之外，其餘皆出自南宋臨濟楊岐派禪師之手。（參見附錄六：作四睡贊之禪師法系圖）此一趨向亦符合南宋時楊岐派聲勢隆盛，逐漸超越黃龍的發展實況。[70]楊岐方會（992-1049）不若黃龍慧南（1002-1069）以三關機制來接引學人，其啟悟方式靈活綜合運用前賢公案而未獨樹特別模式，《禪林僧寶傳》卷二十八〈楊岐會禪師〉云：「其提綱振領，大類雲門」；「驗勘機鋒，又類南院（慧顒）」。推崇方會善於運用機鋒棒喝，亦以不拘理路的逸格型態施行點化，甚至帶有強烈的游戲作風，惠洪贊曰：「楊岐天縱神悟，善入游戲三昧，喜勘驗衲子，有古尊宿之遺風。」[71]當時禪林中各種透過文字捕捉、詮釋公案新

70　參考〔日〕阿部肇一著，關世謙譯，《中國禪宗史》（臺北：東大圖書公司，1999 年），第十六章，〈楊岐派的出現及其發展〉，頁 672；杜繼文、魏道儒，《中國禪宗通史》（南京：江蘇古籍出版社，1995年），第六章第六節，〈南宋中後期的禪宗〉，頁 462-464。

71　以上三段引文，《卍新纂續藏經》第 79 冊，頁 548 上、中、下。

意的創作蔚為風潮，其下有圓悟克勤（1063-1135）《碧巖錄》以頌古、評唱解釋公案。南宋楊岐派禪師的語錄中，幾乎都有收錄各種贊頌，這在黃龍派語錄中卻是少見的。以下討論目前所見楊岐禪師「四睡」贊頌之禪機意蘊。

（一）人虎易位，翻轉禪機

　　南宋前期楊岐派中，傳布於江浙、福建一帶的大慧宗杲（1089-1163）是當時禪學主流。宗杲一系下大川普濟（1179-1253）有〈四睡贊〉云：

> 離了峨嵋別五臺，倒騎白額下天台。
> 松間石上夢中夢，喚得閭丘太守回。[72]

峨嵋山是普賢菩薩道場，五臺山是文殊菩薩道場，而拾得、寒山為普賢、文殊化身的傳說，在北宋時已普及。倒騎白額虎入天台國清寺者，即是相傳彌陀化身的豐干。此三人一虎於松間

---

[72]　〔宋〕元愷編，《大川普濟禪師語錄》卷 1，《卍新纂續藏經》第 69 冊，頁 768 下。虛堂智愚（1185-1269）〈四睡〉：「豐干拾得寒山子，靠倒無毛老大蟲。合火門頭同做夢，不知明月上高峰。」意蘊相近。楊岐一系下，南宋天童淨全（1137-1207）禪師法嗣笑翁妙堪（1177-1248）〈四睡〉贊云：「拾得寒山笑未休，豐干騎虎趁閭丘。而今依舊成群伍，不是冤家不聚頭。」此二贊均出於〔清〕性音編，《禪宗雜毒海》卷 1，《卍新纂續藏經》第 65 冊，頁 57 中。不過雜毒海乃清人所編，故不列入討論。

石上交疊而眠，構築而成四睡圖像，夢中作夢，使現象中的人
與虎、人與人，及其睡與覺、夢與醒的隱喻之間，由對立概念
而轉化出更富於警策意味的禪機。

楊岐派五祖法演（？-1104）所傳開福道寧（1053-1113）一支
下傳的無門慧開（1183-1260）有〈天台四睡〉云：

> 既是伏爪藏牙，不用三頭六臂。
> 只圖夢裏惺惺，任疑大虫瞌睡。[73]

警示豐干馴服猛虎，任其熟睡，伴虎而眠者夢裡尚須惺惺自
警。其〈騎虎豐干〉亦贊云：「忙忙業識老豐干，鼓舌搖唇總
自瞞。縱踞虎頭收虎尾，衲僧門下管窺斑。」[74]猛虎雖伏爪藏
牙，收攝頭尾，猶當存管束窺伺之機。

大川普濟同門偃溪廣聞（1189-1263）亦有〈四睡圖〉云：

> 睡時遞相枕藉，醒後互相熱謾。笑中有刃，用處多姦。
> 看來人斑，寧可虎斑。[75]

此贊從四者相枕而眠的現況加以引伸，感慨在群我關係中，唯

73　〔宋〕普敬等編，《無門慧開禪師語錄》卷2，《卍新纂續藏經》第69
　　冊，頁365中。
74　同前註，頁365中。
75　〔宋〕普暉等編，《偃溪廣聞禪師語錄》卷2，《卍新纂續藏經》第69
　　冊，頁750上。

睡時方能放下機心，無分彼我，一旦醒後便是無止盡的對立欺
瞞。虎是會食人的猛獸，人見虎斑便知憚懼避害以保性命；人
斑不見於外而隱藏於內在，不可見的虎狼之心更加難防。所以
惡虎與惡心相比，人害人之兇殘猶過於虎食人，因為虎斑可防
而人心難辨，較之人斑笑裡藏刀，害人於無形，寧可虎斑兇惡
外露而可防。

　　南宋後期，與大慧宗杲同嗣法於圓悟克勤的虎丘紹隆
（1077-1136）一支，至密庵咸傑（1118-1186）傳破庵祖先（1136-
1211）和松源崇嶽（1139-1209）兩支而法門愈加興盛，聲勢逐漸
凌駕宗杲一支。這是由於北宋時黃龍派在禪門根據地江西勢力
盛大，克勤僅能回家鄉四川傳法，其法嗣在北宋末期逐漸向浙
江發展，奠定南渡之後楊岐派在浙江隆盛的勢頭。祖先門下多
出身四川，崇嶽門下多出身浙江，南宋時期楊岐派禪師時時往
來於川、浙之間，形成兩地禪學與文化的密切交流。[76]根據嚴
雅美研究，南宋楊岐派禪僧多擅長文藝創作，其語錄中收錄祖
師畫贊、偈頌或題畫文字的情形非常普遍。[77]祖先法嗣石田法
薰（1171-1245）〈贊豐干〉云：「走松門，尋寒拾。虎斑易見，

---

[76] 參考〔日〕阿部肇一著，關世謙譯，《中國禪宗史》，第三篇宋朝的禪
　　宗史，第十六章第十節，〈南宋後期禪宗的動向—以虎丘派下的社會立
　　場為中心〉，頁719-740。

[77] 宋元禪畫的逸品風格，與臨濟楊岐派禪僧有密切的關係。嚴雅美，《潑
　　墨仙人圖研究：兼論宋元禪宗繪畫》，第三章，〈《潑墨仙人圖》的創
　　作背景〉，頁169-172。

人斑難識。識不識，惡聲惡跡成狼籍。」[78]亦提點惡虎易見，
惡心難防。

　　祖先法孫無學祖元（1226-1286）〈四睡〉云：

> 松門外，雙磵曲，人斑變作虎斑，慈悲都是惡毒。
> 儞也睡足，我也睡足，風起腥羶，彌滿山谷。[79]

此贊進一步發出警語，多少人為偽裝的慈悲外相，內在隱藏害
人機心，當吾人從無人我分別的睡眠狀態醒來，回復人我對
立，將如虎般血染山谷。祖元另有贊云：「依依殘月轉松關，
睡裡須還各著奸。話到劫空懸遠事，虎斑終不似人斑。」[80]呼
應法薰之贊，人即使睡眠中仍難忘卻算計，較之惡相外露的虎
實更險惡。西巖了慧（1198-1262）〈豐干閭丘虎〉亦呼應同門祖
元：「虎怕人心惡，人欺虎太慈。雖逢賢太守，難打者官
司。」[81]刻意將虎惡人善的區別加以翻轉，人心之惡甚於虎，
相較之下虎反顯勢弱而為人所欺，這種心機的角力，清官也難
斷。

78　〔宋〕了覺等編，《石田法薰禪師語錄》卷4，《卍新纂續藏經》第70
　　冊，頁350下。

79　祖元乃無準師範法嗣，東渡日本，謚號佛光國師。〔元〕一真等編，
　　《佛光國師語錄》卷8，《大正藏》第80冊，頁217下。

80　同前註，頁217下。

81　〔宋〕修義等編，《西巖了慧禪師語錄》卷2，《卍新纂續藏經》第70
　　冊，頁499下。

祖元同門樵隱悟逸（？-1334）〈四睡〉云：

> 人虎為群，是何火伴。心面不同，夢想變亂。風撼松門
> 春色晚。[82]

人與虎心面皆異，卻成夥伴同睡，可見二者的和諧源自眾生共
具的本質法性而非外在形貌，把握根源則能自在而眠，任憑松
門外晚風習習。此贊從人虎易位，進而超越了人、虎心面之異。

（二）人虎忘機，物我同一

石田法薰（1171-1245）〈四睡圖〉云：

> 一等騎虎來，兩箇挨肩去。松門外聚頭，輥作一處睡。
> 夢蝶栩栩不知，孰為人孰為虎。待渠眼若開時，南山有
> 一轉語。[83]

寒、拾挨肩與騎虎豐干四者同眠於松門外，如同莊周夢蝶，竟

---

[82]　〔元〕正定編，《樵隱悟逸禪師語錄》卷 2，《卍新纂續藏經》第 70
冊，頁 307 下。

[83]　〔宋〕了覺等編，《石田法薰禪師語錄》卷 4，《卍新纂續藏經》第 70
冊，頁 350 上。卷 4 中關於「天台三隱」圖像的贊頌頗多，如〈豐干寒
山拾得圖〉：「三人必有我師，臭肉元同一味。把手聚頭，蘇盧悉里。
只因一等饒舌，兩箇隱身無地。可惜當初國清寺裡，一隊懵憧師僧，更
沒些子意智。」同前揭書，頁 350 上。

不知何者為人、何者為虎，達到物我齊一的境界。[84]末二句是
禪師對弟子的提點，當禪人的參悟歷程，從分別諸相，進入到
物我同一的精神狀態，具眼的禪師便能抓住時機，下一轉語，
當下令弟子撥去疑雲，頓然啟悟。

「四睡」在形象上相枕而眠，異形而同趣，顯現物我無別
的身心狀態，在禪師圖贊中，多有強調「忘機」的概念，其中
尤以無準師範（1179-1249）及其法嗣希叟紹曇（？-1298）的創作
最為豐富。無準師範〈豐干寒拾虎四睡〉贊云：

> 善者未必善，惡者未必惡。彼此不忘懷，如何睡得著？
> 惡者難為善，善者難為惡。老虎既忘機，如何睡不著？[85]

從現象界表面看待事物，往往受既定文化概念的圈囿，而慣於
明確地分辨對／錯、善／惡，然而深究事物形成演變因緣，便
會發現吾人以為善的／對的概念或事物，從他人立場看來可能
變成惡的／錯的。或者，這善的／對的事物背後，有更複雜的
形成因素，乃至所遇為善／為對的因，卻因而使人怠惰或迷失
生命本質而造成惡的／錯的結果。這些千絲萬縷的因緣轉折，
恐非簡化的善、惡二分便能釐清。那麼，在當下情境之中，不

84　參見〔清〕郭慶藩輯，王孝魚整理，《莊子集釋》（上），〈齊物論第
　　二〉，頁112。

85　〔宋〕宗會等編，《無準師範禪師語錄》卷5，《卍新纂續藏經》第70
　　冊，頁270下。

忘懷這二元判斷，如何睡得著呢？若虎現惡行，必難馴服；其既柔順而眠，則必不為惡，虎無機心與人融為一體，又有何不能成眠的呢？所以，從佛教的觀點，善與惡是相對性的評價概念，唯有從二元對立的認知批判中超脫，忘懷分別，悟得眾生與佛究竟不二，即得解脫生死之縛。

宋元禪師經常提舉「忘機」，然而，「忘機」概念源於列子，並非出自佛教，具有濃厚的道家色彩。[86]從唐代以來，盛傳於江東的法融牛頭禪、遺則佛窟禪，與老莊玄學思想關涉本深，五代時盛行於浙江吳越一帶的雲門宗，其禪學思想亦富有濃厚的道家玄學觀念。[87]祖先、師範出身四川，蜀地的佛教又帶有融合道教和民間信仰的特色，所以傳法於浙江的楊岐禪師亦多沾染道家色彩。

希叟紹曇〈四睡〉贊延伸其師師範之意：

> 人無害虎心，虎無傷人意。彼此不關防，何妨打覺睡。[88]

86　《列子・黃帝篇》：「海上之人有好漚鳥者，每旦之海上，從漚鳥遊，漚鳥之至者百住而不止。其父曰：『吾聞漚鳥皆從汝遊，汝取來，吾玩之。』明日之海上，漚鳥舞而不下也。」楊伯峻撰，《列子集釋》（北京：中華書局，1979 年），頁 67-8。

87　參考印順法師，《中國禪宗史》，第九章，〈諸宗抗互與南宗統一〉，頁 389-402；〔日〕阿部肇一著，關世謙譯，《中國禪宗史》，第三篇宋朝的禪宗史，第二章，〈關於雲門派系統〉，頁 281-4。

88　〔元〕法澄等編，《希叟紹曇禪師廣錄》卷 7，《卍新纂續藏經》第 70 冊，頁 479 上。

人之惡在心念，既無害虎之念；虎之惡在獸性，既無意傷人，則人、虎和諧雙安，無須防範，既卸心防，何妨同眠。至此，「睡」非但非「蓋」障，反而是彼此安然「忘機」的一種精神狀態的展現。

西巖了慧（1198-1262），亦無準師範法嗣，其〈四睡〉二贊云：

> 人兮不羈，虎兮不縛。是四憨癡，成一火落。
> 雖然合眼只一般，也有睡著睡不著。
>
> 無固無必，挨肩枕膝。人夢不祥，虎夢大吉。
> 世上有誰知，天台雲冪冪。[89]

前贊云人虎四者無別的「憨癡」之狀，實為掩飾內在智慧的障眼表現，看上去四者為一，一團火落。後贊云在人我互動關係上，勿以主觀成見來臆測，不武斷判斷必然如何，不執著己見，不自我本位思考，唯我獨是。[90]去除這些人我判斷，互相挨肩枕膝而眠，自然能入睡。

了慧法嗣月磵文明（生卒不詳）〈贊豐干寒拾虎四睡圖〉

89　〔宋〕修義等編，《西巖了慧禪師語錄》卷2，《卍新纂續藏經》第70冊，頁500上。

90　〔宋〕朱熹，《四書章句集注・論語集注》（北京：中華書局，1983年），卷5〈子罕第九〉：「子絕四：毋意、毋必、毋固、毋我。」頁109。

云：

> 虎依人，人靠虎，一物我，忘亦汝。肚裡各自惺惺，且
> 作團，打覺睡，誰管人間今與古。[91]

人虎四者相枕而眠，無人我之別，即使各自肚裡都有清醒的法
性主體，外表但作一團睡，忘卻一切世間分別諸相，物我合
一。

　　了菴清欲（1292-1367）屬松源崇嶽（1139-1209）一支，其〈四
睡〉二首云：

> 閉眉合眼人如虎，伏爪藏牙虎似人。
> 夢裏乾坤無彼我，綠鋪平野草成茵。
>
> 咄哉豐干，抱虎而睡。拾得寒山，正在夢裡。
> 可憐惺惺人，未能笑得你。[92]

---

91 〔宋〕妙寅等編，《月磵禪師語錄》卷 1，《卍新纂續藏經》第 70
　　冊，頁 534 中。月磵文明另有〈豐干指虎與閭丘說〉：「所指是何物，
　　所說是何言。心毒不如口毒，合成生死深冤。閭丘老惜尊拳。」〈寒山
　　拾得〉：「忘卻自家心，卻指天邊月。更言無物比倫，分明話作兩橛。
　　生苔帚何不摵。」〔宋〕妙寅等編，《月磵禪師語錄》卷 2，《卍新纂
　　續藏經》第 70 冊，頁 534 中。

92 〔元〕一志等編，《了菴清欲禪師語錄》卷 5，《卍新纂續藏經》第 71

前詩中，人與虎之間的差別似乎只在一張面皮，這與《太平廣記》中人變虎、虎扮人的故事有相同的意念，終究在如夢之境中，泯然一切人我相的分別。後詩中的「惺惺人」，若作聰慧靈巧的「明眼人」解，即如同拾得詩所言之「無事人」，意味已經見性解脫之人，便能識出四者酣睡夢中的實際理地，而不會以世俗之眼看待爾等外在癡睡的相狀。若作世間自以為是的聰明人解，則是以旁觀角度感嘆世智辯聰者，必未能從四睡外相中，會解箇中所蘊含之深意。所以，超越分別、泯然忘機，這種物我渾一的境界，正是由三昧的定境所達至的禪的美感情調。吳汝鈞謂由這種泯除一切意識分別所達至心境渾一、物我雙忘的境界，進而於世間行不取不捨之妙用，以種種施設方便點化眾生，此即禪的游戲三昧的最佳展現。[93]

　　另外，曹洞宗天童如淨（1163-1228）〈四睡圖〉是唯一非出自楊岐派的四睡贊頌：「拾得寒山老虎豐干，睡到驢年，也太無端。咦，驀地起來開活眼，許多妖怪自相瞞。」[94]睡是其忘機不拘的表層，然而驀地睜開能洞明萬象之活眼，一切光怪陸離的現象皆難逃其法眼。可惜曹洞宗自宏智正覺（1091-1157）之

　　冊，頁 351 下。第二首末兩句，化用拾得詩〈出家要清閑〉末二句：
　　「可憐無事人，未能笑得爾。」項楚，《寒山詩注》附拾得詩注，頁
　　828。

93　吳汝鈞，〈游戲三昧：禪的美學情調〉，《游戲三昧：禪的實踐與終極
　　關懷》，頁 169。

94　〔宋〕文素編，《如淨和尚語錄》卷 2，《大正藏》第 48 冊，頁 131
　　上。

後，沒有出現具影響力的禪師傳持，直至如淨紹續正覺以坐禪為見性最重要的途徑，此系方逐漸復興。

對禪師而言，禪畫並非單純為繪畫之目的而存在，尚有宗教上作為提點禪機的特殊喻意。「四睡」本身迷樣的表情、動作、形象、情境，如同現成公案一般，具有多重而豐富的意蘊，禪師透過內在三昧定力的基礎，泯除對外在顯相一切事物的分別意識，達至物我無別的境界，自能順手拈來，以贊頌展現禪宗「無相」的概念理趣和精神悟境。由以上楊岐禪師的「四睡」贊頌推知，贊頌不一定是對應於圖像而作，可能當時禪林對寒山等人形象已形成某種共通認知的基礎，透過這些意象的組合而轉化為可託喻互通的語境。所以即便是面對相同的畫作，因為觀畫者領略心境的差異，便能產生截然不同的解讀，由以上禪師贊頌多元的闡釋觀點便可獲得印證。

六、結　語

以禪門公案故事為題材的禪宗繪畫，創作者往往選取公案中某個最具啟發性的意象或片段轉化成實際的畫面，乃至透過主體的禪悟體驗，進一步將此瞬間的圖像加以創意性的改造或翻轉，使畫中隱含更豐富的機鋒意蘊。流傳於南宋至元代期間的〈四睡圖〉，將豐干所乘虎加入「天台三隱」成為「四睡」意象的一員，使虎這頭漢文化中勇猛權威的野獸，剝去其在印度佛典中的惡虎凶相，被羅漢、高僧馴服成為其山林修行的伴侶，甚至在「四睡」中與「天台三隱」融洽地混睡一體，可說

是其形象又一高度創造性的翻轉。另一方面，寒山從道教筆記中的超逸形象，到宋代禪宗燈錄中轉化為瘋癲咍笑的狂者，在「四睡」意象中更進一步展現為酣睡之態，此一轉變，超越佛教原始教義以睡眠為達至覺悟必須對治的蓋障之負面觀點，加入中土道家任運隨興的修養態度，將睡蓋轉化為超越機心的一種心靈狀態的體現，在某種意義上充分體現宋元禪林揉雜道家精神特質的一個側面。

　　其次，本文從宋元時期禪宗文獻所出現的「四睡」圖贊，回溯其構圖緣由與相關贊頌所蘊含的禪機意蘊，以了解「天台三隱」形象流播到宋元時期，在禪林間所產生的形象變化。〈四睡圖〉的出現，可說是在宋元包含禪林在內整體文化風尚將「游戲三昧」觀念具體實踐的一個典型案例。禪師一方面內在具備清明而超越世俗的智慧，自覺選擇以一種帶有詼諧的創意思惟表現於贊頌，鬆動或挑戰人們的慣性邏輯，使觀者由畫面表象或贊語內容引發禪機。一方面又熟諳禪宗歷史、故事、典故、公案，未必需要看到畫作本身，便自然能在禪林文化脈絡下，從過去對寒山的認知，進入自心與此主題意象的心靈想像相互呼應的狀態，將其體悟化為贊頌。

　　宋代以楊岐派為主的禪師，擅以詩文繪畫等藝術表現作為主體因三昧而得自在心境的一種展現管道，其「四睡」贊頌，或反向將虎與人／強與弱的關係易位，翻轉虎惡人善的勢態；或打破人、虎外相的分別，展現一體忘機的圓融之境。透過隨意戲擬、自如戲作，傳達一種無拘無執、無所得的心境，與禪的游戲三昧有通義之妙趣。然而，這些文字所烘托而成的「四

睡」意象，也只是作為一種標月指，一種悟境的隱喻手段。一切現象界，到了禪師手中，都是放在同一個誘發禪機的文化脈絡底下，作為伏藏畫面之外的寓意引子，透過畫面與透過文字贊頌，只是呈現工具的不同。

禪的游戲是內在三昧正定的基礎上，運用於日常生活和各種藝術創作中，在現象界展開應機點化，呈現本質的天真活潑和自在無礙的生命情調。通過本章對寒山等「四睡」形象的演進和創造，以及宋元禪師相關頌贊的討論，可見南宋禪林以一種游戲的精神所新創的意象，而這個形象如同公案一般，作為師徒禪機對話的標月指，在調伏與超越，游戲咍笑與睡眠忘機的衝突概念中，賦予「四睡」以更富禪機意蘊的贊頌文字，從而展現禪門游戲翰墨的創造力和精神意蘊。不過，四睡」主題的贊頌僅流行於南宋至元代這段期間，明清的文獻中，再未見有禪師、文人以「四睡」為題的贊頌了。

第八章　結　論

　　寒山詩的研究，受限於缺乏新史料來確定詩集的作者，連帶詩中多樣的內涵和思想來源便無從釐清，當代的研究若仍拘限於寒山詩本身，實難有突破性的進展。然而，寒山卻在後代的傳頌中，使其身影愈加鮮明而豐富，乃至流傳域外，引起廣大迴響。

　　宋代由於社會文化趨向心性內省，以及禪宗對覺悟自性的重視，在這樣的文化氛圍下，寒山詩集中佛教內涵的詩作與寒山形象所展現的智慧靈光，在禪門中獲得更多的青睞和肯定。本書以寒山詩在宋元禪林的傳播為觀察點，跳脫寒山詩作者的考證框架，細部檢視宋元禪師對寒山詩的運用與闡釋的文獻，包括擬作寒山詩、引用寒山詩作為師徒對話的引子，對寒山詩的頌評，以及寒山禪門形象的深化和聖化，乃至寒山、拾得、豐干及虎四者結合的「四睡」意象相關畫作及贊頌等面向的討論，來觀察寒山詩在唐代以後的流傳和迴響。

　　前三章以對寒山詩的運用為主，除討論寒山詩集中「寒山」意象的雙重意蘊外，著重於宋代禪師把寒山詩放入其當時的說法或參禪的語境之中，所衍生或新創的對話語義，來理解寒山詩在宋代被運用的情形。而宋代禪師在自身時代禪林文化

視野下，以其禪學體驗擬作寒山詩，這些擬作無論是自性禪悟的流露，還是口語風格的佛理勸喻，或許源自禪師對寒山詩認知的差異，或許是其創作目的不同，從這些擬作中逐漸累積出後人對「寒山體」通俗口語、佛理勸喻風格的共通認知。透過以上對宋代禪師引、擬寒山詩的整理和討論，肯定禪門對寒山詩極具創意的理解和應用。

　　後三章主要探究寒山形象的聖化情形，放下寒山是否真有其人的問題求考，從寒山詩中所展現的原始面貌，乃至宋元禪門文獻，梳理寒山禪門形象累積、轉變的成果。寒山從天台隱士，在宋代被聖化為智愚難測的散聖，以外顯癡傻瘋癲的形象，顛覆吾人對聖與俗的相對認知，可視其為以聖俗不二作為另類示現的代表。而禪門文獻更將寒山與文殊、天台與五臺加以連結，將寒山視為文殊化身，其本源天真的自性相應於文殊童行純潔的活力；顯相上的游戲瘋癲之貌，相應於文殊所象徵的內在智慧，正是瘋癲與智慧；顯相與本質精神不二的象徵。另一方面，宋元時期禪林中，由「天台三隱」，加入豐干所乘之虎所組成的「四睡」意象，如同作為啟悟的公案一般，經南宋楊岐派禪師翻轉寒山瘋癲咍笑的禪門形象，以贊頌挖掘四睡的禪機意蘊，充分展現人虎忘機共眠的宗門游戲禪機之深意。從以上寒山身分和形象在禪門文獻中的點滴累積，即可見寒山從寒巖貧士逐漸被聖化的發展軌跡，從而了解宋元禪師如何詮釋和創造寒山形象。以上研究成果，希望有助於學界對寒山在宋元禪林的影響力獲得更深刻而細膩的理解。

　　關於寒山詩在後代的傳播，本書未及論述的相關主題仍

多，例如：元代臨濟宗中峰明本（1263-1323）作〈擬寒山詩〉一
百首，每首詩以「參禪」二字開頭，純取寒山口語勸諫的語言
風格，來指點「參禪」的心性旨要以啟發學人。這些詩僅是借
「擬寒山」之名，重點還在於其所教示的參禪大要，而非在寒
山體的模擬，亦無涉及寒山意象，是以本書第四章未納入討
論。明末赴日之隱元隆琦（1592-1673），亦作五言《擬寒山
詩》、《又擬寒山》各百首，舉揚宗乘。另外，據今文獻可
見，最早賡和寒山詩者，為明代楚石梵琦（1296-1370）、石樹濟
岳（生卒不詳），各自一一追和三百零七首寒山詩，被後人合為
《合訂天台三聖二和詩集》行世。這些宋代以後，元、明、清
代的擬、和寒山詩創作和應用，則有待於來日繼續探究。

附　錄

附錄一：「寒山」意象詩篇輯錄

1	可笑寒山道，而無車馬蹤。聯谿難記曲，疊嶂不知重。 泣露千般草，吟風一樣松。此時迷徑處，形問影何從。
2	人問寒山道，寒山路不通。夏天冰未釋，日出霧朦朧。 似我何由屆，與君心不同。君心若似我，還得到其中。
3	欲得安身處，寒山可長保。微風吹幽松，近聽聲愈好。 下有斑白人，喃喃讀黃老。十年歸不得，忘却來時道。
4	登陟寒山道，寒山路不窮。谿長石磊磊，澗闊草濛濛。 苔滑非關雨，松鳴不假風。誰能超世累，共坐白雲中。
5	杳杳寒山道，落落冷澗濱。啾啾常有鳥，寂寂更無人。 淅淅風吹面，紛紛雪積身。朝朝不見日，歲歲不知春。
6	一向寒山坐，淹留三十年。昨來訪親友，太半入黃泉。 漸減如殘燭，長流似逝川。今朝對孤影，不覺淚雙懸。
7	碧澗泉水清，寒山月華白。默知神自明，觀空境逾寂。
8	汝為埋頭癡兀兀，愛向無明羅剎窟。 再三勸你早修行，是你癡頑心恍惚。 不肯信受寒山語，轉轉倍加業汩汩。 直待斬首作兩段，方知自身奴賊物。

9	鳥語情不堪，其時臥草庵。櫻桃紅爍爍，楊柳正毿毿。 旭日銜青嶂，晴雲洗綠潭。誰知出塵俗，馭上寒山南。
10	寒山多幽奇，登者皆恒懼。月照水澄澄，風吹草獵獵。 凋梅雪作花，杌木雲充葉。觸雨轉鮮靈，非晴不可涉。
11	寒山有躶蟲，身白而頭黑。手把兩卷書，一道將一德。 住不安釜竈，行不齎衣被。常持智慧劍，擬破煩惱賊。
12	粵自居寒山，曾經幾萬載。任運遯林泉，棲遲觀自在。 寒巖人不到，白雲常靉靆。細草作臥褥，青天為被蓋。 快活枕石頭，天地任變改。
13	可重是寒山，白雲常自閑。猿啼暢道內，虎嘯出人間。 獨步石可履，孤吟藤好攀。松風清颯颯，鳥語聲喧喧。
14	寒山有一宅，宅中無闌隔。六門左右通，堂中見天碧。 房房虛索索，東壁打西壁。其中一物無，免被人來惜。 寒到燒輭火，飢來煮菜喫。不學田舍翁，廣置牛莊宅。 盡作地獄業，一入何曾極。好好善思量，思量知軌則。
15	一自遯寒山，養命餐山果。平生何所憂，此世隨緣過。 日月如逝川，光陰石中火。任你天地移，我暢巖中坐。
16	多少天台人，不識寒山子。莫知真意度，喚作閑言語。
17	一住寒山萬事休，更無雜念挂心頭。 閑書石壁題詩句，任運還同不繫舟。
18	客難寒山子，君詩無道理。吾觀乎古人，貧賤不為恥。 應之笑此言，談何疎闊矣。願君似今日，錢是急事爾。
19	久住寒山凡幾秋，獨吟歌曲絕無憂。 蓬扉不掩常幽寂，泉涌甘漿長自流。 石室地鑪砂鼎沸，松黃柏茗乳香甌。 飢餐一粒伽陀藥，心地調和倚石頭。

20	寒山頂上月輪孤，照見晴空一物無。可貴天然無價寶，埋在五陰溺身軀。
21	我家本住在寒山，石巖棲息離煩緣。 泯時萬象無痕跡，舒處周流徧大千。 光影騰輝照心地，無有一法當現前。 方知摩尼一顆珠，解用無方處處圓。
22	時人見寒山，各謂是風顛。貌不起人目，身唯布裘纏。 我語他不會，他語我不言。為報往來者，可來向寒山。
23	自樂平生道，煙蘿石洞間。野情多放曠，長伴白雲閑。 有路不通世，無心孰可攀。石牀孤夜坐，圓月上寒山。
24	寒山出此語，復似顛狂漢。有事對面說，所以足人怨。 心真出語直，直心無背面。臨死度奈河，誰是嘍囉漢。 冥冥泉臺路，被業相拘絆。
25	寒山棲隱處，絕得雜人過。時逢林內鳥，相共唱山歌。 瑞草聯谿谷，老松枕嵯峨。可觀無事客，憩歇在巖阿。
26	憶得二十年，徐步國清歸。國清寺中人，盡道寒山癡。 癡人何用疑，疑不解尋思。我尚自不識，是伊爭得知。 低頭不用問，問得復何為。有人來罵我，分明了了知。 雖然不應對，却是得便宜。
27	寒山出此語，此語無人信。蜜甜足人嘗，黃蘖苦難近。 順情生喜悅，逆意多瞋恨。但看木傀儡，弄了一場困。
28	寒山唯白雲，寂寂絕埃塵。草座山家有，孤燈明月輪。 石牀臨碧沼，虎鹿每為鄰。自羨幽居樂，長為象外人。
29	寒山無漏巖，其巖甚濟要。八風吹不動，萬古人傳妙。 寂寂好安居，空空離譏誚。孤月夜長明，圓日常來照。 虎丘兼虎谿，不用相呼召。世間有王傅，莫把同周邵。

	我自遯寒巖，快活長歌笑。
30	寒山道，無人到。若能行，稱十號。有蟬鳴，無鴉噪。黃葉落，白雲掃。石磊磊，山陳陳。我獨居，名善導。子細看，何相好。
31	寒山寒，冰鎖石。藏山青，現雪白。日出照，一時釋。從茲暖，養老客。
32	寒山深，稱我心。純白石，勿黃金。泉聲響，撫伯琴。有子期，辨此音。
33	寒山子，長如是。獨自居，不生死。
34	家有寒山詩，勝汝看經卷。書放屏風上，時時看一徧。

附錄二：宋代禪師擬寒山詩文本

（一）法燈泰欽《擬寒山詩》10 首，收入《禪門諸祖師偈頌》卷上之上，《卍新纂續藏經》第 66 冊，頁 729 上-中。	
1	今古應無墜，分明在目前。片雲生晚谷，孤鶴下遙天。 岸柳含煙翠，溪花帶雨鮮。誰人知此意，令我憶南泉。
2	幽鳥語如篁，柳垂金線長。煙收山谷靜，風送杏花香。 永日蕭然坐，澄心萬慮亡。欲言言不及，林下好商量。
3	誰信天真佛，興悲幾萬般。蓼花開古岸，白鷺立沙灘。 露滴庭莎長，雲收溪月寒。頭頭垂示處，子細好生觀。
4	閑步游南陌，唯便野興多。傍花看蝶舞，近柳聽鶯歌。 稚子撈溪萊，山翁攜蕨籮。問渠何處住，迴首指前坡。
5	每思同道者，屈指有寒山。得意千峯下，無人共往還。 朝看雲片片，暮聽水潺潺。若問幽奇處，儂家住此間。
6	三春媚景時，疊嶂含煙雨。攜籃採蕨歸，和米鐺中煑。 食罷展殘書，鸎鳥關關語。此情孰可論，唯我能相許。
7	幽巖我自悟，路險無人到。寒燒帶葉柴，倦即和衣倒。 間愗任月明，落葉從風掃。住茲不計年，漸覺垂垂老。
8	野老負薪歸，催婦連宵織。看他家事忙，且道承誰力。 問渠渠不知，特地生疑惑。傷嗟今古人，幾箇知恩德。
9	自住國清寺，因循經幾年。不窮三藏教，匪學祖師禪。 一事攻燒火，餘閑任性眠。生涯何所有，今古與人傳。
10	颯颯西風起，飄飄細雨飛。前村孤嶺上，樵父擁蓑歸。 躡履尋荒徑，揩筇似力微。時人應笑我，笑我者還稀。
（二）汾陽善昭《擬寒山詩》10 首，收入《汾陽無德禪師語錄》卷下，《大正藏》第 47 冊，頁 624 下 625 上。	

1	雨落田中濕，風搖樹上寒。時人塵肆去，山翁屋裏眠。 似醉人難識，如癡兩鬢班。白顏猱叫處，驚出一雙猿。
2	好是住汾陽，猶連子夏岡。西河蓮藕熟，南國果馨香。 野客爭先採，公侯待後嘗。仲尼不遊地，唯我獨消詳。
3	紅日上東方，霞舒一片光。皎然分萬象，精潔涌潮岡。 蝶舞叢花拆，鶯啼煙柳茂。孰能知此意，令我憶南陽。
4	余家路不遙，金界示金橋。香嶺叢花拆，煙嵐日上銷。 清涼千谷靜，紫府萬賢高。我笑寒山笑，豐干腳下勞。
5	無德住西河，心間野興多。太虛寬世界，海嶽蹙江波。 獨坐思知己，聲鍾聚毳和。欲言言不盡，拍手笑呵呵。
6	百福莊嚴相，從頭那路長。雲生空裏盡，雨落滿池塘。 春鳥喃喃語，秋鴻役役忙。孰能知此意，獨我化汾陽。
7	方種巧升騰，須知一點真。古今研至理，明暗示餘塵。 虜塞風霜急，長空雨露頻。天台山裏客，卻與我相鄰。
8	歷劫何曾忘，長年只麼間。蓼花芳浦岸，松韻響溪間。 三島雲開靜，五峰雨霽山。古今常不昧，金界碧霄看。
9	寂寂虛間處，人疏到此來。透窗明月靜，穿戶日光開。 鶴聚庭前樹，鶯啼宇後臺。同心誰得意，舉目望天台。
10	全體是寒山，唯能向此眠。捉猿高嶺上，放虎石溪邊。 花拆香風遞，松分細雨穿。疏林竹徑重，將謂是神仙。
（三）長靈守卓《擬寒山詩》4 首，收入《長靈守卓禪師語錄》， 《卍新纂續藏經》第 69 冊，頁 270 上。	
1	有物是何物，周流泄妙機。春晴山鳥語，日暮洞雲歸。 指是馬還是，心非佛亦非。誰能同彼此，攜手入玄微。
2	一念通真際，塵塵秘藏開。當頭誰是主，撒手自為媒。 大海收毛孔，神珠隱蚌胎。此時知佛祖，猶向外邊來。

| 3 | 問訊西來祖，人心為有無。如何垂直指，早晚轉凡夫。
洛水澄如練，嵩山秀若圖。不知端的者，剛道有差殊。 |
| 4 | 見道即修道，無心誰悟心。是非凡與聖，成壞古無今。
碧澗流殘葉，微風入靜林。誰來石嵓下，教汝夜穿針。 |

（四）戲魚咸靜《擬寒山自述》10 首，收入《嘉泰普燈錄》卷 29，《卍新纂續藏經》第 79 冊，頁 476 上-中。

1	多見擬寒山，不然擬拾得。沖天各有志，擬彼復何益。 居山山色翠，臨水水聲長。風華與雪月，時處自歌揚。
2	頗憶未參禪，教中聽十年。晝夜數他寶，何曾得半錢。 發志出行腳，遍求無病藥。及至休歇時，依舊沒鞋著。
3	行時唯信腳，到處便為家。午飯隨籮細，三衣亂掩遮。 空名耳裏水，微利眼中砂。一覺黃昏睡，金烏出海涯。
4	目述自高吟，自高非倨傲。高懷肯隨動，幽鳥徒輕噪。 無水定無源，有煙必有灶。天堂并地獄，自作還自報。
5	近見一般人，堂堂似佛祖。入室求知識，為明生死事。 問汝莫是賊，當時面如土。語言勿生嗔，只箇是生死。
6	參禪脫生死，輒莫被魔使。八風一任吹，六塵終不污。 非語亂如麻，截斷眾流句。仰面看青天，立地超佛祖。
7	五更一盂粥，辰時一頓飯。晝夜兩覺眠，一日事俱辦。 毀我還自毀，贊我還自贊。是非與榮辱，紅爐亦金彈。
8	良田著力耕，自利復利故。莫栽荊棘樹，子孫沒出路。 仁者愛安仁，狡佞生嫉妒。勸汝早回頭，翻覆面前覷。
9	莫笑我自述，儱言無義理。豈為騁文辭，因筆寫其志。 百年呼吸間，何用苦較計。勸汝莫癡毒，無常忽忽至。
10	一曲樂昇平，非關囉哩棱。山河俱屬宋，雲水且饒僧。 時擊松風磬，長然潤月燈。願王似南嶽，萬世碧層層。

（五）慈受懷深《擬寒山詩》148 首，收入《四部叢刊》景高麗刊本《寒山子詩集》附慈受擬寒山詩一卷。

1	我愛寒山子，身貧心自如。吟詩無韻度，燒火有工夫。 弊垢衣慵洗，鬅鬙髮懶梳。相逢但長嘯，肉眼豈知渠。
2	拾得詩清苦，風騷道自存。看雲欹恠石，步月出松門。 識取心中佛，休磨鏡上痕。時時多漏泄，塵世少知恩。
3	寒山三百篇，言淡而有味。論心無隱情，警世多逆耳。 下士聞之嗔，上士讀之喜。翻笑老閻丘，對面如千里。
4	吾詩少風騷，急欲治人病。譬如萬靈丸，服者無不應。 良藥多苦口，忠言須逆聽。勸君勉強服，生死殊不定。
5	佛以真實口，說法無虛謬。人天常誦持，龍神知護祐。 施食放生命，決定報長壽。過酒與僧尼，後世必無手。
6	在家聞見熟，意謂合食肉。一蟻不忍殺，何況烹六畜。 願君青眼開，試將黃卷讀。要聞知見香，熏汝腥羶腹。
7	世上多殺生，遂有刀兵劫。負命殺汝身，欠財焚汝宅。 離散汝妻子，曾破他巢穴。影響各相似，洗耳聽佛說。
8	偶然家計富，享用便過度。豬厭思食羊，魚厭思食兔。 朝昏但醉飽，錐刀圖積聚。不畋鷃在寀，此理早須悟。
9	何曾食萬錢，顏子飲一瓢。賢者心念道，愚人志在庖。 賢愚趣不同，何啻雲泥遙。豢養恐非福，可信如昭昭。
10	世間一等人，諂事諸神鬼。殺命欲邀福，皇天無此理。 種棘不生禾，身曲影難直。孔子有箴誡，可信如金石。
11	人生平為福，有餘返為害。莊周燭理明，可作貪者戒。 富漢喜食肉，貧家多喫菜。喫菜比食肉，且無身後債。
12	漁者不能獵，獵者不能漁。貴人錢為網，水陸皆可圖。 畜生肉嘗遍，諸佛心轉踈。黃泉途路滑，失腳恐難扶。

13	富人聚族多，魚肉論秤買。腥羶眾口分，罪業一身載。 既失慈悲心，恣情為殺害。忽然死到來，去還畜生債。
14	祝壽作生日，親朋互相慶。未燒一爐香，且殺百箇命。 奴僕各醉飽，歌舞亂觀聽。如此望長年，為汝慚諸聖。
15	日食半斤肉，十年一百秤。且限六十年，不知幾箇命。 肉塊高如山，業坑深似井。前路黑漫漫，勸君宜猛省。
16	有酒方開顏，無肉不舉筯。顛倒自戕賊，擬將血肉補。 棄卻囊中金，反收路傍土。不見富貴家，未死神先去。
17	人生稍富足，著意營口腹。買魚尋鱖魚，買肉要羊肉。 諦觀異類身，無非親眷屬。正當舉筯時，仁人宜自燭。
18	忽聞賊殺人，吞聲眉已皺。不知盃中羹，甘肥自何有。 汝身既怕死，物命亦愛壽。彼此莫相殺，且要無身後。
19	忍人喜啖膾，砧几膏血灑。想見魚痛時，正似人遭剮。 咀嚼稱珍奇，惻隱略無也。影響恐非遙，不在九泉下。
20	肉食未必珍，蔬食未必惡。若知妄想根，始笑舌頭錯。 此身喻行廁，臭穢相句絡。打破飯袋子，光明常爍爍。
21	豬狗啖人糞，人啖豬狗肉。臭穢都不知，熏蒸境界熟。 身口既不淨，諸天多努目。自新宜早為，況是光陰速。
22	買肉須要肥，買魚須要活。買酒須要美，買田須要闊。 買婢須要峭，買奴須要黠。若教買香燒，一毛不肯拔。
23	美食意生貪，麤食心起怒。喃喃嗜飽蒲，殊不知來處。 人生一飯間，貪嗔癡悉具。智者善思惟，莫為餔啜悞。
24	人生貴無求，樂善而知足。安步以當車，晚食以當肉。 藜羹傲鼎食，草茵欺繡褥。須知高明家，鬼神瞰其屋。
25	有箇聰明漢，家中五慾全。喫得肉已飽，來尋僧說禪。 心口自違背，佛祖望齊肩。不知有底急，平白要瞞天。

26	冷笑富家翁，營生忙似鑽。囷裏米生蟲，庫中錢爛貫。 白日把秤稱，夜間點燈筭。形骸如傀儡，莫教麻線斷。
27	一翁生七兒，各房納一婦。親賓常有歡，鵝鴨殺無數。 不覺子孫生，婚嫁未曾住。必門造婬殺，也好思量取。
28	福輕似鴻毛，禍重如厚地。避禍而修福，百中無一二。 黃雀死彈丸，錦鱗喪香餌。箴誡甚分明，願君宜早計。
29	大富長者家，具足諸煩惱。福多作業多，福少作業少。 爭如貧道人，一衫一紙襖。也不怕死生，也不憂賊盜。
30	我口常喫菜，你腹常飽肉。看你肥如瓠，笑我瘦如竹。 我瘦且無冤，汝肥恐非福。斯言雖逆耳，請君徐徐讀。
31	好生惡死心，人畜無差別。刀砧纔見前，愁苦不容說。 鶉詩頗哀鳴，牛拜彌慘切。嗟吁人不悟，一至身殂滅。
32	刀上有少蜜，小兒爭欲舐。花底藏毒蛇，老翁不瞥地。 割舌與傷身，皆從貪愛起。世上聰明人，往往皆如是。
33	有人好臧否，信口亂比況。張三小有才，李四大無當。 終日品藻人，不知是虛誑。自己一靈物，拋在糞堆上。
34	人生萍託水，流轉諸愛河。鼓激無明風，出入生死波。 一念若知歇，諸魔必倒戈。急須登覺岸，勸子莫蹉跎。
35	肥魚死砧机，過在貪香餌。蚌蛤不吞鈎，亦遭人所嗜。 有身則有苦，無身則無累。跳出業波瀾，始到安樂地。
36	人生貪愛重，所欲未嘗周。一飯飽足矣，萬鍾心未休。 黑業埋頭做，紅裙判命求。鬢毛已侵雪，猶自不知羞。
37	一朝失一朝，一瞬老一瞬。去生漸漸遠，去死漸漸近。 願君倒指數，光陰有幾寸。驀被死魔牽，前頭多悶悶。
38	黃犬被人殺，哀號告訴人。汝不辨犬語，犬必怨汝身。 惡根今日種，苦果異時新。酬償恐未已，早以戒香熏。

39	黃犬見人喜，未喚先掉尾。長年護汝家，深夜不敢睡。 無罪忽見烹，此理恐未是。細推犬有功，卻嘆人無義。
40	因果耳不聞，說話多差錯。畜生若不殺，世上無處着。 此語乃魔語，誘人入鼎鑊。不知羊與人，互換相酬酢。
41	今生你殺羊，後世羊殺你。兩角還兩角，一尾償一尾。 假使百千劫，影響無差理。見你氣崢嶸，無人敢啟齒。
42	君看砧上魚，忍痛不能語。身雖遭斬斫，心猶念男女。 人既有妻兒，魚豈無子母。若懷這箇心，如何可下筯。
43	貴人惜性命，奉養欲長生。空心鹿茸酒，補氣腰子羹。 湯藥不離口，卑濕豈敢行。饒君善將理，難與死魔爭。
44	人生貴無業，不貴多伎能。伎能人看好，業能災汝形。 文章妙天下，氣宇吞滄溟。此身若一失，六趣且飄零。
45	豬羊養一羣，雞鵝不知數。準擬賓客來，旋殺供盤筯。 烹羊豬已驚，割雞鵝已懼。從頭喫至尾，不知何以故。
46	嗟乎崔道紀，酒狂啖龍子。天網信不漏，響應若彈指。 既失黑頭相，便作黃泉鬼。怜君學仲尼，曾無子產志。
47	貧民餓欲倒，富漢米不糶。米爛化為蟲，猶嫌價利小。 價利更若高，溝壑皆餓殍。人生萌此心，鬼神暗裏笑。
48	世人無智慧，區區營口體。啜茶怕損脾，食蔬恐耗氣。 二毛今半百，千金買一醉。籌來點是癡，嗟君開眼睡。
49	老翁急營生，貪饕不可化。一截已入土，百事放不下。 經卷無暇看，數珠未曾把。死去見閻王，必定遭唾罵。
50	貧賤關前業，休嗟命未亨。田園不種樹，花果何由生。 升沉兩條路，看你如何行。願君牢着腳，前面有深坑。
51	人生如春花，能得幾時好。朝吹與暮洗，朱顏變枯槁。 花落有時生，人老不復少。萬事只令休，莫惹閑煩惱。

52	富漢欺貧漢，南鄰瞞北鄰。斗秤有兩樣，言語無一真。 大秤買他物，小斗糶與人。眼下得便宜，暗中多鬼神。
53	人生重道德，不重多金銀。金銀潤汝屋，道德光汝身。 金銀生盜賊，道德息貪嗔。尋思富漢子，不如貧道人。
54	健啖眾生肉，癡心要作過。白髮五六十，紅裙七八箇。 歌舞中笑談，錦繡中坐臥。苦海前頭深，莫教船子破。
55	天高聽甚卑，神幽察甚厚。埋蠶蠶變尸，燒蟻蟻成漏。 呵吹一氣間，冷暖各成就。惡從汝心生，還從汝心受。
56	池中養卻魚，岸上養卻鴨。瘦者餵教肥，肥者便要殺。 不思身債重，只要口甘滑。臘月三十日，看你成忉怛。
57	世上聰明人，必欲聞其過。不知是業牽，卻云合恁麼。 因果鏡中容，容豈非是我。陰報最分明，不論官職大。
58	口如無底谷，餔啖何時足。力未能長蔬，心且戒四肉。 腥羶念有間，慈悲種漸熟。人生彈指間，少恣在明腹。
59	世人黠是癡，忘身多為口。拚命喫河魨，忍臭餐石首。 年年江浙間，藥殺十八九。自云直一死，佛亦不可救。
60	自能持不殺，隨處多放生。如人犯刑憲，墮落枷鏁坑。 忽然身得脫，驚喜且悲鳴。含生皆怕死，何欲苦相烹。
61	前世殺害多，今報夭折苦。方矜面如花，已見身歸土。 哭倒白頭親，怨殺朱唇婦。因果鏡中形，毫髮無差惧。
62	人間官法中，畜生殺無罪。朝烹與暮割，恬然不知悔。 世法雖不理，冤債何時已。不見遂安公，五犬逼而死。
63	前世食肉多，今報疾病苦。針艾遍支體，呻吟徹朝暮。 良醫雖有術，夙業豈能去。願君祈懺摩，剜心聽佛語。
64	守口要如缾，語言當自保。多知多是非，少出少煩惱。 東平樂為善，司馬只稱好。相逢但寒溫，萬事皆默了。

65	浮生類俳優，但可付一笑。做人復做馬，喫飯今喫草。 富貴變貧窮，醜陋卻美好。不識主人公，去來三惡道。
66	人云我聰明，識盡天下理。逐日弄精魂，長年鑽故紙。 自家一箇心，殊不知落地。及乎死到來，看你無巴鼻。
67	世人怕說死，說着死便諱。及期死到來，老眼先垂淚。 戀妻復戀妾，見神並見鬼。不入祖師門，癡迷直到底。
68	六十休造屋，七十莫置衣。縱然得受用，能得幾多時。 身心要早歇，準擬與死期。正如人遠出，預辦者便宜。
69	野鹿貪嗜草，忽中獵師箭。老鼠翻飯盆，已落狸奴便。 禍從貪上起，苦自愛中現。貪愛若不生，災害自然遠。
70	道力與福力，平時似亂真。福力有盛衰，道力無富貧。 人生不學道，只種輪迴因。君看天福盡，滿眼生埃塵。
71	不貪以為寶，日用無欠少。一裘聊禦寒，百味無過飽。 堪嗟塵世人，經營長擾擾。衣底摩尼珠，光明都昧了。
72	善惡生汝心，汝心宜早戢。鵝烹語告人，狗死魂猶泣。 警誡甚分明，愚耳終不入。苦果一朝熟，恐君悔不及。
73	老翁死卻兒，晝夜搥胸哭。痛心徹骨髓，叫云我孤獨。 何不返思量，恣啖豬羊肉。羊豈不思兒，豬亦有眷屬。
74	惡人罵善人，善人摠不對。善人若還罵，彼此無智慧。 不對心清涼，罵者口熱沸。正如人唾天，還從己身墜。
75	莫憂家未富，家富鬼神惡。莫憂官未穹，官穹朝市妬。 多求災禍根，知足安樂處。君看權勢家，晝夜如騎虎。
76	一日日知衰，一年年覺老。唯有貪愛心，頑然如壯少。 臨行念子孫，垂死顧財寶。世間此等人，可哀不可吊。
77	衆生方寸間，貪量如海闊。保持一箇身，擬作千年活。 金玉已滿堂，更欲相攘奪。至死少一官，令人冷笑發。

78	小人妬君子，百計求全毀。自己醜惡聲，不知滿人耳。 譬如蜣蜋蟲，輞臭為香美。卻笑鸞與鳳，不與己為類。
79	人身如假借，其勢豈能久。鏡中見時面，轉眄成老醜。 安得閑日月，與人鬭棋酒。不能求放心，處處隨物走。
80	人身有一疾，呻吟徹眠夢。買藥與呼醫，告佛仍設供。 諸佛雖不語，愍汝顛倒重。殺羊食其心，何不念他痛。
81	世人無慈悲，恣情為殺害。喫肉如大蟲，唯誇牙齒快。 不念眾生苦，暢我箇皮袋。皮袋暫時肥，須臾卻敗壞。
82	世事多不平，平者唯有死。死若更不平，貧漢何時已。 朱樓高插雲，金帶光照地。無常一日來，閻王誰管你。
83	若以諍止諍，其諍轉不已。唯忍能止諍，是法中尊貴。 不見老瞿曇，妙相三十二。魔軍刀劍來，只以無心對。
84	富甚足憂煩，貧甚多饑餓。要於貧富間，知足隨緣過。 人生不知足，貪財是貪禍。黑暗功德天，尋常一處坐。
85	嗔火焚和氣，令人相貌惡。修羅纔現前，菩薩都走卻。 養就三毒軀，恣為五慾樂。智者善思惟，早服慈悲藥。
86	心王不自明，便被六賊擾。見色已昏迷，聞香即顛倒。 功德與法財，盡底遭劫了。只因無慧力，貧窮三惡道。
87	世人皮底黠，肚裏沒頭癡。只取眼前樂，不憂身後非。 眼前樂不久，身後苦多時。願君早為計，後悔恐難追。
88	求名趨於朝，求利入於市。古今朝市間，相爭如鼎沸。 不如歸山林，揩磨自心地。心地若分明，名利如唾涕。
89	人身苟無業，生死何足疑。生也不須戀，死亦不須悲。 一身真逆旅，萬事皆兒嬉。請來綠巖畔，與君歌紫芝。
90	因果如影響，毫髮無差錯。啖炙僧腸穿，指熊樵臂落。 獸面心有仁，人面心有惡。天地終不容，立見身消爍。

91	靜看營巢燕，銜泥日千轉。一棲貧家梁，一宿王者殿。 寄托暫時間，何暇分貴賤。人生達此理，沒齒無欣怨。
92	貴人何所憂，所憂唯是老。既老何所憂，憂見無常到。 逢人問方術，閉門弄丹竈。此心若不歇，至死亦顛倒。
93	可畏是輪迴，念念無停住。纔見出頭來，又見翻然去。 換面與改頭，為男或作女。不識主人翁，來去多辛苦。
94	蚕忙貪作繭，蜂忙貪作蜜。繭成自己寒，蜜就別人食。 世上憂家翁，辛苦無暫息。也似二蟲癡，於身無所得。
95	三四小孩兒，爭拈百草嬉。懷中有梨栗，衣上汙塵泥。 也似年高者，貪迷聲色時。世間無老少，總是一般癡。
96	貪嗔汝鑊湯，愚癡汝地獄。劍樹及刀山，汝心皆具足。 要以智慧水，洗此無明毒。凡聖路無多，正如手翻覆。
97	譬如臨明鏡，面目各相對。好者默自欣，醜者默自媿。 唯鏡兩無情，光明常一體。若人心似鏡，成佛在彈指。
98	厚葬非孝心，死者必遭辱。君看離亂時，何墓不伐斸。 黃金眾賊分，白日孤鬼哭。最愛老莊周，天地為棺木。
99	屋可蔽風雨，何苦鬭華麗。堯舜乃聖君，光宅天下被。 茅茨未嘗剪，土墐亦不砌。不知爾何人，鱗鱗居大第。
100	出家要省緣，省緣易入道。如何無事人，攙攬閑煩惱。 奔走富貴門，莊嚴房舍好。不知被物使，區區真到老。
101	傷嗟富貴家，殺害無虛日。食羊割奶膀，烙鱉呼卒律。 物有千般痛，汝無一念恤。福力忽然終，黃連猶是蜜。
102	浮生七十歲，二萬五千日。睡眠與疾病，光陰強半失。 火急便回頭，寸陰誠可惜。嗟吁世上人，班白猶放逸。
103	世上貪饕漢，因財日夜煎。天公借與汝，看守七十年。 譬如良田穀，春種秋方圓。不見張車子，生來便有錢。

104	有福莫享盡，福盡身貧窮。有勢莫使盡，勢盡冤相逢。 福兮常自惜，勢兮常自恭。人生驕與侈，有始多無終。
105	自料七十歲，可期不可期。況今五六十，形骸日漸衰。 正如春暮後，青多紅少時。去住呼吸間，佛言真不欺。
106	我者被人罵，佯聾不分說。譬如火燒空，不救自然滅。 瞋火亦如是，有物遭他爇。我心等虛空，聽你飜唇舌。
107	四大是假合，何況四大外。假者是色身，外者是財賄。 可怜世上人，說與終不會。相爭一文錢，費卻多少氣。
108	人生被愛使，奔走如奴僕。愛官被官牽，愛財被財畜。 晝夜不曾閑，身心無暫足。佛云恩愛奴，斯言真可錄。
109	世人多放逸，極力事侈靡。樂極悲哀來，福盡貧窮至。 天福尚有盡，世福豈無已。人多議論乖，享得是我底。
110	世人貪積財，受盡種種苦。求時多辛勤，守時足憂怖。 散時哭不休，死時戀不去。輪迴六趣中，只因為物悞。
111	有恩念念報，報則合天道。有冤念念解，解則無煩惱。 一身類浮雲，百年同過鳥。若以冤報冤，萬劫無由了。
112	名湯並利火，古今燒殺人。只貪炙手熱，應笑甑生塵。 虎口都忘嶮，龍鱗不怕瞋。利名心未足，衰老已及身。
113	可怜一等人，不善又不惡。一邊說參禪，一邊取娛樂。 貴得生死間，都不受寂寞。此云癡種子，要覓揚州鶴。
114	人如食藥蟲，通身總是苦。喫苦尚不休，抵死鑽頭做。 古人知此味，念念求退步。樂道山林間，榮枯誰管汝。
115	有求皆是苦，眾生須要求。因名忘性命，為利起戈矛。 不足無時足，知休真下休。死生呼吸至，無人替汝愁。
116	世上聰明公，癡心自蔽蒙。步步常行有，口口只說空。 既空無嗜慾，既空無窮通。因何臨財色，身心如轉蓬。

117	眾生點是癡，積惡望無過。譬如顛倒人，尋覓無熱火。 火則決定熱，惡則必招禍。勸君慎所積，有花終結果。
118	一念染心生，撞入胞胎去。父精與母血，妄認為住處。 種子既不淨，臭氣相薰污。業風吹出來，萬苦從頭做。
119	出家要清閑，卻被人使喚。門徒數百家，追陪日忙亂。 施利得十千，人情費七貫。彼此沒便宜，他年難打筭。
120	更有一般僧，因果殊不顧。心裏似屠沽，口中呵佛祖。 心口不相應，佛祖豈容侮。投子與趙州，肯踏名利路。
121	池中一土墩，魚日遶墩轉。人觀咫尺間，魚謂千里遠。 正如躁進人，分寸變眉面。要在張三前，還落李四便。
122	勸君莫嗜酒，嗜酒多過咎。不唯損汝福，亦乃夭汝壽。 獨飲醉一夫，共飯飽十口。人生福幾何，饑貧恐在後。
123	世間一等漢，做盡百家冤。錐刀急利祿，尺寸竟田園。 世上若無死，塵中應更喧。勸君衣帶上，分明書此言。
124	僧家乃野人，何苦事迎迓。佛法變人情，真實成虛假。 不見老趙州，禪床猶懶下。但願大王知，誰管都衙罵。
125	區區求富貴，求得一何用。前遮並後擁，假合成戲弄。 正如夢南柯，妄認位貌重。忽然睡眼醒，始笑乾陪奉。
126	勸汝諦觀身，此身真可惡。上下九箇孔，臭穢常流注。 內外四條蛇，輕躁不停住。智者善思惟，莫被皮囊悮。
127	女色多瞞人，人惑總不見。龍麝暗薰衣，脂粉厚塗面。 人呼為牡丹，佛說是花箭。射人入骨髓，死而不知怨。
128	人生如下棋，機巧未嘗已。劫劫只圖生，忙忙惟怕死。 路頭既錯了，心眼亦虛棄。不薦這一着，對面若千里。
129	白日鬧喧喧，夜間靜悄悄。夜間與白日，且道誰欠少。 饑時覓飯噇，困便尋床倒。不省這箇意，區區直到老。

130	往事莫追尋，未來莫希望。見在休執着，自然心坦蕩。 有心終不堪，無念以為上。君看太虛空，何嘗有遮障。
131	莫嫌門戶少，轉富轉心勞。夜怕奸偷至，時防風火燒。 名高招謗重，財積致讒饒。外物多為累，令人思許巢。
132	麝為香而死，龜以靈故焦。既為世所用，憂患無門逃。 名高謗之本，財聚禍之苗。三怨粗能免，世無孫叔敖。
133	日暮片雲愁，邊廷戰未休。萬人齊拚命，一將獨封侯。 孫武子兵法，田將軍火牛。籌來成底事，摠是百冤頭。
134	合嗔不須嗔，合喜不須喜。喜時風自吹，嗔時火自熾。 風火非外來，皆從自心起。不見四禪天，三災都不至。
135	不栽一株桑，不種一粒粟。口體每輕肥，倉庫常滿足。 蓬門漏不蔽，你居大華屋。常懷知愧心，少恣無明慾。
136	一鼠變蝙蝠，羣鼠相慶賀。飛鳴覺身輕，自喜脫貓禍。 日中不見物，夜裏長忍餓。不如做鼠時，窟裏飽眠臥。
137	貧窮難作福，富貴易造罪。有力無道心，有心無財賄。 有福有道心，百中無一二。不見老瞿曇，福慧二嚴美。
138	佛為大醫王，留經治眾病。眾生雖讀經，展轉不相應。 病是貪嗔癡，掃除愛淨盡。貪嗔癡不除，無緣了真性。
139	貪夫如撲滿，不慮滿時禍。未盈猶可存，已滿終歸破。 君看石齊奴，不義蓄財貨。喫劍為綠珠，至死不知過。
140	奸漢瞞淳漢，淳漢總不知。奸漢作驢子，卻被淳漢騎。 當時誇好手，今日落便宜。圖他些子利，披卻畜生皮。
141	君看轉輪王，七寶光中坐。一朝福力盡，頭上花冠破。 正如箭射空，勢盡還退墮。升沉無數劫，只因迷者箇。
142	不必揚人惡，切忌伐己善。行人口似碑，好醜悉皆見。 祿厚恐禍生，言深慮交淺。不如省事休，彼此無欣怨。

143	君看草頭露，日出還消去。也似世間人，閻浮暫時住。 愚人尚不知，紛爭求貴富。只應明眼人，未能笑得汝。
144	人生不滿百，常懷千歲憂。猶嫌金玉少，更為子孫求。 白日曉還黑，綠楊春復秋。無過富與貴，不奈水東流。
145	入寺設僧齋，先且問客食。一味不可口，滿座皆啾唧。 回顧憍陳如，鉢盂未嘗濕。恁麼說齋僧，有名而無實。
146	辛苦置田園，歲收五千斛。死了付兒孫，兒孫享其福。 忌辰飯十僧，紙錢燒一束。人生為子孫，所得何纖粟。
147	一年五千斛，十年計五萬。不知十年間，所作何事辦。 暴殄天物多，也好自思筭。福若不消磨，除君是鐵漢。
148	人人要便宜，個個覓小利。所爭能幾何，失卻大人體。 饒人福自來，瞞人禍自至。此理甚分明，尚猶不瞥地。

（六）橫川如珙《擬寒山詩》20 首，收入《橫川行珙禪師語錄》卷下，《卍新纂續藏經》第 71 冊，頁 203 上-中。

1	日影每從窗外過，知他奔逐幾時休。虛空落地須彌碎，三世如來不出頭。
2	月在水中撈不上，徒勞戳碎水中天。夜深山寺開門睡，月自飛來到面前。
3	人心到老不知休，心若休時萬事休。水上葫蘆捺得住，始信橋流水不流。
4	貪瞋癡眾生根本，眾生根本佛根本。佛無眾生不成佛，是故眾生佛根本。
5	樓上五更鐘未動，人間萬事已營營。明朝一飯先書籍，那取工夫細度量。
6	諸佛面前求早悟，眾生界上幾曾迷。本源自性天真佛，日用中間無少虧。

7	清淨世界清淨人，濁惡世界濁惡人。隨性所轉移不得，總是娘生一箇身。
8	觸目盡是清淨地，清淨地上無佛住。趙州教人急走過，狸奴倒上菩提樹。
9	老已無心走市鄽，莎羅樹下展身眠。餘生一了一切了，不去燒香向佛前。
10	萬事成空皆已悉，一身無實亦深知。絲毫名利放不過，得出輪迴是幾時。
11	曉來雲過闌干濕，手把圓珠獨自立。聲聲稱念南無佛，佛道現前不成佛。
12	魚浮水面性地平，鳥入林中機路密。秋到石床楓葉落，夢幻伴子六十七。
13	水邊林下道人行，念念無非是道情。盡去西方尋淨土，青蓮華在淤泥生。
14	稱心稱意可長保，上苑名園春日花。一箇尖頭茅屋下，長年無事道人家。
15	大道在目前，本來無妙理。陽地生為人，陰空死作鬼。 月照嶺上松，風吹原下水。鬒頭寒拾翁，拍手笑不已。
16	人有黃金宅，棄之徒自忙。北風連地起，吹雪上眉梁。 杳杳黃泉路，難逢日月光。吾儂如此說，且去審思量。
17	山中滋味別，往往少人知。野菜合黃獨，能充白日饑。 風輕翻草葉，猿重墜藤枝。餘生只寄此，閒讀古人詩。
18	老農隴上耕，終日手不住。白骨誰家塚，群鴉噪高樹。 一條淺溪水，滔滔自流去。
19	迷時從他迷，悟時聽他悟。九牛雖有力，拽之不可住。 日落又黃昏，風吹白楊樹。

| 20 | 吾家不甚遙，看取脚下路。紅日上山頭，石羊草裏臥。
人間一百年，彈指聲中過。柴門無鎖鑰，白雲自來去。 |

（七）元叟行端《擬寒山子詩》41 首，《元叟行端禪師語錄》卷6，《卍新纂續藏經》第 71 冊，頁 537 中-538 下。

1	百千諸佛師，只者心王是。廓然含十虛，靈明妙無比。 棄之而別求，機巧說道理。非徒謗宗乘，亦乃謾自己。
2	出家學參禪，只要了生死。生死不了時，非干別人事。 疾病被他牽，強健被他使。推尋不見他，無名又無字。
3	權門有貪狼，掠脂又剜肉。一己我喜歡，千家盡啼哭。 溢窖堆金銀，盈箱疊珠玉。只知丹其轂，不知赤其族。
4	此箇血肉團，也須識得破。飲食聊資持，衣裳暫包裹。 中有寶覺王，常居法空座。相逢不相識，永劫成蹉過。
5	何事居此中，此中絕塵跡。盈朝霧濛濛，竟夜泉瀝瀝。 巑岏四面山，磈硌一拳石。高眠百無憂，任你春冬易。
6	城中一少年，容貌如神僊。身披火浣服，手把珊瑚鞭。 常騎紫騮馬，醉倒春風前。三日不相見，聞說歸黃泉。
7	吾家有一物，出入身田中。趁渠渠不去，覓渠渠不逢。 賑渠渠不富，劫渠渠不窮。圓光爍萬像，如日遊虛空。
8	形本無其形，分彼復分此。名本無其名，攻非復攻是。 一朝兩眼閉，送向荒山裏。蓬蒿穿髑髏，誰管他與你。
9	昨日東家死，西家賻冥財。今朝西家死，東家陳奠杯。 東東復西西，輪環哭哀哀。不知本真性，懵懂登泉臺。
10	近來林下人，多學塵中客。養婦兼養兒，買田復買宅。 善果無二三，惡因有千百。他日閻王前，恐難逭其責。
11	古今學僊者，煉藥燒丹沙。七龍兼五鳳，期以昇紫霞。 一朝兩脚僵，骨竟沈泥沙。前路黑如漆，苦哉佛陀耶。

12	佛以慈悲故，金口宣金文。三百六十會，八萬四千門。 顯此本有性，隨彼眾生根。似劍斫虛空，何處求其痕。
13	人生在世間，其才各有施。大非小所堪，小非大所宜。 若使堯牽羊，而令舜鞭之。羊肚不得飽，堯舜空自疲。
14	田園草舍間，男女每團圞。摘果謀供客，繰絲備納官。 婦憂夫貌悴，母憂子身寒。一箇溘然死，號咷哭繞棺。
15	心為萬法宗，萬法因心有。心空萬法空，生死沒窠臼。 世間多少人，聞法不聽受。騎驢更覓驢，顛倒亂狂走。
16	有婦眩顏色，折華吳水春。繡裙金蛺蝶，寶帶玉麒麟。 窈窕言無敵，娉婷謂絕倫。誰知楊氏女，骨化馬嵬塵。
17	木落湫水寒，千峰正岑寂。惟聞虎嘯聲，不見人行跡。 霜露濕巖莎，月輪掛空碧。此時觀此心，獨坐磐陀石。
18	世有無上寶，其寶非青黃。在人日用間，皎潔明堂堂。 萬像他為主，萬法他為王。與他不相應，盲驢空自行。
19	名利是何物，人心自不灰。榮來終有辱，樂去可無哀。 富塚草還出，貧門華亦開。耕桑枉辛苦，鬢白鬢毛衰。
20	生知生是幻，則生可以出。死知死是幻，則死可以入。 智士登涅槃，癡人受羈絆。本身盧舍那，只要信得及。
21	世有一般漢，實少虛頭多。口中一片錦，肚裏森干戈。 真佛自不信，喃喃念彌陀。饒你見彌陀，彌陀爭奈何。
22	浮世空中華，只今須勒絕。四蛇同篋居，兩鼠共藤齧。 六道常輪迴，三途每盤折。一生百千生，何時得休歇。
23	今古一場空，憑誰較吉凶。巴歌攪白雪，瓦缶亂黃鐘。 運去虎為鼠，時來魚作龍。賢明貧轗軻，癡騃富雍容。
24	偃仰千巖內，超然與世違。采芝為口食，紉檞作身衣。 瀑水淋苔磴，湫雲漬草扉。閒吟竺僊偈，幾度歷斜暉。

25	人生無百年，業累有千般。姦詐盈腸肚，貪婪滿肺肝。 聲為聲誑惑，色被色欺瞞。欲脫輪迴去，如斯也大難。
26	山中高且寒，人罕來登陟。松搖雪珊珊，蘿冒煙冪冪。 巖華春不開，潭冰夏方釋。住此夫何為，心源湛而寂。
27	我住在峰頂，白雲常不開。窗扉沿薜荔，門徑疊莓苔。 山果猿偷去，巖華鹿獻來。長年無一事，石上坐堆堆。
28	紙薄未為薄，人薄方為薄。虎惡未為惡，人惡方為惡。 虎惡尚可防，人惡難捉摸。紙薄尚可操，人薄難憑託。 天堂是自修，地獄非他作。何如早歸依，如來大圓覺。
29	東海揚蓬塵，青山作平地。王母蟠桃華，迢遙不知處。 人生能幾何，剛抱千年慮。芭蕉欲經冬，秋來早枯悴。
30	磨甎不成鏡，掘地難覓天。如何苦死坐，要學如來禪。 欲識如來禪，歷劫常現前。卷之在方寸，舒之彌大千。 耆婆不得妙，烈火開金蓮。
31	報爾參玄人，及早須猛省。心佛皆虛名，浮生只俄頃。 莫待無常來，臨嫁卻醫瘻。
32	我笑一種人，平生好輕忽。讀書不曾精，開口輒罵佛。 佛者覺義也，何必苦罵之。古佛去已久，罵之徒爾為。 覺即覺自心，常令無染污。寶月琉璃中，光明洞今古。 心外無別佛，佛外無別心。此心若不信，六道長漂沈。 西方大聖人，況乃孔丘語。吾儂非謬傳，你儂須聽取。
33	祖師鐵牛機，虛空沒關鎖。須彌上搖船，大海裏燒火。 放去非屬他，收來豈存我。咄哉啞羊僧，如虎觀水磨。
34	高高峰頂頭，闃寂無人遊。煙雲日夜起，崖樹風颼颼。 巢鶴作鄰並，野鹿為朋儔。渴酌巖下水，寒拖䉓布裘。 捫蘿陟危嶠，跧石窺遐陬。盤桓倚松坐，俛仰時還休。

	逢春恰如臘，在夏常如秋。長年沒羈絆，終身有何愁。 東西市廛子，苦火燒髑髏。今生不了絕，更結來生讎。
35	人生在世有何事，日用但教心坦平。珠與金銀衝屋棟，到頭難免北邙行。
36	眾生所抱病根別，諸佛因談藥味殊。別亦不真殊亦妄，妄窮真極本如如。
37	因果歷然如指掌，顒顒莫謾過青春。皮囊出了又還入，六趣茫茫愁殺人。
38	天上日沒月又出，山中葉落華還開。黃泉只見有人去，不見一人曾得回。
39	當人早早宜自修，歡樂何曾有終畢。長安陌上貂錦兒，祇恐無繩繫白日。
40	業風鼓擊枯髑髏，貪心如海不知足。諸佛悟之登涅槃，眾生從此入地獄。
41	事過都是空，事來本非有。請君聽我言，莫飲無明酒。

附錄三：汾陽善昭《南行述牧童歌》十五首

1	我有牧童兒，常樂古書典。不將文筆抄，祇麼便舒展。 未曾讀一字，要文千萬卷。應物不須虧，問答能祇遣。
2	我有牧童兒，執杖驅牛轉。不使蹈荒田，豈肯教馳踐。 泉水落巖崖，青松長石畔。牛飽取陰涼，餘事誰能管。
3	我有牧童兒，騎牛入鬧市。不把一文錢，買斷乾坤地。 種也不施工，收也無準備。當市垜皮鞭，蟄戶一齊啟。
4	我有牧童兒，長年百不作。日出向光明，天晴入巖谷。 溪水洗牛頭，嬾草蔽牛腳。從他萬象昏，我心長寥廓。
5	我有牧童兒，尋常一似癡。有言人不會，無心道自知。 海嶽指淵峻，乾坤廣極低。人問承何力，空拳掌萬機。
6	我有牧童兒，身心如鐵石。不依諸佛言，不取世人則。 吹笛上高山，把鞭牛上檆迴。首笑呵呵，大地無人識。
7	我有牧童兒，鬆鬡髮髻長。眉舒兩卷經，手挈一條杖。 指物作乾坤，演說成真相。孰能知此意，天上人間仰。
8	我有牧童兒，人天不奈何。忽將世界生，忽打乾坤破。 顏貌只齠年，性寬心海大。卻問古皇仙，誰人生得我。
9	我有牧童兒，千般呼喚有。行時海嶽隨，坐即乾坤守。 迴首枕須彌，抬身倚北斗。先賢不奈何，唯我獨長久。
10	我有牧童兒，是非不到耳。縱橫自在安，展縮無拘止。 有意覷江山，無心求榮貴。長眠牛背上，真箇無餘事。
11	我有牧童兒，披莎戴箬笠。不能風雨侵，霧露和衣濕。 春聽百花榮，秋看千株泣。牧童祇箇心，非是不能入。
12	我有牧童兒，風姿爽古貌。心通廓太虛，性直量還奧。 毛端三界現，微塵六趣倒。傷嗟洗耳翁，卻被牽牛笑。

13	我有牧童兒，不解一切法。左手提一鞭，右手攜一楇。 不見有同流，驅牛入石菴。須密遇彌迦，方能善對答。
14	我有牧童兒，不著於三昧。大地作繩床，青天為寶蓋。 參羅及萬象，日月星辰界。鼓腹唱巴歌，橫眠長自在。
15	我有牧童兒，醜陋無人識。肩上一皮鞭，腰間一管笛。 往往笑寒山，時時歌拾得。閭氏問豐干，穿山透石壁。

引自《大正藏》第 47 冊，頁 626 上-下。

附錄四：寒山等「四睡」相關畫作圖檔

圖1：佚名〈四睡圖〉
日本東京國立博物館藏

圖2：默庵靈淵〈四睡圖〉
日本前田育德會藏

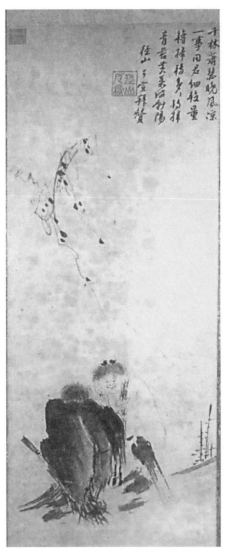

圖 3：佚名〈寒山拾得圖〉
（畫上有石橋可宣贊）私人藏

圖 4：梁楷所繪〈寒山拾得圖〉
日本 MOA 美術館藏

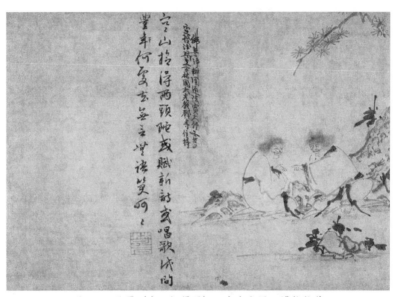

圖 5：因陀羅〈寒山拾得圖〉日本東京國立博物館藏

圖 6：顏輝〈寒山拾得圖〉
日本東京國立博物館藏

圖 7：牧谿〈寒山拾得豐干圖〉
日本京都鹿苑寺藏

圖 8：署名石恪〈老僧倚虎而眠〉
日本東京國立博物館藏

圖 9：李確〈豐干圖、布袋圖〉二幅
日本京都妙心寺藏

附錄五：現存宋元禪師「四睡」贊一覽表

作者	贊頌	法系	文獻出處
天童如淨 （1163-1228）	四睡圖	曹洞宗	《如淨和尚語錄》卷 2
石田法薰 （1171-1245）	四睡圖	楊岐派	《石田法薰禪師語錄》卷 4
無準師範 （1178-1249）	豐干寒拾虎四睡	楊岐派	《無準師範禪師語錄》卷 5
大川普濟 （1179-1253）	四睡贊	楊岐派	《大川普濟禪師語錄》卷 1
希叟紹曇 （？-1298）	四睡	楊岐派	《希叟紹曇禪師廣錄》卷 7
無門慧開 （1183-1260）	天台四睡	楊岐派	《無門慧開禪師語錄》卷 2
偃溪廣聞 （1189-1263）	四睡圖	楊岐派	《偃溪廣聞禪師語錄》卷 2
西巖了慧 （1198-1262）	四睡	楊岐派	《西巖了慧禪師語錄》卷 2
無學祖元 （1226-1286）	四睡	楊岐派	《佛光禪師語錄》卷 8
樵隱悟逸 （？-1334）	四睡	楊岐派	《樵隱悟逸禪師語錄》卷 2
了菴清欲 （1288-1363）	四睡	楊岐派	《了菴清欲禪師語錄》卷 5
月磵文明	贊豐干寒拾虎四	楊岐派	《月磵禪師語錄》卷 1

（生卒不詳）	睡圖		
平石如砥 （1268-1357）	四睡圖贊	楊岐派	題於佚名〈四睡圖〉
華國子文 （1269-1351）	四睡圖贊	楊岐派	題於佚名〈四睡圖〉
夢堂曇噩 （1285-1373）	四睡圖贊	楊岐派	題於佚名〈四睡圖〉
祥符紹密 （生卒不詳）	四睡圖贊	楊岐派	題於默庵靈淵〈四睡圖〉
虛堂智愚 （1185-1269）	四睡	楊岐派	《禪宗雜毒海》卷1
笑翁妙堪 （1177-1248）	四睡	楊岐派	《禪宗雜毒海》卷1

附錄六：作「四睡」贊之禪師法系圖

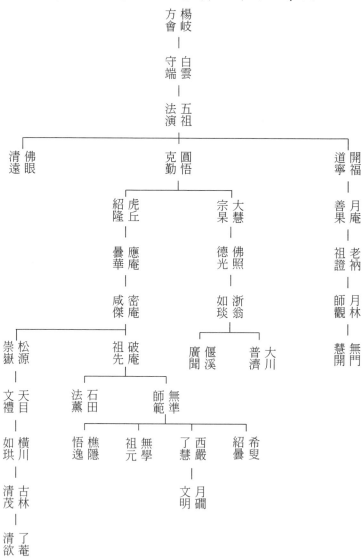

主要參考文獻

文獻分類體例說明如下：

一、參考文獻先分為：一、佛教文獻，二、傳統文獻，三、現代論著。

二、佛教文獻，先按文本翻譯或著作年代先後排列，次按《大正藏》、《卍新纂續藏經》卷冊順序排列。

三、傳統文獻先分經、史、子、集，次按文本年代先後排列。

四、現代論著包含：（一）專書、學位論文，（二）期刊論文，（三）日文論著，（四）英文論著。每一次類中，按作者姓氏筆畫簡繁為序。

一、佛教文獻

東漢 支婁迦讖譯，《佛說阿闍世王經》，《大正新脩大藏經》第15 冊，東京：大藏經刊行會出版，臺北：新文豐出版公司影印，1983 年。（以下簡稱《大正藏》）。

西晉 竺法護譯，《佛說如幻三昧經》，《大正藏》第12 冊。

西晉 竺法護譯，《佛說文殊師利現寶藏經》，《大正藏》第14 冊。

東晉 瞿曇僧伽提婆譯，《增壹阿含經》，《大正藏》第2 冊。

東晉 佛馱跋陀羅譯，《大方廣佛華嚴經》，《大正藏》第9 冊。

東晉　佛陀跋陀羅共法顯譯，《摩訶僧祇律》，《大正藏》第 22 冊。

姚秦　鳩摩羅什譯，《佛說放牛經》，《大正藏》第 2 冊。

馬鳴菩薩造，姚秦　鳩摩羅什譯，《大莊嚴論經》，《大正藏》第 4 冊。

姚秦　鳩摩羅什譯，《維摩詰所說經》，《大正藏》第 14 冊。

龍樹菩薩造，姚秦　鳩摩羅什譯，《大智度論》，《大正藏》第 25 冊。

北涼　曇無讖譯，《大般涅槃經》，《大正藏》第 12 冊。

北涼　曇無讖譯，《金光明經》，《大正藏》第 16 冊。

劉宋　求那跋陀羅譯，《雜阿含經》，《大正藏》第 2 冊。

元魏　菩提流支譯，《文殊師利巡行經》，《大正藏》第 14 冊。

唐　實叉難陀譯，《大方廣佛華嚴經》，《大正藏》第 10 冊。

尊者世親造，唐　玄奘譯，《阿毘達磨俱舍論》，《大正藏》第 29 冊。

唐　澄觀述，《大方廣佛華嚴經隨疏演義鈔》，《大正藏》第 36 冊。

唐　宗密，《註華嚴法界觀門》，《大正藏》第 45 冊。

唐　杜順說，《華嚴五教止觀》，《大正藏》第 45 冊。

唐　慧然集，《鎮州臨濟慧照禪師語錄》，《大正藏》第 47 冊。

日　玄契編，《曹山本寂禪師語錄》，《大正藏》第 47 冊。

唐　法海集，《敦煌本六祖壇經》，《大正藏》第 48 冊。

唐　玄覺，《永嘉證道歌》，《大正藏》第 48 冊。

唐　宗密，《禪源諸詮集都序》，《大正藏》第 48 冊。

唐　玄覺，《永嘉證道歌》，《大正藏》第 48 冊。

唐　裴休集，《黃檗山斷際禪師傳心法要》，《大正藏》第 48 冊。

唐　裴休集，《黃檗斷際禪師宛陵錄》，《大正藏》第 48 冊。

唐　宗密，《禪源諸詮集都序》，《大正藏》第 48 冊。

唐　玄奘譯，《大阿羅漢難提蜜多羅所說法住記》，《大正藏》第
　　49 冊。

唐　釋道宣，《續高僧傳》，《大正藏》第 50 冊。

唐　樓穎錄，《善慧大士語錄》，《卍新纂大日本續藏經》第 69
　　冊，東京：國書刊行會出版，臺北：白馬精舍印經會影印，
　　1989 年。（以下簡稱《卍新纂續藏經》）

（不詳），《馬祖道一禪師廣錄》，《卍新纂續藏經》第 69 冊。

唐　文遠記，鈴木大拙校閱，秋月龍珉校訂國譯，《趙州禪師語
　　錄》，東京：春秋社，1964 年。

唐　貫休著，陸永峰校注，《禪月集校注》，成都：巴蜀書社，2006
　　年。

唐　齊己，《白蓮集》，《四部叢刊初編》，上海：上海商務印書館
　　縮印影明精鈔本，第 172 冊。

唐　寒山，《寒山子詩集》，《四部叢刊》景宋本，初編，集部，第
　　136 冊，臺北：臺灣商務印書館，1965 年。

唐　寒山，《寒山子詩集附慈受擬寒山詩一卷》，《四部叢刊》集
　　部，第 14 冊，上海涵芬樓借常熟瞿氏鐵琴銅劍樓藏高麗刊本
　　景印，上海：上海商務印書館，1919 年。

南唐　靜、筠二禪師編撰，孫昌武、日　衣川賢次、西口芳男點校，
　　《祖堂集》，北京：中華書局，2007 年。

宋　本嵩述，琼湛註，《註華嚴經題法界觀門頌》，《大正藏》第
　　45 冊。

宋　紹隆等編，《圓悟佛果禪師語錄》，《大正藏》第 47 冊。

宋　蘊聞編，《大慧普覺禪師語錄》，《大正藏》第 47 冊。

宋　楚圓集，《汾陽無德禪師語錄》，《大正藏》第 47 冊。

宋　文素編，《如淨和尚語錄》，《大正藏》第 48 冊。

宋 集成等編，《宏智禪師廣錄》，《大正藏》第 48 冊。

宋 重顯頌古，克勤評唱，《佛果圜悟禪師碧巖錄》，《大正藏》第 48 冊。

宋 延壽，《宗鏡錄》，《大正藏》第 48 冊。

宋 正覺頌古，元 行秀評唱，《萬松老人評唱天童覺和尚頌古從容庵錄》，《大正藏》第 48 冊。

宋 淨善，《禪林寶訓》，《大正藏》第 48 冊。

宋 智昭，《人天眼目》，《大正藏》第 48 冊。

宋 志磐，《佛祖統紀》，《大正藏》第 49 冊。

宋 志磐，《佛祖統紀》，上海：上海古籍出版社，2002 年。

宋 贊寧，《宋高僧傳》，《大正藏》第 50 冊。

宋 贊寧著，范祥雍點校，《宋高僧傳》，北京：中華書局，1993 年。

宋 道原，《景德傳燈錄》，《大正藏》第 51 冊。

宋 道原，《景德傳燈錄》，臺北：彙文堂出版社，1978 年。

宋 契嵩，《傳法正宗記》，《大正藏》第 51 冊。

宋 彥琪，《證道歌註》，《卍新纂續藏經》第 63 冊。

宋 法應集，元 普會續集，《禪宗頌古聯珠通集》，《卍新纂續藏經》第 65 冊。

宋 子昇錄，《禪門諸祖師偈頌》，《卍新纂續藏經》第 66 冊。

宋 義青頌古，元 從倫評唱，《空谷集》，《卍新纂續藏經》第 67 冊。

宋 子淳頌古，元 從倫評唱，《虛堂集》，《卍新纂續藏經》第 67 冊。

宋 賾藏主集，《古尊宿語錄》，《卍新纂續藏經》第 68 冊。

宋 師明集，《續古尊宿語要》，《卍新纂續藏經》第 68 冊。

宋　子和錄，仲介重編，《寶覺祖心禪師語錄》，《卍新纂續藏經》第 69 冊。

宋　道勝等錄，《保寧仁勇禪師語錄》，《卍新纂續藏經》第 69 冊。

宋　嗣端等編，《虎丘紹隆禪師語錄》，《卍新纂續藏經》第 69 冊。

宋　介諶編，《長靈守卓禪師語錄》，《卍新纂續藏經》第 69 冊。

宋　惟康編，《無文道燦禪師語錄》，《卍新纂續藏經》第 69 冊。

宋　元愷編，《大川普濟禪師語錄》，《卍新纂續藏經》第 69 冊。

宋　普敬等編，《無門慧開禪師語錄》，《卍新纂續藏經》第 69 冊。

宋　普暉等編，《偃溪廣聞禪師語錄》，《卍新纂續藏經》第 69 冊。

宋　介諶編，《長靈守卓禪師語錄》，《卍新纂續藏經》第 69 冊。

宋　宗會等編，《無準師範禪師語錄》，《卍新纂續藏經》第 70 冊。

宋　修義等編，《西巖了慧禪師語錄》，《卍新纂續藏經》第 70 冊。

宋　妙寅等編，《月磵禪師語錄》，《卍新纂續藏經》第 70 冊。

宋　自悟等編，《希叟紹曇禪師廣錄》，《卍新纂續藏經》第 70 冊。

宋　善開等編，《松源崇嶽禪師語錄》，《卍新纂續藏經》第 70 冊。

宋　妙儼等編，《無明慧性禪師語錄》，《卍新纂續藏經》第 70 冊。

宋　圓照等編，《破菴祖先禪師語錄》，《卍新纂續藏經》第 70 冊。

宋　了覺等編，《石田法薰禪師語錄》，《卍新纂續藏經》第 70 冊。

宋　文寶等編，《斷橋妙倫禪師語錄》，《卍新纂續藏經》第 70 冊。

宋　淨伏等編，《虛舟普度禪師語錄》，《卍新纂續藏經》第 71 冊。

宋　元浩等編，《古林清茂禪師語錄》，《卍新纂續藏經》第 71 冊。

宋　善清等編，《慈受懷深禪師廣錄》，《卍新纂續藏經》第 73 冊。

宋　師皎編，《吳山淨端禪師語錄》，《卍新纂續藏經》第 73 冊。

宋　宗敬等編，《雲谷和尚語錄》，《卍新纂續藏經》第 73 冊。

宋　祖琇，《隆興編年通論》，《卍新纂續藏經》第 75 冊。

宋　宗鑑，《釋門正統》，《卍新纂續藏經》第 75 冊。

宋　李遵勗編，《天聖廣燈錄》，《卍新纂續藏經》第 78 冊。

宋　惟白集，《建中靖國續燈錄》《卍新纂續藏經》第 78 冊。

宋　正受，《嘉泰普燈錄》，《卍新纂續藏經》第 79 冊。

宋　惠洪，《禪林僧寶傳》，《卍新纂續藏經》第 79 冊。

宋　祖琇，《僧寶正續傳》，《卍新纂續藏經》第 79 冊。

宋　悟明，《聯燈會要》，《卍新纂續藏經》第 79 冊。

宋　普濟，《五燈會元》，《卍新纂續藏經》第 80 冊。

宋　普濟撰，蘇淵雷點校，《五燈會元》，北京：中華書局，1984
　　年。

宋　曉瑩集，《羅湖野錄》，《卍新纂續藏經》第 83 冊。

宋　曉瑩集，《羅湖野錄》，《景印文淵閣四庫全書》第 1052 冊，
　　臺北：臺灣商務印書館，1983 年。

宋　曉瑩錄，《雲臥紀譚》，《卍新纂續藏經》第 86 冊。

宋　惠洪，《林間錄》，《卍新纂續藏經》第 87 冊。

宋　惠洪，《石門洪覺範林間錄》，《禪宗全書》第 32 冊，臺北：
　　文殊文化公司，1990 年。

宋　惠洪，《林間錄後集》，《卍新纂續藏經》第 148 冊。

宋　惠洪，《石門文字禪》，《四部叢刊》集部，臺北：臺灣商務印
　　書館，1986 年。

宋　惠洪著，日　釋廓門貫徹注，張伯偉等點校，《石門文字禪》，
　　北京：中華書局，2012 年。

宋　頤藏主集，《古尊宿語錄》，北京：中華書局，1996 年。

宋　李龏編，《唐僧弘秀集》，釋明復主編，《禪門逸書初編》第 2
　　冊，臺北：明文書局，1980 年。

宋　成尋撰，平林文雄校，《參天台五臺山記：校本並に研究》，東
　　京：風間書房，1978 年。

宋　慧空撰，惠然編，《雪峰空和尚外集》，釋明復主編，《禪門逸書初編》第 3 冊，臺北：明文書局，1980 年。

宋　延一撰，馮巧英校注，《廣清涼傳》，太原：山西人民出版社，1989 年。

元　宗寶編，《六祖大師法寶壇經》，《大正藏》第 48 冊。

元　念常，《佛祖歷代通載》，《大正藏》第 49 冊。

元　一真等編，《佛光國師語錄》，《大正藏》第 80 冊。

元　延俊等編，《笑隱大訢禪師語錄》，《卍新纂續藏經》第 69 冊。

元　法澄等編，《希叟紹曇禪師廣錄》，《卍新纂續藏經》第 70 冊。

元　正定編，《樵隱悟逸禪師語錄》，《卍新纂續藏經》第 70 冊。

元　本光等編，《橫川行珙禪師語錄》，《卍新纂續藏經》第 71 冊。

元　一志等編，《了菴清欲禪師語錄》，《卍新纂續藏經》第 71 冊。

元　法林等編，《元叟行端禪師語錄》，《卍新纂續藏經》第 71 冊。

元　念常，《佛祖歷代通載》，北京：北京圖書出版社，2005 年。

明　語風圓信、郭凝之編集，《潭州溈山靈祐禪師語錄》，《大正藏》第 47 冊。

明　語風圓信、郭凝之編集，《金陵清涼院文益禪師語錄》，《大正藏》第 47 冊。

明　語風圓信、郭凝之編集，《袁州仰山慧寂禪師語錄》，《大正藏》第 47 冊。

明　語風圓信、郭凝之編集，《瑞州洞山良价禪師語錄》，《大正

藏》第 47 冊。

明 居頂，《續傳燈錄》，《大正藏》第 51 冊。

明 林弘衍編，《雪峰義存禪師語錄》，《卍新纂續藏經》第 69 冊。

明 文琇集，《增集續傳燈錄》，《卍新纂續藏經》第 83 冊。

明 通問編，施沛彙集，《續燈存稿》，《卍新纂續藏經》第 84 冊。

明 林弘衍編次，《雪峰義存禪師語錄》，《卍新纂續藏經》第 119 冊。

明 隱元撰，道澄錄，《擬寒山詩》，據日本寬文六年刊本攝製微片，臺北：映像製作公司，2000 年。

明 瞿汝稷編，《指月錄》，臺北：真善美出版社，1980 年。

明 朱棣，《神僧傳》，上海：上海古籍出版社，1997 年。

明 張聯元輯，《天臺山全志》，合肥：黃山書社，2008 年。

明 無盡，《天臺山方外志》，《四庫全書存目叢書》史部，第 232 冊，濟南：齊魯書社，1996 年。

清 性音重編，《禪宗雜毒海》，《卍新纂續藏經》第 65 冊。

清 淨符彙集，《宗門拈古彙集》，《卍新纂續藏經》第 66 冊。

清 集雲堂編，《宗鑑法林》，《卍新纂續藏經》第 66 冊。

清 自融撰，性磊補輯，《南宋元明禪林僧寶傳》，《卍新纂續藏經》第 79 冊。

清 超永編，《五燈全書》，《卍新纂續藏經》第 82 冊。

清 紀蔭編，《宗統編年》，《卍新纂續藏經》第 86 冊。

明復法師主編，《禪門逸書初編》，臺北：明文書局，1981 年。

釋圓觀輯，《指月錄禪詩偈頌》，臺北：老古文化出版社，1990 年。

釋圓觀輯，《續指月錄禪詩偈頌》，臺北：老古文化出版社，1986
　　年。

馬德偉編，《清涼山志》，臺北：新文豐出版公司，2013 年。

丁天魁編，《國清寺志》，上海：華東師範大學出版社，1995 年。

藍吉富主編，《全唐文禪師傳記集》，《禪宗全書》第 1 冊，臺
　　北：文殊文化公司，1990 年。

無盡，《天臺山方外志》，《四庫全書存目叢書》史部第 233 冊，
　　臺南：莊嚴文化事業公司，1996 年。

李淼編，《中國禪宗大全》，長春：長春出版社，1991 年。

中華電子佛典協會網頁（CBETA）：http://www.cbeta.org/index.php。

二、傳統文獻

宋 朱熹，《四書章句集注》，北京：中華書局，1983 年。

唐 李肇，《唐國史補》，臺北：世界書局，1968 年。

後晉 劉昫，《舊唐書》，臺北：臺灣中華書局，1971 年。

宋 歐陽修，《新唐書》，北京：中華書局，1975 年。

宋 薛居正等，《舊五代史》，臺北：鼎文書局，1995 年。

宋 歐陽修，《新五代史》，臺北：鼎文書局，1998 年。

宋 陶岳撰，顧薇薇校點，《五代史補》，杭州：杭州出版社，2004
　　年。

元 脫脫等，《宋史》，臺北：鼎文書局，1998 年。

清 郭慶藩輯，王孝魚整理，《莊子集釋》，臺北：萬卷樓圖書公
　　司，1993 年。

楊伯峻撰，《列子集釋》，北京：中華書局，1979 年。

唐 徐靈府，《天臺山記》，《叢書集成初編》，北京：中華書局，

1985 年。

宋 計有功著、王仲鏞校，《唐詩紀事校箋》，成都：巴蜀書社，
　　1992 年。

宋 李昉，《太平廣記》，北京：中華書局，2002 年。

宋 孟元老著，伊永文箋注，《東京夢華錄》，北京：中華書局，
　　2007 年。

宋 沈括著，王驤注，《夢溪筆談注》，鎮江：江蘇大學出版社，
　　2011 年。

宋 鄧椿，《畫繼》，臺北：藝文印書館，1965 年。

宋 郭若虛著，俞劍華注釋，《圖畫見聞志》，南京：江蘇美術出版
　　社，2007 年。

宋 李昉等編，《太平廣記》，北京：中華書局，2006 年。

宋 呂本中撰，《東萊詩集》，《景印文淵閣四庫全書》第 1136
　　冊，臺北：臺灣商務印書館，1966 年。

宋 李彌遜，《筠溪集》，臺北：臺灣商務印書館，1969 年。

宋 蘇軾著，馮應榴輯注，黃任軻、朱懷春校點，《蘇軾詩集合
　　注》，上海：上海古籍出版社，2001 年。

宋 黃庭堅，《山谷集》，《文津閣四庫全書》第 1117 冊，北京：
　　商務印書館，2006 年。

宋 黃庭堅著，劉尚榮校點，《黃庭堅詩集注》，北京：中華書局，
　　2003 年。

宋 王安石著，李璧箋注，《王荊文公詩箋注》，上海：上海古籍出
　　版社，2010 年。

宋 陸游，錢仲聯校注，《劍南詩稿》，上海：上海古籍出版社，
　　2005 年。

宋 張鎡，《南湖集》，《叢書集成新編》第 71 冊，臺北：藝文印

　　　書館，1966 年。

宋 林希逸撰，林式之編，《竹溪鬳齋》，《景印文淵閣四庫全書》
　　　第 1185 冊。

宋 張侃，《張氏拙軒集》，《景印文淵閣四庫全書》第 1181 冊。

宋 林表民編，《天台前集、天台續集》，《景印文淵閣四庫全書》
　　　第 1356 冊。

元 方回，《桐江續集》，《四庫全書珍本初集》，臺北：臺灣商務
　　　印書館，1969 年。

元 劉一清，《錢塘遺事》，揚州：江蘇廣陵古籍刻印社，1990
　　　年。

明 汪砢玉，《珊瑚網》，《景印文淵閣四庫全書》第 818 冊，臺
　　　北：臺灣商務印書館，1977 年。

明 李日華撰，《六研齋二筆》，《景印文淵閣四庫全書》第 867
　　　冊，臺北：臺灣商務印書館，1977 年。

明 田汝成，《西湖遊覽志餘》，上海：上海古籍出版社，1980
　　　年。

明 趙宧光，《寒山蔓草》，臺北：莊嚴文化事業公司，1997 年。

明 趙宧光，《寒山誌傳》，臺北：藝文印書館，1972 年。

明 許鳴遠輯，《天台詩選》，《四庫全書存目叢書補編》第 35
　　　冊，濟南：齊魯書社，1997 年。

清 聖祖御定，《全唐詩》，北京：中華書局，1992 年。

清 永瑢等，《四庫全書總目提要》，臺北：臺灣商務印書館，1983
　　　年。

清 葉昌熾撰，張維明校補，《重修寒山寺志》，南京：江蘇古籍出
　　　版社，2002 年。

余嘉錫，《四庫提要辨證》，北京：中華書局，2007 年。

傅璇琮編,《唐五代人物傳記資料綜合索引》,北京:中華書局,
　　1982 年。

丁如明等點校,《唐五代筆記小說大觀》,上海:上海古籍出版
　　社,2000 年。

傅璇琮等主編,《全宋詩》,北京:北京大學出版社,1998 年。

城兆煒編,《全唐詩索引》(寒山拾得卷),北京:中國社會科學
　　出版社,1993 年。

陳尚君輯校,《全唐詩補編》,北京:中華書局,1992 年。

三、現代論著

(一)專書、學位論文

土屋太祐,《北宋禪宗思想及其淵源》,成都:巴蜀書社,2008
　　年。

王　瑾,《互文性》,桂林:廣西師範大學出版社,2005 年。

方志恩,《王梵志、寒山、龐蘊通俗詩之比較研究》,臺北:花木
　　蘭文化出版社,2009 年。

巴赫金(M. M. Bakhtin)著,李兆林、夏忠憲等譯,《巴赫金全
　　集》,石家莊:河北教育出版社,1998 年。

巴壺天,《禪骨詩心集》,臺北:東大圖書公司,1988 年。

石守謙、廖肇亨,《東亞文化意象之形塑》,臺北:允晨文化公
　　司,2011 年。

卡希勒(E. Cassiser)著,于曉等譯,《語言與神話》,臺北:桂冠
　　圖書公司,1994 年。

朱傳譽主編,《寒山子傳記資料》,臺北:天一出版社,1982 年。

朴魯玆,《寒山詩及其版本之研究》,臺北:政治大學中文所碩士

論文，1986 年。

吉川幸次郎著，鄭清茂譯，《宋詩概說》，臺北：聯經出版公司，1988 年。

江　靜，《赴日宋僧无學祖元研究》，北京：商務印書館，2011 年。

衣若芬，《觀看、敘述、審美——唐宋題畫文學論集》，臺北：中央研究院中國文哲研究所，2004 年。

伍蠡甫主編，《中國名畫鑑賞辭典》，上海：上海辭書出版社，1993 年。

佟君、陳多友編，《中日比較文學比較文化研究》，廣州：中山大學出版社，2004 年。

李鮮熙，《寒山其人及其詩研究》，臺北：東吳大學中文所博士論文，1992 年。

李海波，《唐代文殊信仰研究》，西安：西北大學專門史碩士論文，2002 年。

李豐楙、廖肇亨編，《聖傳與詩禪：中國文學與宗教論文集》，臺北：臺北：中央研究院中國文哲研究所，2007 年。

李紀祥，《時間、歷史、敘事：史學傳統與歷史理論再思》，臺北：麥田出版社，2001 年。

沈美玉，《寒山詩研究》，臺北：中國文化大學中文所碩士論文，1977 年。

杜潔祥主編，《中國佛寺史志彙刊》，臺北：明文出版社，1980 年。

宋隆斐，《《禪宗頌古聯珠通集》公案與宋代五種頌古百則公案對照》，新竹：玄奘大學中文所博士論文，2013 年。

卓安琪，《寒山子其人及其詩之箋注與校訂》，臺北：中國文化大

學中文所碩士論文，1971 年。

周裕鍇，《文字禪與宋代詩學》，北京：高等教育出版社，1998
年。

周裕鍇，《禪宗語言》，臺北：宗博出版社，2002 年。

周裕鍇，《中國古代闡釋學研究》，上海：上海人民出版社，2003
年。

周裕鍇，《宋代詩學通論》，上海：上海古籍出版社，2007 年。

周裕鍇，《禪宗語言研究入門》，上海：復旦大學出版社，2009
年。

周英雄、鄭樹森，《中西比較文學論集》，香港：香港中文大學出
版社，1980 年。

吳　怡，《逍遙的莊子》，臺北：東大圖書公司，2001 年。

吳言生，《經典頌古》，臺北：東大圖書公司，2002 年。

吳言生，《禪宗詩歌境界》，北京：中華書局，2002 年。

吳汝鈞，《游戲三昧：禪的實踐與終極關懷》，臺北：臺灣學生書
局，1993 年。

吳汝鈞，《禪的存在體驗與對話詮釋》，臺北：臺灣學生書局，
2010 年。

林冠妙，《寒山詩研究──以內涵為討論核心》，臺北：臺灣大學
中文所碩士論文，2008 年。

林伯謙，《中國佛教文史探微》，臺北：秀威資訊科技公司，2006
年。

林　昕，《漢譯佛典文殊故事研究》，嘉義：中正大學中文所碩士
論文，2005 年。

林韻柔，《五臺山與文殊道場──中古佛教聖山信仰的形成與發
展》，臺北：臺灣大學歷史系博士論文，2009 年。

忽滑谷快天著，朱謙之譯，《中國禪學思想史》，上海：上海古籍出版社，2002年。

邱爽、姚炎祥主編，《寒山寺文化論壇論文集 2008》，上海：上海古籍出版社，2009年。

季羨林，《比較文學與民間文學》，北京：北京大學出版社，1991年。

季羨林，《禪和文化與文學》，上海：商務印書館，1998年。

季羨林，《佛教十五題》，北京：中華書局，2007年。

阿部肇一著，關世謙譯，《中國禪宗史——南宗禪成立以後的政治社會史的考證》，臺北：東大圖書公司，1988年。

宗薩蔣揚欽哲，《佛教的見地與修道》，臺北：眾生出版社，1999年。

金榮華，《禪宗公案與民間故事——民間文學論集》，臺北：口傳文學學會，2007年。

秋爽、姚炎祥主編，《第一屆寒山寺文化論壇論文集 2007》，北京：中國文史出版社，2008年。

秋爽、姚炎祥主編，《第二屆寒山寺文化論壇論文集 2008》，上海：上海古籍出版社，2009年。

故宮博物院編輯，《宋代書畫冊頁名品特展》，臺北：故宮博物院，1995年。

哈羅德・布魯姆（Harold Bloom）著，徐文博譯，《影響的焦慮：詩歌理論》，臺北：久大文化公司，1990年。

哈羅德・布魯姆著，朱立元、陳克明譯，1992年，《比較文學影響論——誤讀圖示》，臺北：駱駝出版社，1992年。

胡伊青加（Johan Huizinga）著，成窮譯，《人：游戲者——對文化中游戲因素的研究》，貴陽：貴州人民出版社，1998年。

胡　適，《白話文學史》，臺北：遠流出版事業公司，1986 年。

胡安江，《寒山詩：文本旅行與經典建構》，北京：清華大學出版社，2011 年。

胡　遂，《佛教禪宗與唐代詩風之發展演變》，北京：中華書局，2007 年。

查明昊，《轉型中的唐五代詩僧群體》，上海：華東師範大學出版社，2008 年。

保羅・利科（Paul Ricoeur）著，汪堂家譯，《活的隱喻》，上海：上海譯文出版社，2004 年。

段義孚著，潘桂成譯，《經驗透視中的空間和地方》，臺北：國立編譯館，1998 年。

高雄義堅私著，陳季青等譯，《宋代佛教史研究》，臺北：華宇出版社，1987 年。

涂爾幹（Emile Durkheim）著，芮傳明、趙學元譯，《宗教生活的基本形式》，臺北：桂冠圖書公司，1992 年。

郝祥滿，《奝然與宋初的中日佛法交流》，北京：商務印書館，2012 年。

徐復觀，《中國藝術精神》，臺北：臺灣學生書局，1976 年。

浙江省社會科學聯合會編，《寒山子暨和合文化國際研討會論文集》，杭州：浙江大學出版社，2009 年。

浙江文藝出版社編，《天臺山傳說》，杭州：浙江文藝出版社，1983 年。

孫昌武，《唐代文學與佛教》，西安：陝西人民出版社，1985 年。

孫昌武，《禪與詩》，臺北：東大圖書公司，1994 年。

孫昌武，《禪思與詩情》，北京：中華書局，1997 年。

孫昌武，《道教與唐代文學》，北京：人民文學出版社，2001 年。

高慎濤，《北宋詩僧研究》，西安：陝西師範大學博士論文，2007
　　年。

許理和，《佛教征服中國》，南京：江蘇人民出版社，2005年。

崔小敬，《寒山：一種文化現象的探尋》，北京：中國社會科學出
　　版社，2010年。

崔小敬，《寒山及其詩研究》，上海：復旦大學中國語文系博士論
　　文，2004年。

莫礪鋒，《唐宋詩歌論集》，南京：鳳凰出版社，2007年。

陳耀東，《寒山詩集版本研究》，北京：世界知識出版社，2007
　　年。

陳清香，《羅漢圖像研究》，臺北：文津出版社，1995年。

陳慧劍，《寒山子研究》，臺北：東大圖書公司，1984年。

陳瑋君編，《天臺山遇仙記——浙江山的傳說故事》，北京：中國
　　民間文藝出版社，1984年。

陳允吉，《佛教與中國文學論稿》，上海：上海古籍出版社，2010
　　年。

曹剛華，《宋代佛教史籍研究》，上海：華東師範大學出版社，
　　2006年。

郭　朋，《宋元佛教》，福州：福建人民出版社，1985年。

傅飛嵐、林富士，《遺跡崇拜與聖者崇拜》，臺北：允晨文化公
　　司，1999年。

項　楚，《王梵志詩校注》，上海：上海古籍出版社，1991年。

項　楚，《寒山詩注》，北京：中華書局，2000年。

項　楚，《唐代白話詩派研究》，成都：巴蜀書社，2005年。

張火慶，《小說中的達摩及相關人物研究》，臺北：秀威資訊科技
　　公司，2006年。

張　石，《寒山與日本文化》，上海：上海交通大學出版社，2011年。

張伯偉，《禪與詩學》，臺北：揚智文化事業公司，1995年。

張　勇，《傅大士研究》，高雄：佛光出版社，2001年。

張曼濤主編，《禪宗史實考辨》，臺北：大乘文化出版社，1977年。

張曼濤主編，《禪宗思想與歷史》，臺北：大乘文化出版社，1978年。

張曼濤主編，《禪學論文集（一）（二）》，臺北：大乘文化出版社，1976年。

張曼濤主編，《禪宗典籍研究》，臺北：大乘文化出版社，1977年。

張曼濤主編，《中國佛教史論集（二）隋唐五代篇》，臺北：大乘文化出版社，1977年。

張曼濤主編，《佛教與中國文學》，臺北：大乘文化出版社，1981年。

張曼濤主編，《中國佛教史學史論集》，臺北：大乘文化出版社，1978年。

黃博仁，《寒山及其詩》，臺北：新文豐出版公司，1980年。

黃啟江，《北宋佛教史論稿》，臺北：臺灣商務印書館，1997年。

黃敬家，《贊寧《宋高僧傳》敘事研究》，臺北：臺灣學生書局，2008年。

楊鋒兵，《寒山詩在美國的被接受與被誤讀》，西安：陝西師範大學中國古代文學碩士論文，2007年。

楊曾文，《唐五代禪宗史》，北京：中國社會科學出版社，1999年。

湯普遜（E. M. Thompson）著，楊德友譯，《理解俄國：俄國文化中的聖愚》，香港：牛津大學出版社，1995 年。

鈴木敬著，魏美月譯，《中國繪畫史》，臺北：故宮博物院，1987 年。

賈晉華，《古典禪研究》，香港：牛津大學出版社，2010 年。

雷可夫（George Lakoff）、詹森（Mark Johnson）著，周世箴譯注，《我們賴以生存的譬喻》，臺北：聯經出版公司，2012 年。

葛兆光，《中國思想史——七世紀至十九世紀中國的知識、思想與信仰》，上海：復旦大學出版社，2000 年。

葛兆光，《增訂本中國禪思想史》，上海：上海古籍出版社，2008 年。

〔法〕蒂費納‧薩莫瓦約（Tiphaine Samovault）著，邵煒譯，《互文性研究》，天津：天津人民出版社，2003 年。

葉珠紅，《寒山詩集校考》，臺北：文史哲出版社，2005 年。

葉珠紅，《寒山資料類編》，臺北：秀威資訊科技公司，2005 年。

葉珠紅，《寒山詩集論叢》，臺北：秀威資訊科技公司，2006 年。

葉珠紅，《寒山資料考辨》，臺北：花木蘭文化出版社，2011 年。

葉維廉，《歷史、傳釋與美學》，臺北：東大圖書公司，2002 年。

慈怡主編，《佛光大辭典》，高雄：佛光出版社，1989 年。

趙杏根，《八仙故事源流考》，臺北：宗教文化出版社，2002 年。

鄭振鐸，《中國俗文學史》，上海：上海人民出版社，2006 年。

劉　康，《對話的喧聲——巴赫汀文化理論述評》，臺北：麥田出版社，2005 年。

劉苑如主編，《遊觀：作為身體技藝的中古文學與宗教》，臺北：中央研究院中國文哲研究所，2009 年。

歐陽宜璋，《《碧巖集》的語言風格研究》，臺北：圓明出版社，
　　　1994年。

歐陽宜璋，《禪問答中的模稜——趙州公案的語篇分析》，臺北：
　　　書林出版公司，2005年。

錢鍾書，《管錐編》，北京：中華書局，1979年。

錢鍾書，《談藝錄》，北京：三聯書店，2001年。

錢學烈校評，《寒山拾得詩校評》，天津：天津古籍出版社，1988
　　　年。

錢學烈校注，《寒山詩校注》，廣州：廣東高等教育出版社，1991
　　　年。

鍾　玲，《美國詩與中國夢》，桂林：廣西師範大學出版社，2003
　　　年。

謝思煒，《禪宗與中國文學》，北京：中國社會科學出版社，1993
　　　年。

龍協濤，《讀者反應理論》，臺北：揚智文化事業公司，1997年。

藍吉富，《佛教史料學》，臺北：東大圖書公司，1997年。

魏道儒，《宋代禪宗文化》，鄭州：中州古籍出版社，1993年。

顏崑陽，《反思批判與轉向：中國古典文學研究之路》，臺北：允
　　　晨文化公司，2016年。

譚　偉，《龐居士研究》，成都：四川民族出版社，2002年。

羅勃 C．赫魯伯（Robert C. Holub）著，董之林譯，《接受美學理
　　　論》，臺北：駱駝出版社，1994年。

嚴雅美，《潑墨仙人圖研究——兼論宋元禪宗繪畫》，臺北：法鼓
　　　文化出版社，2000年。

釋印順，《中國禪宗史》，臺北：正聞出版社，1994年。

釋印順，《初期大乘佛教之起源與開展》，臺北：正聞出版社，

1994 年。

釋明復編，《中國佛學人名辭典》，臺北：方舟出版社，1974 年。

顧偉康，《禪宗：文化交融與歷史選擇》，上海：上海知識出版
　　社，1990 年。

顧頡剛編，《孟姜女故事研究集》，上海：上海古籍出版社，1984
　　年。

顧吉辰，《宋代佛教史稿》，鄭州：中州古籍出版社，1993 年。

蕭　馳，《玄智與詩興》，臺北：聯經出版公司，2011 年。

龔　雋，《禪史鉤沉——以問題為中心的思想史論述》，北京：三
　　聯書店，2006 年。

龔　雋，《禪學發微：以問題為中心的禪思想史研究》，臺北：新
　　文豐出版公司，2002 年。

龔鵬程，《遊的精神文化史論》，石家莊：河北教育出版社，2001
　　年。

（二）期刊論文

大田悌藏著，曹潛譯，〈寒山詩解說〉，《東南文化·天台山文化
　　專刊》，1990 年第 6 期，頁 125-6。

甘正芳，〈寒山在日本的經典化及其影響〉，《江蘇技術師範學院
　　學報》第 16 卷第 4 期，2010 年 4 月，頁 14-17。

朱亞仁、黃真真，〈泉州開元寺的寒山拾得像〉，《東南文化》
　　1990 年第 6 期，頁 88。

朱　萍，〈中西古典文學中的瘋顛形象〉，《中國比較文學》2005
　　年第 4 期，頁 124-152。

成中英，〈禪的詭論與邏輯〉，《中華佛學學報》第 3 期，1990 年
　　4 月，頁 185-207。

巫佩蓉，〈吾心似秋月：中日禪林觀畫脈絡之省思〉，《美術史研究集刊》，臺北：臺灣大學藝術史研究所印行，第 34 期，2013 年 3 月，頁 105-162。

巫佩蓉，〈寒山拾得之多重意象——詩、畫、傳說的交互指涉〉，石守謙、廖肇亨主編，《東亞文化意象之形塑》，臺北：允晨文化公司，2011 年，頁 415-460。

何善蒙，〈寒山傳說及其文化意義〉，秋爽等主編，《第二屆寒山寺文化論壇論文集（2008）》，上海：上海古籍出版社，2009 年，頁 477-487。

何劍平，〈寶志詩歌作品真偽及創作年代考辨〉，《中國俗文化研究》2004 年第 2 期，頁 52-65。

辛德勇，〈五山版《寒山詩》版本價值測議〉，劉玉才、潘建國主編，《日本古鈔本與五山版漢籍研究論叢》，2015 年，頁 1-19。

金英鎮，〈論寒山詩對韓國禪師與文人的影響〉，《宗教學研究》2002 年第 4 期，成都：四川大學道教與宗教文化研究所，頁 38-45。

周純一，〈濟公形象之完成其社會意義〉，《漢學研究》第 8 卷第 1 期，1990 年 6 月，頁 535-556。

周錫馥〈論「畫贊」及題畫詩——兼談《先秦漢魏晉南北朝詩》與《全唐詩》的增補〉，《文學遺產》2002 年第 3 期，頁 20-25。

林朝成、郭正宜，〈地方感與大地僧團——史奈德佛教環境哲學再探〉，《佛學研究中心學報》第 8 期，2003 年 7 月，頁 163-185。

林佳蓉，〈從宗教名山的形成看佛道交融的契機——以唐代天臺山

佛道二教的發展為例〉，《成大宗教與文化學報》第 2
期，2002 年 12 月，頁 143-165。

青木正兒著，馬導源譯，〈題畫文學之發展〉，《大陸雜誌》第 3
卷第 10 期，1951 年 11 月，頁 15-19。

耶　磊，〈近十年寒山研究綜述〉，《商洛學院學報》第 23 卷第 5
期，2009 年 10 月，頁 43-45。

胡萬川，〈降龍羅漢與伏虎羅漢──從《二十四尊得道羅漢傳》說
起〉，《明代小說國際學術研討會論文集》，上海：學林
出版社，2002 年，頁 288-318。

胡菊人，〈詩僧寒山的復活〉，《明報月刊》第 1 卷第 11 期，1966
年 11 月，頁 2-12。

段筱春，〈日本宮內省藏宋本《寒山詩集》非宋刻本考〉，《中國
詩歌研究》第 2 輯，2003 年 8 月，頁 251-255。

馬克瑞，〈審視傳承──陳述禪宗的另一種方式〉，《中華佛學學
報》第 13 期，2000 年 5 月，頁 281-298。

凌建侯，〈從狂歡理論視角看瘋癲形象〉，《國外文學》2007 年第
3 期，頁 105-112。

島田修二郎著，林保堯譯，〈逸品畫風〉，《藝術學》第 5 期，
1991 年 3 月，頁 249-275。

康韻梅，〈唐人小說中「智慧老人」之探析〉，《中外文學》第 23
卷第 4 期，1994 年 9 月，頁 136-171。

崔小敬，〈寒山：重構中的傳說影像〉，《文學遺產》2006 年第 5
期，頁 36-43。

陳耀東，〈寒山詩之被「引」、「擬」、「和」──寒山詩在禪
林、文壇中的影響及其版本研究〉，《吉首大學學報》，
1994 年 6 月，頁 59-66。

陳清香，〈達摩事蹟與達摩圖像〉，《中華佛學學報》第 12 期，1999 年 7 月，頁 443-478。

陳清香，〈降龍伏虎羅漢圖像源流考〉，《佛教與中國文化國際學術會議論文集》上輯，臺北：中華文化復興運動總會宗教研究委員會，1995 年，頁 101-123。

陳英傑，〈黃庭堅與寒山詩關係考〉，《臺大中文學報》第 34 期，2011 年 6 月，頁 183-228。

陳懷宇，〈中古佛教馴虎記〉，劉苑如主編，《體現自然：意象與文化實踐》，臺北：中央研究院中國文哲研究所，2012 年，頁 175-228。

陳懷宇，〈由獅而虎——中古佛教人物名號變遷略論〉，朱鳳玉、汪娟主編，《張廣達先生八十華誕祝壽論文集》，臺北：新文豐出版公司，2010 年，頁 1029-1056。

曹仕邦，〈「一葦渡江」與「喫肉邊菜」——兩個註明禪宗故事的歷史探究〉，《中華佛學學報》第 13 期，2000 年 5 月，頁 267-280。

曹　汛，〈寒山詩的宋代知音——兼論寒山詩在宋代的流布和影響〉，《中國典籍與文化論叢》1997 年第 4 輯，北京：中華書局，頁 121-133。

張曼濤，〈日本學者對寒山的評價與解釋〉，《日本人的死》，臺北：黎明文化事業公司，1976 年，頁 97-117。

張高評，〈北宋讀詩詩與宋代詩學——從傳播與接受之視角切入〉，《漢學研究》第 24 卷第 2 期，2006 年 12 月，頁 191-223。

張澤洪，〈中國西南少數民族宗教中的虎崇拜研究〉，《中南民族大學學報》2007 年第 6 期，頁 38-43。

黃啟江，〈泗州大聖僧伽傳奇新論——宋代佛教居士與僧伽崇
　　拜〉，《佛學研究中心學報》第 9 期，2004 年 9 月，頁
　　177-220。

黃敬家，〈幻化之影——唐代狂僧垂跡的形象及其意涵〉，《臺大
　　佛學研究》第 20 期，2010 年 12 月，頁 59-98。

黃敬家，〈宋元禪師對「趙州勘婆」公案的接受與多重闡釋〉，
　　《漢學研究》第 31 卷第 4 期，2013 年 12 月，頁 145-
　　178。

賈晉華，〈傳世《寒山詩集》中禪師作者考辨〉，《中國文哲研究
　　集刊》第 22 期，2003 年 3 月，頁 65-90。

葉珠紅，〈《天祿琳琅》續編本寒山拾得詩辨偽〉，《興大人文學
　　報》第 37 期，2006 年 9 月，頁 165-185。

趙滋蕃，〈寒山其人其詩〉，《中國詩季刊》第 4 卷第 1 期，1973
　　年 3 月，頁 1-22。

潘重規，〈敦煌王梵志詩新探〉，《漢學研究》第 4 卷第 2 期，
　　1986 年 12 月，頁 115-128。

劉長東，〈略論寒山與道教的關係〉，《傳統文化與現代文化》第
　　6 期，1996 年 1 月，頁 34-41。

劉苑如，〈重繪生命地圖——聖僧劉薩荷形象的多重書寫〉，《中
　　國文哲研究集刊》第 34 期，2009 年 3 月，頁 1-51。

劉婉俐，〈神聖與瘋狂：藏傳佛教的「瘋行者」傳統 vs. 傅柯瘋狂
　　病史的權力論述〉，《中外文學》第 32 卷 10 期，2004 年
　　3 月，頁 156-160。

鄧育仁，〈生活處境中的隱喻〉，《歐美研究》第 35 卷第 1 期，
　　2005 年 3 月，頁 97-140。

鄧克銘，〈禪宗公案之經典化的解釋——以「碧巖錄」為中心〉，

《佛學研究中心學報》第 8 期，2003 年 7 月，頁 133-161。

賴錫三，〈神話、變形、冥契、隱喻：老裝的肉身之道與隱喻之道〉，《臺大中文學報》第 33 期，2010 年 12 月，頁 1-44。

錢學烈，〈寒山子和寒山詩〉，《深圳大學學報》（人文社會科學版），1987 年第 3 期，頁 26-34。

錢學烈，〈寒山子禪悅詩淺析〉，《中國人民大學學報》1998 年第 3 期，頁 97-101。

錢新祖，〈佛道的語言觀與矛盾語〉，《當代雜誌》第 11 期，1987 年 4 月，頁 63-70。

藍日昌，〈傅翕宗教形像的歷史變遷〉，《弘光學報》第 33 期，1999 年 4 月，頁 203-231。

謝　華，〈跨文化交際中文化誤讀的合理性與不可避免性〉，《江西社會科學》2006 年第 1 期，頁 186-189。

謝繼勝，〈伏虎羅漢、行腳僧、寶勝如來與達摩多羅：11 至 13 世紀中國多民族美術關係史個案分析〉，《故宮博物院院刊》2009 年第 1 期，頁 76-96。

鍾　玲，〈寒山在東方和西方文學界的地位〉，《中國詩季刊》第 3 卷第 4 期，1972 年 12 月，頁 1-17。

羅宗濤，〈全宋詩禪僧詩偈頌贊之研究〉，《玄奘佛學學報》第 4 期，2005 年 2 月，頁 19-48。

羅時進，〈寒山的身份與通俗詩敘述角色轉換〉，《2007 寒山寺文化論壇論文集》，北京：中國文史出版社，2008 年，頁 90-104。

羅時進，〈唐代寒山詩的詩體特徵及其傳布影響〉，《江西師範學

　　報》2010 年第 5 期，頁 89-95。

羅時進，〈日本寒山題材繪畫創作及其淵源〉，《文藝研究》2005
　　第 3 期，頁 104-160。

（三）日文論著

入矢義高選錄注釋，《寒山》，東京：岩波書店，1958 年。

入矢義高，〈寒山詩管窺〉，《東方學報》第 28 冊，1958 年 3
　　月，京都：京都大學，頁 81-138。王順洪譯，嚴紹璗校，
　　《古籍整理與研究》1989 年第 4 期，北京：中華書局，頁
　　233-252。

入谷仙介、松村昂，《寒山詩》，禪の語錄 13，東京：筑摩書房，
　　1970 年。

土屋太祐，〈真淨克文の無事禪批判〉，《印度学仏教学研究》第
　　51 卷第 1 號，2002 年 12 月，頁 206-208。

久須本文雄，《寒山拾得》，東京：講談社，1985 年。

山口晴通，〈『寒山詩』考〉，《印度学仏教学研究》第 18 卷第 2
　　號，1970 年 3 月，頁 784。

井上以智為，〈五台山仏教の展望〉，《支那佛教史學》，第 2 卷
　　第 1 期，京都：法藏館，1938 年 3 月，頁 107-119。

戶田禎佑，〈梁楷、牧谿、因陀羅をめぐる二三の問題〉，《水墨
　　美術大系》第 4 卷梁楷、因陀羅，東京：講談社，1975
　　年。

戶田禎佑，〈牧谿派豐干寒山拾得圖〉，《國華》，第 1190 期，
　　1995 年 1 月，頁 32-35。

白隱禪師注，《寒山詩闡提記聞》，日本延享三年（1746）京都書
　　鋪刊本。

田中豐藏，〈石恪の二祖調心圖〉，《中國美術の研究》，東京：
　　　二玄社，1964 年，頁 163-174。

石井修道，《宋代禪宗史の研究：中國曹洞宗と道元禪》，東京：
　　　大東出版社，1987 年。

石井修道，〈大慧宗杲とその弟子たち（七）真淨克文と大慧宗
　　　杲〉，《印度学仏教学研究》第 24 卷第 2 號，1976 年 3
　　　月，頁 268-271。

石井修道，〈真浄克文の人と思想〉，《駒沢大学仏教学部研究紀
　　　要》第 34 期，1976 年 3 月，頁 132-150。

辻善之助，《禪と五山文學》，東京：雄山閣，1941 年。

西谷啟治，《寒山詩》，東京：創文社，1987 年。

杉村棟，〈道釋面の西漸──ペルシアの「四睡図」〉，《アジア
　　　諸民族の歴史と文化：白鳥芳郎教授古稀記念論叢》，東
　　　京：六興出版社，1990 年，頁 205-222。

長谷川昌弘，〈中國畫論における禪の影響〉，《印度学仏教学研
　　　究》第 42 卷第 2 號，1993 年 3 月，頁 628-634。

長谷川昌弘，〈題跋よりみたる宋代禪〉，《印度学仏教学研究》
　　　第 44 卷第 2 號，1996 年 3 月，頁 622-630。

長谷川昌弘，〈宋代における藝術僧について〉，《印度学仏教学
　　　研究》第 47 卷第 1 號，1998 年 12 月，頁 19-23。

長谷川昌弘，〈南宋禪宗史における虎丘派〉，《佛教史學研究》
　　　第 33 卷第 1 號，1990 年 7 月，頁 65-86。

若生國榮，《寒山詩講義》，東京：光榮館藏版，1910 年。

栃木縣立博物館編，《寒山拾得：描かれた風狂の祖師たち》，宇
　　　都宮：栃木縣立博物館，1994 年。

津田左右吉，《津田左右吉全集》，東京：岩波書店，1965 年。

島田修二郎，〈逸品畫風について〉，《中國繪畫史研究》，東京：中央公論美術出版，1993 年，頁 3-44。

望月信亨，《望月佛教大辭典》，臺北：地平線出版社，1977 年。

椎名宏雄，〈宋元版禪籍研究（一）《五燈會元》〉，《印度学仏教学研究》第 25 卷第 1 號，1976 年 12 月，頁 262-265。

朝倉尚，〈「四睡」考〉，《鈴峰女子短期大學人文社會科學研究集報》第 18 期，1971 年 12 月，頁 89-109。

橋本治，〈ひらがな日本美術史（その 37）意外とメルヘンなもの——黙庵筆「四睡図」〉，《藝術新潮》第 47 卷第 12 期，東京：新潮社，1996 年 12 月，頁 158-164。

駒澤大學內禪學大辭典編纂所編，《新版禪學大辭典》，東京：大修館，1985 年。

鎌田茂雄，《中国華嚴思想史の研究》，東京：東京大學出版會，1992 年。

（四）英文論著

Arthur Waley, *A Hundred and Seventy Chinese Poems*, New York: Alfred A. Knopf, 1919.

Burton Watson, *Cold Mountain 100 Poems by the Tang Poet Han Shan* [M]. New York: Grove Press,1962.

Bernard Faure, *The Rhetoric of Immediacy: A Cultural Critique of Chan/Zen Buddhism*, Princeton: University of Princeton Press, 1991.

Bill Porter, *The Collected Songs of Cold Mountain*, Port Townsend : Copper Canyon Press. 2000.

Cyril Brich, *Anthology of Chinese Literature: From Early Times to the*

Fourteenth Century, New York: Grove Press, 1965.

Gary Snyder, *Riprap & Cold Mountain Poems* [M]. San Francisco: Grey Fox Press,1965.

Gary Snyder, "Reflections on My Transtlation of the T'ang Poet Han-shan", *Manoa*, University of Hawaii Press, vol.12, 2000(1):137-139.

Herbert V. Fackler, "Three English Versions of Han Shan's Cold Mountain Poems", *Literature East and West*, Vol.15,2, 1971.

James P. Lenfestey, *A Cartload of Scrolls 100 Poems in the Manner of Tang Dynasty Poet Han-shan*, Holy Cow Press, 2007.

Ling Chung, "Whose Mountain Is This? – Gary Snyder's Translation of Han Shan", *Renditions*, Spring 1977:93-102.

Ling Chung, *The Cold Mountain: Han Shan's Poetry and Its Reception in the West*, University of Wisconsin Madison, 1969.

Peter Hobson, *Poems of Hanshan*, Rowman Altamira, 2003.

Robert G. Henricks, *The poetry of Han-shan: a complete, annotated translation of Cold Mountain*, New York: State University of New York Press, 1990.

Stephen Hal Ruppenthal, *The Transmission of Buddhism in the Poetry of Han Shan*, University of California, Berkeley, 1974.

Yoshiaki Shimizu, *Problems of Moku'an Rei'en*, Ph.D. diss., Princeton University, 1974.

國家圖書館出版品預行編目資料

寒山詩在宋元禪林的傳播研究

黃敬家著. – 初版. – 臺北市：臺灣學生，2016.09
面；公分

ISBN 978-957-15-1708-7 (平裝)

1.（唐）釋寒山 2. 學術思想 3. 詩評

851.4411   105013298

寒山詩在宋元禪林的傳播研究

著　作　者：黃　　　　　敬　　　　　家
出　版　者：臺　灣　學　生　書　局　有　限　公　司
發　行　人：楊　　　　　雲　　　　　龍
發　行　所：臺　灣　學　生　書　局　有　限　公　司
　　　　　　臺北市和平東路一段七十五巷十一號
　　　　　　郵　政　劃　撥　帳　號：00024668
　　　　　　電　話　：（02）23928185
　　　　　　傳　眞　：（02）23928105
　　　　　　E-mail：student.book@msa.hinet.net
　　　　　　http：//www.studentbook.com.tw
本　書　局　登
記　證　字　號：行政院新聞局局版北市業字第玖捌壹號
印　刷　所：長　欣　印　刷　企　業　社
　　　　　　新北市中和區中正路九八八巷十七號
　　　　　　電　話　：（02）22268853

定價：新臺幣四○○元

二　○　一　六　年　九　月　初　版